Rouven Larsson

ZEITLOS

Nathan Nilsen

Bibliografische Information der Deutschen Nationalbibliothek:

Die Deutsche Nationalbibliothek verzeichnet diese Publikation in der Deutschen Nationalbibliografie; detaillierte bibliografische Daten sind im Internet über http://dnb.dnb.de abrufbar.

2.Auflage 2018

Ebook: ISBN: 978-3-7438-8699-5 - 2,99€

Herstellung und Verlag: BoD – Books on Demand, Norderstedt

ISBN: 978-3-7481-5161-6

Inhaltsverzeichnis

Vorwort

Gerade habe ich die 150. Seite dieses Buches fertig gestellt und mir gedacht, dass es Zeit wäre sich ein vernünftiges Vorwort auszudenken, das erste hier war eindeutig nicht mein Status, für den Anfang ein guter Platzhalter, aber nicht für die Ewigkeit gemacht. Zeitlos, genauso ist der Titel dieses Buches, wie es sich wohl zeigen würde was er meint? Ich selbst bin im Verlauf bis jetzt immer wieder überrascht worden, habe aber unheimlich gerne weiter geschrieben, was sich hoffentlich auch in den folgenden Seiten zeigt. Ich möchte Sie einladen, zu einer Reise durch die Zeit, durch die Jahre, durch das Leben eines Mannes, so ungewöhnlich es auch sein mag. Ich möchte Sie einladen, mit ihm zusammen Begebenheiten der Jahre zu erleben, in denen er teils mit verstrickt ist, was natürlich nur einer gewissen künstlerischen Freiheit entspringt, doch was macht das?
Wenn Ihnen das Lesen dieses Buches, nur halb so viel Freude macht wie mir das Schreiben, dann bin ich da schon furchtbar stolz drauf und es wäre mir eine Ehre, wenn Sie eine Rückmeldung hinterlassen könnten.
(näheres dazu im Nachwort)

Und nun, wenn die Herrschaften mir bitte folgen würden, wir betreten das Jahr...

Der Anfang

1413. Eine flache ländliche Gegend, mit vielen Federn und vereinzelten Bauernhäusern. Niedrige Bauten, rohe Mauern, die Dächer mit Stroh bedeckt, die Wände zur Dämmung mit einer Masse aus Stroh und Schlamm grob bearbeitet, immerhin gab es wichtigeres zu tun.

In einem der Häuser sitzt eine Frau auf dem kleinen Schemel vor ihrem Spinnrad, neben ihr ein grosser Flechtkorb, in dem sich die Schafwolle türmt und immer mal fischt sie sich dort ein Stück heraus, zupfen die schlanken Finger es zurecht, halten es an den Strang, den sie in der Linken hält und dessen versponnenes Ende schon auf der Spule der Spindel tanzt. Immer wieder geschieht dies, während ihr rechter Fuss das Schwungrad gleichmässig antreibt, ehe sie es behutsam anhält, damit der Faden sich nicht verheddert und mit der Rechten leise seufzend über ihren doch sehr runden Bauch streichelt, der von dem einfachen wollenen Kleid mit der Schürze nicht verborgen werden kann. „Warte bitte noch etwas, noch habe ich die Wolle nicht fertig und es wäre nicht gut die Rohwolle lange liegen zu lassen", murmelt sie leise zu sich selbst, doch dürften die Worte an ihr Ungeborenes gerichtet sein. Dieses scheint davon unbeeindruckt und wieder sind ein paar heftige Bewegungen zu spüren, die ein Zusammenzucken und leises kurzes Aufstöhnen bei der noch sehr jungen Frau hervor bringen. Mühsam nimmt sie sich zusammen, beginnt ein leises Lied zu summen und siehe da, die Bewegungen hören auf, so dass bald wieder die Spindel munter tanzen kann.

Nach und nach wird es dunkel, neben ihr brennt eine Talgkerze und das Feuer in der Kochstelle knistert vor sich hin. Die Flammen züngeln an dem schweren gusseisernen Kessel hoch, in dem eine Suppe dampfend vor sich hin kocht. Nur etwas von dem geschlachteten Huhn, dazu Gemüse und Kartoffeln die sie vom Feld geklaubt hat.

Draussen hört sie schwere Schritte, ehe die Tür geöffnet wird und ein grosser Mann hinein kommt, wobei er sich bücken muss, um sich nicht den Kopf anzustossen. Im Nebenraum kümmert er sich noch um die Tiere, die vorsichtshalber hinein dürfen, denn es ist heute herum erzählt worden dass es eine unruhige Nacht wird. Mancher spricht sogar davon, dass heute Nacht die Sünder ihr gerechtes Urteil bekommen würden. Der Himmel sendet seine Strafe und zeigt es schon deutlich durch die aufkommenden tiefschwarzen Wolken an.

„Ich habe die Tiere rein geholt", kann sie seine warme und tiefe Stimme hören, während er den schon geflickten Überwurf auszieht, kurz die Hände und Gesicht im Eimer wäscht und dabei zum Kessel hinüber schielt, „draussen ist es jetzt düster wie in tiefster Nacht." Mit leisem unterdrücktem Seufzen erhebt sich seine hochschwangere Frau von dem niedrigen Schemel, ihr Rücken schmerzt, doch kein klagender Laut kommt über ihre Lippen. Wie sagte ihre Mutter immer zu ihr, ehe sie das Elternhaus verliess:

„Du kannst froh sein so ein stattliches Mannsbild zu bekommen. Schenke ihm ein paar gut geratene Kinder, pflege ihn im Alter gut und gebe ihm bis da-

hin keinen Grund zu bereuen dich mitgenommen zu haben."

Wobei sie sich auch nicht über ihn beklagen kann, es auch gar nicht möchte. denn er ist trotz seiner Erscheinung wahrlich lieb. Und wenn er ihr dann so wie jetzt, als sie ihm eine gute Schale Suppe und Brot reicht, diesen sanften Blick seiner braunen Augen schenkt, ist es genau der Moment - der ihr Herz kurz freudig schneller schlagen und ein so sanftes Lächeln über ihre Lippen huschen lässt - ehe sie sich wieder ihrem Spinnrad zuwendet und ihm am Holztisch auf der Bank in Ruhe essen lässt. Immerhin hat er heute schwer gearbeitet, und sie kann ihm die Müdigkeit deutlich ansehen. Er würde zu ihr kommen, wenn er soweit wäre.

'Der Himmel sendet seine Strafe!' So wenigstens die Meinung der Bewohner des kleinen Dorfes. Es stürmt und die Wassermassen stürzen förmlich vom Himmel, dessen Schwärze immer wieder von Blitzen erhellt wird. Es knallt laut, sie schreckt hoch! Mit rasendem Herzen schaut sie sich um, schnuppert ob Feuer zu riechen ist, zum Glück nicht! Er schläft neben ihr, vollkommen matt und nicht einmal der Knall hat ihn aufgeweckt! Sie selbst möchte sich auch gerade wieder hinlegen, da spürt sie das Ziehen! „Oh mein Gott, bitte nicht diese Nacht! Bitte nicht in so einer Nacht!" fleht sie leise, sollte auch sie eine Strafe bekommen?! Aber wofür? Sie kann sich nicht erinnern, was sie schlimmes angestellt haben könnte.

Die Veränderung wirft ihre Schatten voraus. Und so gut sie auch versucht ihre Schmerzlaute zu unterdrücken, während sie die plötzliche Nässe zwischen den Beinen spürt, so wird ihr Mann doch durch das Getöse draussen wach und schaut sich erschrocken um: „Ist etwas passiert?" Sein Blick fällt dabei auch auf ihr Gesicht, das ihn verzweifelt und gleichzeitig entschuldigend ansieht. „Ich habe gebetet er möge es nicht heute passieren lassen, nicht heute Nacht. Aber er hat mich nicht erhört!" Nur leise ist ihre Stimme in der lauten Umgebung zu hören. „Ich hole Rowena, sie wird sich um dich kümmern", mit den Worten zieht er sich schnell etwas über, nimmt den Überwurf und verlässt das Haus!

Die verzweifelten Worte seiner Frau hört er nicht mehr, die ihm förmlich hinterher schreit: „Nein! Nicht! Geh nicht dort hinaus! Bleib doch hier!" Sie versucht aus dem Bett zu kommen, ihn aufzuhalten, aber er ist fort! Sie weiss, dass er bei der Geburt hier nichts zu suchen hat, das ist reine Frauensache! Aber jetzt mischt sich zu den Geburtsschmerzen auch noch die tiefe Angst um ihn!

Während sie zuhause bettelt und fleht, es dann doch schafft aufzustehen und unruhig langsam durch das Häuschen wandert, bis die Wehen sie in die Knie zwingen, hat er das bullige Zugpferd gesattelt und so schnell es geht reiten beide durch die Nacht! Der Regen peitscht gegen ihre Körper, die Kapuze wird ihm ein ums andere Mal vom Kopf gerissen und beinahe hätte eine Sturmwehe den kräftigen Mann aus dem Sattel gedrängt, obwohl er sich schon tief über den breiten Pferderücken hinunter beugt. Teils ist der Boden schon so aufgeweicht, dass Pferd und Reiter oft Gefahr laufen zu stürzen, doch das treue Tier schafft es immer wieder sich zu fangen, die Hufen zu setzen und wieder schneller voran zu kommen. Um einiges schneller als es der Mann zu Fuss wäre.

„Heilige Maria, Mutter Gottes, ich bitte dich! Sollten wir euch Gründe gegeben haben uns so bestrafen zu müssen, dann vergebt es uns bitte! Bringt mir meinen Mann und Rowena gut hier hin und ich bitte euch, helft mir!" Immer wieder betet die junge Frau diese Worte, während sie schon in der Hocke sitzt, ihr Körper immer wieder von den Schmerzen gepeinigt wird. „So wie es sich anfühlt kann es nur ein Mädchen sein. Bei einem Jungen wäre es doch viel einfacher, sagt Rowena wenigstens." Oh ja, sie beginnt förmlich Selbstgespräche zu führen! Trotz des Unwetter hockt sie dort völlig verschwitzt, in Erwartung ihres ersten Kindes, ohne jegliche Hilfe!

Eine harte Zeit, aber ihre Mutter meinte immer nur, wenn eine Frau es schafft über Monate das Kind in sich zu versorgen, dann gibt Maria ihr auch die Kraft es alleine zu bekommen! Ob sie damit Recht hat? Sie zweifelt gerade daran und hat keine Ahnung, wie lange sie hier schon alleine ist, wie lange es dauert bis sie ankommen, ob sie es überhaupt bis hierhin schaffen?

Durch die Dunkelheit kämpft sich mittlerweile ein Ross mit zwei Reitern! Rowena hat nur ein kleines Bündel gepackt, ihrer Ältesten die nötigsten Anweisungen gegeben und es ging zurück! Das Pferd würde heim finden, da ist er sich sicher, hat ihr seinen eigenen Überwurf über gelegt, damit sie noch etwas geschützter ist. Die Zeit vergeht! Doch bald kann er ein leichtes Licht in der Ferne sehen, auf das nun zielstrebig die Hufe ausgerichtet werden! Sie sind endlich da!

Noch ein paar Meter und das Getöse vom Sturm wird durch einen lauten langgezogenen Schrei durchbrochen!

Er springt förmlich vom Pferd, rennt auf das Haus zu und als er die Tür öffnet sieht er seine Frau am Boden liegen, das Kleid blutig und neben ihr auf ihrer Schürze ein kleines Menschenbündel, das sich nicht zu regen scheint! „Nein! Bitte, tu mir das nicht an! Nimm sie mir nicht beide!" In seiner Verzweiflung lässt der Hausherr sich neben ihr auf den Boden fallen, die grossen Hände heben ihren reglosen Körper auf seine Arme und er trägt sie mit schweren Schritten hinüber zu den Schlafplätzen, wo er sie vorsichtig ablegt, dem Kind dort gerade keine Beachtung schenkend.

Das ist wohl jetzt eher Rowenas Aufgabe, die sieht, dass der Kleine durch das Abreissen der Nabelschnur verletzt ist. „Wir hätten ihn zuerst abnabeln müssen", kommt es etwas lauter, auch wenn sie seine Reaktion in dieser Situation durchaus verstehen kann. Das Neugeborene wird samt der Schürze auf den Arm gehoben und dann gibt sie ihm einen kräftigen Klaps! Rowena ist sich nicht sicher, inwieweit Mutter und Kind das hier überstehen, aber sie gibt noch nicht klein bei. Ein zweiter Klaps und der kleine Körper verkrampft sich urplötzlich, ehe ein erster und erstaunlich kräftiger Schrei erklingt! Schnell wäscht sie das Bündel und lächelt dabei: „Ein kräftiger Junge!" Auch um die Nabelverletzung kümmert sie sich, um ihn dann zu seinen Eltern zu bringen.

In dem Moment, als der kleine Junge zum ersten Mal schreit, ist auch seine Mutter langsam wieder zu sich gekommen. Er hat sie bestimmt zu sich gerufen!

Leider haben nicht alle Familien das Glück. Das Schicksal verlangt teils harte Entscheidungen, reisst viel zu oft beide mit sich, oder aber die Mutter muss entweder ihr Totgeborenes begraben, meist ist das nach einer Nottaufe möglich. Oder das Kind muss ohne Mutter aufwachsen, wobei da die Väter meistens eine weitere Ehe eingehen, aber nie werden die Kinder so angenommen wie es bei ihrer Mutter wäre.

Hier jedoch hatte das Schicksal ein Einsehen, mit meinen Eltern und mir.

Kindheit und Jugend

Zwei Jahre, ganze zwei Jahre lebte ich wie eine kleine Mumie vor mich hin. So ist das halt, der kleine Körper wurde zuerst an den Armen und Beinen, dann die Beine gemeinsam inklusive Körpermitte und die angelegten Arme hoch mit Leinenbändern umwickelt, bis beinahe zum Hals hinauf. Der Sinn darin? So sollte verhindert werden, dass den noch sehr weichen Gelenken und Knochen etwas passieren könnte. Ein Glück, dass ich von der Zeit selbst nichts mitbekommen habe. Ausser Stillen und zwischendurch mal die Wickelprozedur, die bis zu zwei Stunden dauern konnte, hatte ich nicht viel zu erwarten. Gleichzeitig spürte ich trotzdem die Liebe meiner Mutter und reagierte mit Wohlwollen auf die tiefe Stimme meines Vaters.

Nachdem ich die ersten zwei Jahre meist verschlafen habe, manch böse Stimmen nannten mich einen unruhigen Bengel und ich bekam einen Nuckelbeutel aus Baumwolle, der mit Mohn bestückt war und mich unbewusst in einen Rausch ähnlichen Dämmerzustand versetzte.

Nach zwei Jahren beginnt ein vergleichbare anderes Leben! Die Wickelei und das Madendasein hat ein Ende! Ich würde bestimmt jubilieren, oder aber dieses wohlig weiche Dasein vermissen, wäre ich mir dessen bewusst. Ich selbst entdecke nun langsam die Welt alleine. Bekleidet mit einem Kittelkleid, ohne Unterhose, beginnt für mich ein neuer Lebensabschnitt. Noch kann ich meine Ausscheidungen nicht kontrollieren, deswegen das Hemdchen. Aber ich bin neugierig für drei!

„Jonathan, nicht so nahe an das Pferd!" höre ich ermahnend die Stimme meiner Mutter, während sie das Getreide schneidet und in die Schütte packt, die sie dann auf dem Rücken tragen kann. Ich habe keine Angst vor dem grossen Tier, das dort an den Pflug gespannt ist, um die Arbeit zu erleichtern. Mein Vater sieht es wohl auch nicht gerne, dass sein Stammhalter unter die Hufe kommen könnte, deswegen pflückt er mich nebenher mit Leichtigkeit auf und hält mich mit einem Arm fest. Mich selbst in meinem Hemdchen lässt es aufjauchzen, nein die Gefahr des zertrampelt werdens habe ich natürlich nicht gesehen. Für mich gibt es doch so viel zu entdecken und erkunden, soweit mich meine kurzen Beine tragen. Wobei ich zugeben würde, dass Papas Arm nach den ganzen Stunden des Tages doch auch herrlich sein kann! Und ehe er das grosse Pferd heimgeführt hat, bin ich auch schon eingeschlummert!

Tja, so dürfte es einige Jahre weiter gehen. Spätestens mit fünf habe ich dann endlich die Hosen an, weil sie sauber bleiben und bin immer noch überall und nirgends zu finden! Wobei ich langsam schon Aufgaben bekomme. Also bringe ich meinem Vater etwas zu essen auf das Feld. Zur Belohnung hebt er mich auf das grosse Pferd, ist das ein Spass! Oder ich hole meiner Mutter etwas, wenn sie es braucht. Der Mensch wächst mit seinen Aufgaben.

Allerdings ist bei mir schnell zu sehen, dass ich die Statur meines Vaters geerbt habe, so dass ich meist einen Kopf grösser wie die Jungs meines Alters bin. Verflixt aber auch, denn ab und zu mutet meine Mutter mir deswegen schon Aufgaben zu, die doch noch etwas schwer sind, die ich aber trotzdem schaffe. Zur Belohnung gibt es gerne Honigwasser, dass ich noch von früher her kenne. Oder mein Vater gibt mir etwas von seinem leichten Bier. Auch wenn das ausreicht, um seinem Sohn ein sehr leichtes Gefühl zu schenken. Nein, bitte nicht über Nuckelsäckchen mit Mohn oder Leichtbier für Kinder nachdenken, denn es ist doch vollkommen alltäglich.

Und dann - 1420 - ist für mich der Moment gekommen, wo meine Eltern eine Entscheidung treffen. Gehe ich zu einer Einrichtung in der grossen Stadt, um eine geistliche Erziehung zu erhalten? Das heisst, mir wird weit weg von Zuhause das Rechnen, Lesen und Schreiben, so wie noch viele andere nützliche Errungenschaften beigebracht. Doch wer soll das bitte bezahlen?

Gerade komme ich von draussen herein, in mittlerweile wieder viel zu kurzen Hosen, weil ich einfach zu schnell wachse und bin über und über versandet, da sehe ich meine Eltern drinnen stehen und sich unterhalten. „Sieben Jahre, wo ist die Zeit nur hin? Ich sehe noch das kleine Bündel neben dir liegen. Und wie ich dich zum Bett bringe, aus Angst du könntest es nicht mehr zu uns schaffen." Mein Vater legt meiner Mutter sanft seine Hand an die Wange und diese nickt leicht: „Ich weiss, viel zu schnell ist die Zeit vergangen. Eine Entscheidung möchte gefällt werden. Aber ist sie nicht schon längst entschieden?" Sie seufzt nur leise und sieht mich dort etwas schüchtern stehen. So kommt sie auf mich zu und legt ihre von der Arbeit zu genüge gekennzeichneten Hände sanft auf meine Schultern und schaut mich an, mit einem Blick der deutlich zeigt dass es sie innerlich zerreisst: „Jonathan, ich weiss, du hast es dir immer gewünscht, aber wir brauchen dich hier, wir können dich nicht gehen lassen… wir können es einfach nicht bezahlen." Ich schlucke nur hart, nicke leicht, während in mir zum ersten Mal meine Welt zusammenbricht. Meine grünen Augen sehen sie einen Moment an, ehe sich mein Blick senkt und ich nur leise antworte, ehe ich hinaus gehe: „Ich kümmere mich um die Schafe."

Mancher meiner Spielkameraden verschwand. Jahre ziehen ins Land. Mit sieben beginnt die Zeit wo jeder mit anpackt, egal ob Mädchen oder Junge. Bei meiner Mutter hat sich nach mir kein Nachwuchs mehr gezeigt, oder aber es überlebt die Schwangerschaft nicht. Also bin ich alleine dafür verantwortlich alles zu lernen und meinen Eltern zu helfen. Dass das nicht immer ein einfaches Unterfangen ist erklärt sich von selbst. Denn immerhin verändere ich mich genauso wie es auch meine Eltern machen. Deswegen ist es auch nur eine Frage der Zeit, bis die ausgelassene Kinderzeit ein jähes Ende findet!

Ich habe keine Ahnung, ich weiss es wirklich nicht! So oder ähnlich schallt es mir durch den Kopf, als mein Vater laut schimpfend aus dem Haus kommt und auf den Haufen vor mir zeigt! „Ich habe dir gesagt du sollst deine Augen bei der Sache haben! Jetzt fressen die Schweine das Brot für zwei Wochen! Verdammt! Wie oft soll ich dir noch sagen, halt die Sinne beisammen!" Und damit reisst er mir den viel zu leeren Jutesack vom Kreuz, bringt ihn fort, während die Schweine laut grunzend vor mir stehen und schmatzend das Korn aufklauben! Als er zurückkommt hat er die Ledertrense mit den langen Zügeln in der Hand! Und hätte ich geahnt was mir blüht, ich wäre gerannt! Aber so habe ich ihn nicht gekannt, bleibe stehen und versuche zu verstehen, wieso der Anblick von Mireille aus der Nachbarschaft mich so abgelenkt hat, dass ich den Sack fallen gelassen und damit den grossen Teil den Schweinen zum Frass vorgeworfen habe, was für uns zwei Wochen reichen würde, hätte Mutter es zu Brot verarbeitet! Ich kann es nicht verstehen, genauso wenig wie ich realisiere was nun passiert, bis - ja, bis der blanke Lederriemen mich erwischt! Ich schaffe es nicht einmal mich in Sicherheit zu bringen, denn nie im Leben habe ich meinen Vater so ausrasten sehen, geschweige solche Prügel bezogen! Nachdem es mehrere Male heftig auf meinen Rücken klatscht, der Schmerz mir durch den ganzen Körper fährt, höre ich die erschrockene Stimme meiner Mutter, die aus dem Haus kommt, versucht meinem Vater das Geschirr zu entreissen, mit deren Lederbändern er auf mich eingeschlagen hat: „Hör auf! Bist du von Sinnen?! So hör

18

doch auf!" Sie fleht ihn förmlich an, er schaut sie wutentbrannt an, würdigt mich keines Blickes und verschwindet dann im Stall!

Ich selbst realisiere erst jetzt dass ich auf dem matschigen Boden des Schweineauslaufes knie, mein Körper wie Feuer brennt und es mich unheimlich viel Überwindung kostet aufzustehen, auf die Füsse zu kommen, halbwegs gerade zu stehen und mir nicht anmerken zu lassen, dass mir die Tränen förmlich die Kehle zuschnüren. Meine Mutter ist hin und her gerissen. Ihr Herz schreit danach mich in den Arm zu nehmen, ihr Verstand mahnt dass ich dann verweichlichen würde. Ich nehme ihr die Entscheidung ab, gehe so gerade wie möglich mit entschlossenem Blick ins Haus. Dort ziehe ich mir frische Kleidung an, die anderen Sachen lege ich zu ihrem Nähzeug, denn sie dürfte einige Risse zu flicken haben, die sich mehr oder weniger blutig auf meinem Rücken abzeichnen.

Herr im Himmel, wieso machst du uns Menschen das Leben auch so schwer, indem du uns die schönsten Versuchungen präsentierst?! Ich habe keine Ahnung wie oft ich in den nächsten Jahren Prügel bezogen habe, meistens weil ich mich von den weiblichen Schönheiten ablenken lassen habe. Als mein Vater mich dann mit neunzehn auf dem Stroh erwischt, mit Mireille an meiner Seite, eindeutig beide zu leicht bekleidet, befürchte ich er würde mich stehenden Fusses mit der Heugabel aufspiessen! Ich mache das, was wohl jeder gemacht hätte, ich ergreife meine Sachen und danach die Flucht! In dem Moment ist mir allerdings klar, dass es schwer sein dürfte noch einmal heim zu kehren, wenn ich weiter leben möchte. Also schlage ich mich durch die Felder, in den Wald, einfach fort! Nur bekleidet mit meinem einfachen Oberteil, der Hose, mehr nicht! Ich habe keine Ahnung was am Ende des Weges sein wird, aber hoffentlich besseres, als mich daheim erwarten würde.

Das junge Leben

Zuerst hatte ich mich im Wald versteckt, der mit seinen wilden Früchten eine Weile mein Überleben sicherte, wenn auch manchmal nur knapp, je nachdem welche Beere ich erwischt hatte. Ich lernte dadurch sehr schnell! Die Monate zogen ins Land und ich weiter umher. Geschichten wurden erzählt, hielten sich Jahre an der Oberfläche. Von Jeanne d'Arc, die als Frau in die Schlacht zog, sogar siegte, im Namen Gottes. Ich selber war kein gottesfürchtiger Mensch. Meine Eltern schon und sie hatten auch in meiner Erziehung Wert darauf gelegt, sollten ihre gesäten Samen des Glaubens fruchtlos in mir verdorren?

Wieder bin ich unterwegs, meine Sachen schmutzig von den Nächten draussen in Wald und Flur. So kann ich mich in keinem der nahen Orte blicken lassen, sie würden mich nicht einmal durch das Stadttor lassen. Es ist gerade einer der letzten warmen Herbsttage. Das Laub fällt bunt von den Bäumen und die Sonne scheint warm von oben auf mich herab. Ich habe meinen zwanzigsten Geburtstag wohl mittlerweile hinter mir, wenn ich richtig nachrechne. Aber wer kann schon richtig rechnen, oder schreiben, ich bin ja kein Gelehrter! Aber mir würde wohl die grösste Lehre meines Lebens blühen. Und gegen sie wären die Lederriemenschläge meines Vaters ein leiser Schmetterlingshauch.

Doch davon ahne ich nichts, während ich auf blossen Füssen durch die Gegend schlendere und plötzlich inne halte! Höre ich da leise Wasser plätschern? Dort, hinter den hohen Sträuchern scheint ein Bach zu sein. Ich sehe mich kurz vorsichtig um und verschwinde in dem Gebüsch. Doch statt vor einem erquickenden frischen Bach zu stehen, sehe ich zehn Schritte weiter eine grob gefertigte mannshohe Steinmauer! Zuerst macht sich Enttäuschung in mir breit, doch dann siegt die Abenteuerlust. Ja, ich probiere gerne aus wie weit ich meinen schon recht männlich ausgeprägten Körper treiben kann. Schon jetzt bin ich mehr als einen Kopf grösser wie meine Altersgenossen. Von der Statur her komme ich eindeutig nach meinem Vater und ich bin mir meiner Kraft durchaus bewusst, die ich durch die Arbeit auf dem Hof meiner Eltern bekam. Wohl deswegen beschliesse ich, dass diese Mauer kein Hindernis auf dem Weg zum Bach darstellen wird.

Ich stelle mich nahe an die schroffen Steine, meine Fingerspitzen tasten sie ab und dann beginne ich meine Füsse anzusetzen. Ab und an rutsche ich ab, oft brauchen Zehen oder Fussseite einen weiteren Anlauf um Halt zu finden, während meine Hände sich festklammern. Und doch geht es aufwärts! Kräftige Arm- und Beinmuskeln die mich halten, bis ich mich hinauf ziehen kann, mich auf die schmale Kante kauer, nachdem ein Blick über den Mauersims keine Gefahr zeigt, sondern einen klaren dahin fliessenden Bachlauf und einen nett angelegten Garten präsentiert, ohne eine Menschenseele.

Jetzt besteht nur das Problem auf den Boden zu kommen, denn die Mauer ist nur eine Armlänge von dem Bach entfernt und das Ufer recht steil. Wenn ich oben auf noch ein gutes Stück voran komme, wird das Land flacher und breiter. Also versuche ich mich auf den Steinen etwas in die entsprechende Richtung zu drehen, um den Weg zu nehmen. Allerdings habe ich da eindeutig etwas nicht bedacht. Mauern können rutschig sein! Und ehe ich mich versehe rutscht einer meiner nackten Füsse ab! Ich kippe seitwärts, versuche mich noch abzufangen, aber es will nicht mehr gelingen. Ich verschlimmere es dadurch nur noch, weil mein Kopf den harten Steinen gefährlich nahe kommt! Und als er dort anschlägt, raubt mir der Schmerz zuerst den Atem, lässt wild die Sterne um mich tanzen, ehe ich in die Bewusstlosigkeit sinke, während mein Körper kurz vor dem Bachbrett gebremst und dann hinunter ins Wasser gerollt wird! Wie es über mir zusammen schlägt, bekomme ich nicht mehr mit. Auch nicht dass das Platschen meines Körpers die Aufmerksamkeit einiger Personen auf sich zieht!

„Was sollen wir nur tun? Es wurde entweiht! Wir werden uns der schweren Strafe stellen müssen! Denn wir sind all die Jahrzehnte nur aus dem Grund hier, damit genau diese Situation verhindert werden sollte!" Gedämpfte Worte klingen mit leicht heiserer Stimme unter der weissen Kapuze hervor, die Aufregung ist nicht zu überhören. „Die Strafe wird der Jüngling für uns tragen, durch den Verlust seines Lebens. Das reicht aus um Busse für diesen Frevel zu tun", antwortet der zweite Kapuzenträger. „Wir haben ihn vor vielen Stunden am Ufer aufnehmen können, ohne das Gewässer betreten zu müssen, doch zeigt er bis jetzt keinerlei Regungen oder Lebenszeichen. Sein Gesicht spiegelt den Tod selbst wieder, seine Flanken fallen leicht ein und die Blässe seiner Haut ist ein deutliches Zeichen. Die Verletzungen an seinem Kopf waren zu schwer", kommt es von einer dritten Stimme eines Mönches in ebenfalls heller Robe mit Kapuze, der den Raum durch eine niedrige Tür betritt. „So wird das Geheimnis hier weiter bestehen können. Dann lasst ihn uns vorbereiten und für seine arme versündigte Seele beten, dass sie nicht zu sehr unter der ewigen Verdammnis zu leiden hat", wendet sich der Erste an den Zweiten und die Drei betreten den Nebenraum durch die niedrige Tür, die es voraus setzt, dass sich jeder ehrfurchtsvoll darin verneigen muss.

Dort liege ich beinahe wie aufgebahrt, die zerrissene Kleidung ist entfernt und mein lebloser Körper mit einem Tuch abgedeckt worden. Dieses zieht nun einer der Mönche langsam und unter Schweigen hinfort. Deutlich sind die Spuren meines Lebens auf meiner Haut zu sehen. Mancher der Peitschenhiebe meines Vaters hatte eine merkliche Narbe hinterlassen und fast schon mitfühlend werden die drei Augenpaare, als sie dies alles sehen, während sie mich hin und her drehen, das nasse Tuch meine Haut säubert. Vorsichtig wird mein zerschlagenes Gesicht betupft, als ob sie jetzt noch Schmerzen verhindern wollten. Aber wer kann nach dem Tod noch etwas spüren?

Druck, Kälte, Nässe, Dunkelheit, und dann dieses leichte Schweben. Der rasselnde Versuch zu atmen, während das Herz stolpert! Und die entsetzen Gesichter der drei Geistlichen, die zurück weichen, auf die Knie fallen und mit gefalteten Händen um Vergebung bitten, da sie gerade befürchten nun wäre der Moment für sie gekommen! Mein Körper krampft sich zusammen, Wasser drängt aus meiner Lunge, ehe ich es hustend schaffe zu atmen! Mein Kopf dröhnt, ich kann die Augen kaum öffnen, die Welt ist wie verschleiert. Nur langsam werde ich wieder ruhiger, bleibe auf der Seite liegen und gebe mich der bleiernen Müdigkeit hin, gegen die ich mich nicht zu wehren vermag. Erst da erheben sich die drei Mönche langsam wieder. Einer nach dem anderen kniet sich zu mir, spricht ein stilles Gebet, ehe eine frische Schale Wasser geholt wird. Niemand verliert ein Wort, nach und nach säubern sie mich, legen mir einen Lendenschurz um und bedecken mich mit einem frischen Tuch. Niemand ist sich gerade sicher, wie sie mit dieser Situation sonst umgehen sollen. War es ein letztes Aufbäumen meinerseits, oder bin ich tatsächlich den Fängen des Todes entkommen?

Es vergehen mehrere Tage, ohne dass eine weitere Reaktion von mir folgt. Abwechselnd sitzen sie bei mir, teils im Gebet versunken. Ich selbst kann kaum beschreiben wie ich mich fühle. Eines Morgens als die Sonne aufgeht, fallen ihre warmen Strahlen durch das kleine Fenster direkt auf meinen Kopf. Wärme, die langsam meinen Körper zu durchfluten scheint und ich höre eine Stimme: „Jonathan, höre meine Worte! Weder Gott noch Engel, im Wasser des Lebens gebadet, mache ich dich zu einem Geschenk. Du sollst nun einen neuen Namen tragen, für die die dieses Wissen erhalten und schützen." Der Mönch kann die Stimme anscheinend nicht hören. Erst als ich zu murmeln beginne hebt er den Kopf, kommt zu mir und senkt sein Ohr an meine Lippen. Und als mein leises Flüstern verstummt, erhebt er sich schnell, eilt hinaus um dem Abt Bericht zu erstatten. Es dauert nicht lange, bis die drei Mönche bei mir versammelt sind. Einer bringt

Papier und Federkiel, mit dem er auch sogleich etwas aufschreibt. Nachdem das beendet ist, ergreift der Abt das Wort: „Wenn es wirklich so ist, dann bringt mir bitte eine Kanne Wasser, aus dem heiligen Bach. Sollte er sich tatsächlich danach komplett erholen, so wollen wir es aufschreiben und auch dieses Geheimnis nur unter unseres Gleichen weiter geben." Er nickt und ein Mönch entfernt sich, kehrt nach einer Weile zurück und hält dabei ehrfürchtig die Wasserkanne in den Händen, die er dem Abt überreicht. Dieser füllt einen hölzernen Becher, kommt zu mir und hebt vorsichtig meinen geschundenen und immer noch verbundenen Kopf, ehe er den Becher an meine Lippen führt und mir den frischen Trank einflösst. Nur zögerlich setzt bei mir der Schluckreflex ein, leere ich eher unbewusst den ersten Becher und spüre den Blick nicht, mit dem er mich milde ansieht: „Jonathan, ins Wasser des Lebens gestürzt. Wenn der Herr es wirklich so will, wie es deine Lippen sprachen, so wird er dir vergeben und dir ein neues Leben schenken. Solltest du dich aber erdreistet haben zu lügen, so bringt dir das Wasser den sicheren Tod." Noch zweimal füllt er den Becher, rinnt das kühle Nass meine Kehle hinunter und der Abt verlässt dann den Raum, während einer der Anderen stets bei mir verweilt. Ich habe seine Worte durchaus gehört, kann nur nicht darauf antworten. Doch spüre ich es genau, dieses Gefühl in mir, Vertrauen, dass sich in mein kräftig schlagendes Herz legt. Und je mehr der frischen Flüssigkeit durch meine Kehle rinnt, desto stärker wird dieses Kribbeln in mir, förmlich in jeder Faser meiner Glieder.

Nach und nach können sie die Veränderungen sehen. Zuerst erholt sich meine Hautfarbe wieder, wobei mein Kopf noch immer blau und verschwollen aussieht. Dann verblassen die Peitschenhieben an Armen und Beinen und auch die alte Narbe an meinem Nabel glättet sich mehr und mehr. Erstaunte Augen verfolgen dies genau, ehe ich vorsichtig auf die Seite gedreht werde, doch auch die tiefen Striemen auf dem breiten Rücken sind verschwunden! Und als sie mich wieder richtig hinlegen, verrutscht die gerade noch gut sitzende Binde am Kopf. Fahrige Finger entfernen sie, finden zwar noch einen Bluterguss unter dem Auge vor, aber keine Knochensplitter, oder das noch so starke Ausmass einer Verletzung wie sie die Tage noch zu beobachten war! „Heilige Mutter Gottes! Er hat die Wahrheit gesprochen!" Der Ausruf des Abtes erklingt in meinen Ohren und nur zögerlich versuche ich die Augen zu öffnen, was im Gegensatz zum letzten Mal erstaunlich gut gelingt! Ich sehe den Raum, in dem ich wohl schon fast zwei Wochen verweile. Ich sehe die drei Mönche in den hellen Kutten die Kapuzen in die Gesichter gezogen. Und als ich mich langsam erhebe, fallen sie wieder auf die Knie: „Nathanael! Seid gegrüsst von Gott Gegebener!" Für mich selbst ist die ganze Situation mehr als befremdlich und das können sie deutlich sehen. Denn ich schaue sie entgeistert an und wage kaum mich zu rühren, bis einer sich von ihnen erhebt, der Abt des Hauses und zu mir kommt, mir beruhigend die Hand auf die Schulter legt und mit sanfter Stimme spricht: „Seid unbesorgt wir werden alles erklären." Und das passiert dann auch, nachdem ich mich gereinigt und gestärkt habe.

Stunde um Stunde sitzen wir zusammen. Zuerst lerne ich etwas über die Mönche und dieses geheime Kloster kennen und dann erfahre ich genau, was sich hier zugetragen hat. Irgendwann in später Nacht kann ich kaum noch einen klaren Gedanken fassen, oder ein Auge offen halten und der Schlaf übermannt mich! Sanfte Hände legen mich an den Kamin, decken mich zu. Und lange nachdem die Mönche mich alleine gelassen haben, höre ich wieder die Stimme in meinem Kopf: „Nathanael, Geschenk Gottes, zum Wohle der Menschheit sende ich dich aus! Aber wo auch immer du bist, wird dir Schutz hinter heiligen Mauern gewährt. Vergiss das niemals. Bewähre dich gut!"

Abschied

'So dass ich nicht allzu lange in der ewigen Verdammnis leiden muss.' Aus dem Grund wollten die Mönche mich reinigen und beteten für mich. Doch was würde nun schwerer wiegen, die ewige Verdammnis, der ich wohl gerade noch so entronnen war, oder die Aussicht auf ein ewiges Dasein in dieser Welt? Es wird sich wohl im Laufe der Zeit erst zeigen. Lange blieb ich bei den Mönchen, meine körperliche Kraft war schnell wieder hergestellt und sehr oft für sie von grossem Nutzen. Nachdem die Ernte soweit eingeholt und der Wintervorrat an Brennholz aufgefüllt wurde, kam der Zeitpunkt zu gehen.

Es ist diese bestimmte Nacht, die mich schweissgebadet aus wirren Träumen aufschrecken lässt! „Mutter!" keuche ich heiser auf, während ich von der Schlafunterlage hoch fahre, bald darauf nur in der einfachen Hose draussen stehe, die nächtliche Kälte langsam die wirren Bilder in meinem Kopf verschwinden lässt und ich erst danach wahrnehme, dass ich draussen bin. Im Seitenflügel des Klosters erkenne ich eine aufflammende Talgkerze, ehe einer der Mönche zu mir hinaus kommt, beim Schein des Lichtes in seiner Hand neben mir stehen bleibt und wartet bis ich mich wieder etwas gesammelt habe, ehe ich leise seine Stimme hören kann: „Was habt ihr gesehen?" Zuerst verstehe ich nicht, wieso er mir ausgerechnet diese Frage stellt, dann aber antworte ich leise: „Meine Mutter, ihre angsterfüllten Augen sahen mich an und ich konnte darin den sicheren Tod sehen." Doch hätte ich keinen Auslöser dafür benennen oder vermuten wollen, denn der zeigte sich in den Bildern nicht. „Dann ist es Zeit für euch heim zu kehren", nickt er mir zu, legt die vom Alter und der schweren Arbeit gekennzeichnete Hand auf meine breite Schulter und ich nicke leicht. „Ich werde euch zum Sonnenaufgang alles für euren Aufbruch vorbereiten lassen. Legt euch nun besser wieder hin und versucht noch etwas zu schlafen." Damit begleitet er mich mit dem Talglicht noch bis zu meiner Kammer und entfernt sich leise, als die Holztür sich hinter mir geschlossen hat.

Kaum zeigt die Sonne ihre erste Färbung am Horizont wache ich auf, erneut aus einem Traum in dem meine Mutter mich ruft. Schweissgebadet stehe ich von meiner Schlafstätte auf, rolle die Decke zusammen, in die ich noch meine Kleidung hinein lege und binde sie mit einem Seil an beiden Enden, so dass ich sie mir umhängen kann. Meine wenigen anderen Sachen verstauen ich in dem kleinen Beutel, den ich dann an der anderen Seite trage. Dazu meine einfachen Hosen, das langärmlige Oberteil und eine feste Joppe, um mich vor der Kälte schützen zu können. Mit leisen Barfussschritten eile ich durch die Gänge des Klosters, dass ich nach der Zeit so gut wie meine

Westentasche kenne. Als ich an der Küche vorbei husche, um zur Kammer des Abtes zu gelangen, höre ich seine Stimme: „Nathanael, bitte komm, wir haben dir hier etwas vorbereitet." Ich betrete die Küche, verbeuge mich leicht vor ihm und er reicht mir einen weiteren Beutel, der gut gefüllt aussieht. Der Alte schaut mich milde an: „Geldstücke können wir dir leider nicht bieten, dafür haben wir dir Brot, Wurst, Trockenfleisch und getrocknetes Obst eingepackt. Auch einen Wasserbeutel kannst du mitnehmen. Und hier sind noch ein paar breite Lederbänder für deine Füsse, denn es kann unterwegs kalt werden." Damit reicht er mir zwei Lederrollen und den Wasserbeutel, was beides noch in meine Tasche passt, ehe ich den dritten Beutel annehme und mir umhänge: „Ich danke euch." Noch einmal verbeuge ich mich vor ihm. „Ich hoffe du berichtest uns zwischendurch wie es dir geht. Und schreib immer langsam, dann geraten die Buchstaben dir auch nicht so schnell durcheinander." Er reicht mir einen ledernen Köcher und ich schlucke hart. Anscheinend ahnt er, dass ich nicht so schnell mehr zurück komme. Denn in dem Köcher weiss ich sein Reiseschreibzeug, er hat es mir beizeiten gezeigt. Auch das findet noch Platz in meiner Tasche, die dann ebenso gut gefüllt ist wie die Verpflegungstasche. „Gott schütze dich auf deinen Wegen, Nathanael." Er legt mir die Hand aufs Haupt, das ich dabei senke und spricht einen leisen Segen. Dann geht er in seine Kammer, die Stunde des Abschieds ist gekommen. Ich gehe nachdenklich und gleichzeitig fast schon ungeduldig los. Es ist schon fast drei Winter her, seit ich in den Bachlauf stürzte. In der Zeit war ich selten ausserhalb des Klosters, meist nur wenn ich etwas für die Mönche zu tragen hatte. Auf dem Weg zum Tor begegnen mir auch noch die anderen Brüder und auch von ihnen verabschiede ich mich, einige Schritte später schliesst sich das grosse hölzerne Tor hinter mir.

Tage und Nächte reihen sich aneinander, meine Füsse tragen mich weiter, über steinige Wege, sandige Feldwege, nach dem Regen auch durch Matsch, aber es ist nichts was mich aufhalten würde. Die Nächte werden immer kälter, oft suche ich mir eine geschützte Waldfläche, wo ich mich in den Büschen oder an umgestürzten Bäumen etwas verkriechen kann. Immer weiter geht es, manchmal muss ich mich durchfragen, ab und an kann ich auf einem Pferdefuhrwerk einige Zeit mitreisen, so komme ich meiner alten Heimat immer näher, ehe ich einiges von der Umgebung wieder erkenne.

Und doch scheint sich etwas verändert zu haben. Es riecht nach Tod! An mehreren Orten steigen Rauchsäulen auf, die Bewohner huschen schüchtern fast schon ängstlich umher. Meine Schritte werden automatisch schneller als ich in der Ferne die Hütte meiner Eltern erkennen kann, in deren Nähe sich mittlerweile noch mehrere andere Behausungen angesiedelt haben. Auch neben dem Haus steigt Rauch auf und mein Herz rast förmlich, so dass ich zu rennen beginne! „Mutter? Vater?" Die Haustür ist bald erreicht und ich reisse sie auf, erstarre förmlich als ich in die verunstalteten Gesichter meiner Eltern schaue! Ihr ganzer Körper ist von der Pest gezeichnet! Matt liegen sie vor dem Feuer, schauen mich entgeistert an, als sie mich erkennen. Auch sehe ich ihnen ihr Alter an, die Arbeit hier hat ihre Spuren hinterlassen, und ich scheine kaum älter geworden zu sein.

Ich gehe zu ihnen hinüber, zum ersten Mal fordere ich es hinaus, habe ich tatsächlich die Gabe des ewigen Lebens? Meine Hände legen sich auf die meines Vaters, ich ignoriere ihr Aussehen, schaue ihm in die Augen und spüre plötzlich diese Wärme in meinem Herzen. Schwer schlucke ich, denn er versucht sich von mir zu lösen, schaut mich zuerst erbost und dann fast ein wenig verstört an und schliesslich kehrt Ruhe in seinen Blick ein. Nur leise kommen meine Worte mir über die trockenen Lippen: „Ich vergebe dir, alles was passiert ist." Und zum ersten Mal in meinem Leben sehe ich ihn weinen! Sanft nehme ich den merklich zusammen gefallenen Mann in meine Arme. Es dauert etwas bis er ruhiger wird und letztendlich regungslos bei mir lehnt. Behutsam bette ich ihn unten auf das Lager. Er schaut mit müden Augen zu meiner Mutter und flüstert: „Unser Sohn ist wieder zurück." Dann schliessen sich seine Augenlider ein letztes Mal.

Meine Mutter schluchzt auf, als sie seine Worte hört und das glückliche leichte Lächeln auf seinen Lippen sieht und ich schmiege sie an mich, auch wenn ich ebenfalls kurz ihren Widerstand spüre. „Es ist gut, mir passiert nichts. Ich halte dich einfach fest", raune ich ihr zu und ihr geschwächter Körper lehnt sich an meinen. Für einen Moment wird mir kurz schwindelig, doch es gibt sich wieder. Tiefe Atemzüge sind zu spüren, ehe auch der hagere Frauenkörper in sich zusammen fällt! Nur ein leises erleichtertes Aufseufzen ist zu hören und während ich sie neben meinen Vater nieder lege, ruht ihr Blick auf mir, schon viel zu entrückt: „Du bist etwas Besonderes mein Sohn, du hast einen langen Weg vor dir. Meiner endet hier, hörst du wie dein Vater mich ruft?" Und bei den letzten Worten fallen ihre Augen zu. Ich kann es noch kaum richtig verstehen. Ich bin wohl gerade noch rechtzeitig hier angekommen. Oder haben sie auf mich gewartet? Es ist nicht mehr wichtig.

Nur langsam erhebe ich mich, gehe hinaus und nehme eine der Fackeln, um damit das Strohdach zu entzünden. Ich möchte meinen Eltern ersparen auf einem dieser Haufen zu landen. Erst als ich sicher bin, dass sich die Flammen bis auf den Boden hinab fressen werden, verlasse ich das Dorf. Weit komme ich nicht, gerade bis zu dem Wald wo ich mich bei meiner Flucht versteckt hatte. Und auch jetzt muss er mir als Unterschlupf dienen, während ich noch immer meine Taschen umgehängt habe, mich nicht mehr auf den Beinen halten kann. Mir schiesst trotz der Kälte der Schweiss aus den Poren, mein Magen krampft sich schmerzhaft zusammen und ich falle auf die Knie, übergebe mich in einem schwarzen Schwall, ehe ich das Bewusstsein verliere.

Lehrjahre

Nach dem strengen Winter tut es gut die Wärme der Sonne zu spüren. Ich sitze in einem kleinen Zimmer am offenen Fenster, die Haare länger und hinten mit einem Lederband zusammen gebunden. Immer noch trage ich einfach Kleidung, recht schmucklos gehalten und die einzige Besonderheit ist wohl die kleine Taschenuhr, die ich in einem kleinen ledernen Beutel aufbewahre. Eine Errungenschaft der Entwicklung, von einem alten Herren, bei dem ich die letzten zehn Jahre arbeiten konnte. Ehrliche körperliche Arbeit, dafür ein Dach über dem Kopf und ausreichende Mahlzeiten.

Mittlerweile ist die Lebenserwartung in der Stadt auf bis zu 72 Jahre gestiegen, auf dem Land ungefähr 55 Jahre. Neben der Taschenuhr gibt es auch eine neue Jahresberechnung, sie heisst Gregorianischer Kalender. Überhaupt haben sich einige Veränderungen gezeigt. Seit ich im Jahre 1435 bei meinen Eltern war und dort im Wald zusammen brach sind fast 100 Jahre ins Lang gezogen, in denen ich scheinbar nur zwei Jahre älter wurde. Auch der alte Herr hat mich ab und an sehr forschend angeschaut, wobei 10 Jahre noch eine Zeitspanne ist, in der jemand nicht unbedingt drastisch älter aussehen muss. Doch das Geheimnis habe ich erst an dem einen Tag erfahren. Als er merkt dass seine Zeit gekommen ist ruft er mich zu sich, liegt in dem alten Bett und seine Hände ergreifen meine. Ich habe schon lange bemerkt dass er krank ist, aber selbst die Medizin der Heiler brachte immer nur kurze Erleichterung. Wieder kommt eine Stunde des Abschieds, ich spüre die runzelige Haut an meiner und dann das kalte Metall, als er mir die Uhr in die Handfläche gelegt hat. Es ist für ihn selbstredend, dass ich sie annehmen muss. Und er hat noch eine Rolle in seinem Nachttisch deponiert, die ich nach seinem Ableben an mich nehmen soll. Ich habe es ihm versprochen und bleibe dann für den Moment Hand in Hand dort bei ihm sitzen. Mein Blick ruht auf seinem Gesicht, dass so ruhige und milde Züge zeigt und ich spüre es förmlich in mir, sehe wie ihm die Augen schwer werden und er leise erleichtert aufseufzt, ehe sein letzter Atemzug über seine Lippen kommt. Ich schlucke hart, versuche durchzuatmen, meine Brust fühlt sich furchtbar eng an. Mit zittriger Hand nehme ich die Rolle an mich, verlasse das Zimmer und schicke einen der Jungen nach einem Geistlichen, ehe ich hier in mein Zimmer zurück kehre.

Nachdem ich mich hingelegt habe, fühle ich mich einige Stunden später nach dem Aufstehen wieder gut, wenn auch die Gedanken wieder zu dem alten Mann wandern. Jetzt sitze ich hier in der Sonne an meinem Schreibtisch, die Taschenuhr in dem kleinen Beutel und öffne die Rolle. Sie besteht aus zwei Blättern.

Das erste ist ein Brief an mich, den ich aufmerksam lese:

„Mein geschätzter Nathanael.

Ja, ich kenne euer Geheimnis und es war die ganzen Jahre gut bei mir aufgehoben. Ihr habt mir die zehn Jahre jegliche Art von Arbeit sorgsam erfüllt und nie ein böses Wort dabei über die Lippen gebracht. Ich möchte euch deswegen meine Taschenuhr und das Schriftstück zukommen lassen. Ich bin mir sicher, dass ihr in meiner letzten Stunde bei mir ward und es mir erleichtert habt. Habt Dank.

Ich wünsche euch ein sehr langes und gesegnetes Leben.“

Meine Hände zittern merklich, während ich den Brief beiseite lege, nachdenklich aus dem Fenster schaue. Er hat es tatsächlich gewusst und nie ein Wort darüber verloren. Es wäre ein leichtes mich zu verraten, immerhin gibt es genug die an einem Individuum wie mich interessiert wären. Nein, er hat es niemandem verraten.

So nehme ich das zweite Schriftstück zur Hand, ich erkenne das Siegel eines Klosters wieder und auch die Art des Schriftbildes...

„Es wird jener kommen, gesegnet mit dem Geschenk Gottes, von grosser und kräftiger Natur, gebadet im Wasser des ewigen Lebens wird er denen helfen, die es am bittersten benötigen. Er wird kein Gott oder Engel sein, und dennoch beinahe unsterblich, kann er kleine Wunder vollbringen, die sich ihm aber lange verbergen. Und auch wenn er nie reinen Gewissens sein wird, durch seine Lebensweise und Taten, so kann er dennoch unter eigenen Opfergaben denen helfen die es annehmen. Und so wie das Wasser des Lebens ihm die Aussicht auf die Ewigkeit geschenkt hat, so erfrischt Wasser ihn immer wieder aufs neue. Die Brüder nennen ihn bei seinem richtigen Namen:

Nathanael, der von Gott gegeben wurde, ein Gottesgeschenk."

Daneben eine Zeichnung von mir, mit kürzeren Haaren, ein markanteres Gesicht, anscheinend etwas älter? Ich spüre wie die Verwirrung in mir aufsteigt, sehe auf das Datum und es ist eindeutig, ich bin mittlerweile in meinem 120.Lebensjahr! Die Zeit scheint eine Weile rasend schnell an mir vorbei gezogen zu sein.

Mittlerweile werden Bücher nicht nur im Kloster von einem Mönch per Hand abgeschrieben. Es gibt den Beruf des Lettersetzers, der die einzelnen Seiten Buchstabe für Buchstabe in einer Schablone zusammen setzt und mit schwarzer Farbe überzieht, ehe diese Druckplatte dann mit Hilfe einer grossen Presse die Farbe auf ein darin vorbereitetes Papier presst. Dadurch können mehrere Abzüge einer Seite schneller hergestellt werden. So gibt es nun auch kleine Bücher für die einfache Bevölkerung, in der immer mehr Bewohner leben und schreiben können. Ich selbst habe es im Kloster gelernt und auch hier im Laden des Buchdruckers ist es mir zu Gute gekommen. Auch wenn er mich anfangs nur für die Bedienung der Druckpresse eingestellt hat, so habe ich bis heute wohl auch genug über die ganze Arbeit gelernt, um den Laden weiter führen zu können. Er hat mich nicht darum gebeten, aber ich bin mir sicher dass er es erwartet, es sich wünscht.

Ich rolle die beiden Papierbögen behutsam zusammen, verstaue sie in einem Lederköcher, in dem ich meine wichtigsten Papiere aufbewahre. Dann geht mein Blick auf die Taschenuhr und ich verlasse mein Zimmer, gehe nebenan noch einmal hinein, doch der Geistliche hat ihn schon abholen lassen. Meine Schritte führen hinunter, alleine verweile ich im Verkaufsraum, sehe mir an welche Arbeiten noch erledigt werden müssen. Bald habe ich mir eine Schablone zurecht gelegt, nehme Letter für Letter aus dem Kasten vor mir und lege sie spiegelverkehrt in die Reihen. Als ich damit fertig bin, bestreiche ich die Letter mit einer schwarzen Farbe, nachdem ich die Schablone in die Maschine gelegt habe, ein Rahmen mit einem Papierbogen kommt dazu und ich bediene den langen Griff, drehe ihn kräftig, drücke nach, bis ich mir sicher bin dass es ausreicht, so wie ich es schon tausende Male vorher gemacht habe. Behutsam löse ich die Spannung wieder, sehe mir das Papier an. Fehler werden korrigiert, die entsprechenden Letter ausgetauscht und die Prozedur noch ein weiteres Mal wiederholt. Wenn es dann korrekt ist, beginne ich damit die entsprechende Anzahl von genau der Schablone aus zu drucken, deren Blätter dann zum Trocknen auf einem Tisch abgelegt werden. So vergeht einige Zeit.

Die Tür öffnet sich, ein gut angezogener Herr kommt hinein, sieht sich um und entdeckt mich, als ich in seine Richtung komme: „Guten Tag der Herr. Kann ich euch weiter helfen?" Es ist ungewohnt für mich, normal habe ich eher im Hintergrund gearbeitet. Er schaut mich irritiert an, suchend wandert sein Blick umher: „Wo ist denn dein Herr? Ich hatte hier zehn Exemplare eines Buches bestellt und er meinte sie können heute fertig sein." Bei seinen Worten senke ich kurz den Blick, mein Herr, als ob ich hier unter ihm hätte arbeiten müssen, nein, er hatte mich immer respektvoll behandelt, auch wenn es das Umfeld wohl anders sehen würde, dass ich eine zu gute Behandlung erfahren hätte. „Es tut mir leid, er ist vorhin seiner schweren Krankheit erlegen. Ich hoffe ich darf euch weiter helfen." Und damit gehe ich zu den fertigen Auftragsarbeiten hinüber, und es dauert nicht lange, bis ich die zehn Exemplare und das Original gefunden habe. Kurz überschlage ich alles im Kopf, sehe dann auf die Preisliste und zu ihm: „Das macht bitte 60 Schilling. Ich hoffe dass ihr auch weiterhin hier Kunde seid." Er schaut mich einen Moment schweigend an, nickt dann und schiebt das Geld zu mir hinüber: „Ich werde sehen wie du deine Arbeit hier verrichtest und mich dann entscheiden." Der Mann nimmt seine Waren, geht zur Tür und erst dort dreht er sich noch einmal herum, schaut mich aufmunternd an: „Ich bin mir sicher, wenn ihr nur halb so pfiffig seid wie ich euch einschätze, werdet ihr den Laden hier noch lange führen können." Nach den Worten schliesst sich die Tür hinter ihm.

Wochen, Monate, Jahre ziehen ins Land. Mittlerweile habe ich mir selbst einen Nachfolger heran gearbeitet, dem ich mit gutem Gewissen alles übergeben kann, ehe es gross auffällt, dass ich keinen Tag zu altern scheine. Er möchte mir von sich aus jeden Monate einen Anteil zukommen lassen, auch wenn ich das gar nicht verlangen würde, immerhin gibt er mir schon eine Summe für das Geschäft als Ablöse. Dennoch werde ich ihm hin und wieder eine sichere Adresse nennen, sobald ich in einem Ort längere Zeit verweile. So packe ich wieder einmal meine Umhängetasche, natürlich nicht mehr die alte, über die Zeit habe ich mir immer mal einige neue holen müssen. Die schwereren Sachen kommen in einen stabileren Tragekorb mit Stoffbezug. Auch meine Deckenrolle mache ich mir wieder, und schon bin ich auf dem Weg. Noch habe ich keine Ahnung wohin ich gehe, doch das wird sich sicher finden, das war meistens so.

Die Frau der besonderen Art

Immer wieder wechsle ich die Orte, mein Bargeld gut in meiner Tasche verstaut. Zwar gibt es schon so etwas wie Banken, allerdings tauscht nicht jede das Schriftstück einer anderen in Bargeld um. Deswegen habe ich mir in meine Taschen einige Verstecke eingearbeitet, wo ich Beträge verbergen und später darauf zugreifen kann. Zwischendurch melde ich mich wegen der Zahlungen, wenn auch nur sehr sporadisch, denn ich möchte ihm gar nicht die kompletten Erträge abnehmen, nur einen kleinen Teil, weil er sonst ein schlechtes Gewissen hat, zu Unrecht. Denn wer gut arbeitet, verdient auch gutes Geld und er hat genug andere Ausgaben. Deswegen melde ich mich meistens nur, wenn ich wirklich Geld brauche. Und ich kann ein sparsamer Mensch sein, oder suche mir eine Beschäftigung. So schlage ich mich einige Jahre durch, es kommt mir zu Gute lesen und schreiben zu können. Manchem Mitmenschen kann ich dadurch aus der Patsche helfen, und in solchen Momenten erinnere ich mich meistens auch an die Worte auf dem Schriftstück. Durch eigene Opfergaben zum Wohle derer die es nötig haben. Nur frage ich mich manchmal woher ich das wissen soll. Oder soll ich mich in Zukunft um jeden Bettler auf der Strasse kümmern? Meine Güte! Ab und an bin auch ich ein wenig überfragt. Vielleicht zeigt es sich auch einfache, welche Gelegenheit ich da am Schopfe packen könnte, denn in mir keimt die Befürchtung mir könne die Unsterblichkeit wieder genommen werden, wenn ich die damit verbundenen Aufgaben nicht erfülle. Wobei ich auch gerne wüsste, wieso mir meine Lebensweise ein unreines Gewissen bescheren wird. Ist es da jemandem gelungen in meine Zukunft zu schauen? Denn bis jetzt kann ich nicht behaupten durch mein bisheriges Leben ein schlechtes Gewissen haben zu müssen.

Mein Blick fällt auf ein Schild, das ein Gebäude im Strassenverlauf als Schenke bezeichnet und ich beschliesse die folgende Nacht dort zu schlafen. In Gedanken gehe ich darauf zu. Erst als ich jemanden anremple, schaue ich mich etwas verwundert, denn eine hübsche junge Frau sucht bei mir nach Halt, sieht mich dabei vorwurfsvoll an, anscheinend habe ich sie förmlich über den Haufen gerannt. „Könnt ihr nicht hinschauen, wohin ihr eure Füsse setzt?" mault sie mich an und ich halte sie einen Moment fest, bis ich sehe dass sie wieder sicher auf ihren eigenen Beinen steht. „Es tut mir leid. Verzeiht mir bitte. Ich war gedanklich schon in der Schenke bei einem guten Mahl und einem Bett für die Nacht", meine Stimme klingt tief und ruhig, fast wie die meines Vaters. „Ein Mahl und ein Bett, das klingt wie Musik in meinen Ohren", lächelt sie mich plötzlich leicht lasziv an und als mein Blick über ihr doch recht gutes Kleid wandert, kann ich die gelben Bänder sehen. Daher weht der Wind also, eine der leichten Damen. Vermutlich habe ich sie gar nicht angerempelt, sondern sie den unaufmerksamen Moment zu nutzen gewusst.

„Nun, könnt ihr mir zusagen gesund zu sein, so würde mir der Gedanke sicher gefallen mein Bett mit euch für diese Nacht oder ein paar Stunden zu verbringen." Schon viel zu lange ist es her, seit ich mich von sanften Frauenhänden verwöhnen liess. „Das kann ich euch wohl zusagen und für eine Nacht begleite ich euch zu gerne." Ihre grünen Augen funkeln mich dabei fast schon lüstern an. So ist es abgemachte Sache! Zusammen streben wir der Schenke zu, ein Zimmer ist schnell gefunden. Die Wirtin bringt uns eine gute Mahlzeit und einen grossen Krug Wein hinauf, immerhin bekommt sie eine gute Bezahlung dafür. Ehe wir zu essen beginnen, gebe ich der Dirne einen kleinen Beutel mit Geldstücken. Sie schaut hinein und bekommt glänzende Augen: „Dafür beschere ich dir die ganze Nacht den Himmel auf Erden!" Na, warten wir es ab ob sie ihr Versprechen auch hält. Bald sind Brot, Wurst und Käse verspeist, sie hat mich teils damit verspielt gefüttert und ich lasse es mir einfach gut gehen. Als sie kurz in den anderen Raum verschwindet, wo Wasser bereit gestellt ist, verstaue ich meine wichtigsten Taschen in der grossen Truhe, schliesse sie ab und verberge den Schlüssel hinter einem Stück Holz, dass ich beiseite schieben kann. Bei ihrer Rückkehr schaut sie zwar etwas irritiert, doch dann kommt sie mit dem Weinkrug zu mir hinüber. „Dann zeig mir doch mal was für ein prachtvoller Bursche du bist." Sie reicht mir den gefüllten Becher, ich setze ihn an und er ist in einem Zug geleert. „Trinkfest scheinst du zu sein, dann kann es eine lange Nacht werden", lacht sie auf und füllt den Becher erneut, der auch dieses Mal geleert wird. Der rote süsse Wein schmeckt nach mehr, allerdings trübt er für gewöhnlich auch schnell die Sinne, deswegen stelle ich den Holzbecher beiseite, greife nach ihrer Taille, um sie zu mir zu ziehen und sie setzt sich ziemlich undamenhaft den Krug an die Lippen, um daraus ein paar kräftige Schlucke zu nehmen. Meine Hände spielen mit den Bändern ihres Mieders, bis ich es mir überlege, es ist doch viel zu mühsam zu öffnen, lassen wir es ihr einfach an! Dafür schiebe ich eine Hand unter ihren langen Rock, spüre ihre heisse nasse Mitte und dringe ohne Vorwarnung mit den Fingern in sie ein! Ein überraschter und gleichzeitig lüsterner Seufzer entfleucht ihren vollen Lippen. Sie versucht mir noch weiter etwas von dem Wein einzuflössen und ich habe die leise Ahnung, dass sie mich eher betrunken machen möchte. Nun, da muss sie sich anstrengen, so schnell passiert das bei mir nicht. Zwar nehme ich noch ab und an einen Schluck, doch auch meine Finger bleiben nicht untätig, so dass sie bald kaum noch an sich halten kann, die Erregung ihr förmlich aus dem Blick sprüht! Ich ziehe sie auf meinen Schoss, die Hose ist flink von ihr geöffnet und gen Kniekehlen geschoben, um sich dann auf mich zu setzen, so dass ich lustvoll keuchend in sie einmarschieren kann. Schnelle harte Stösse, keine Zeit für sie nachzudenken und es dauert nicht lange bis sie laut aufstöhnend auf mir kommt. Das zum Thema dass die Dirnen es nur oral machen. Ich selbst spüre das leichte Schweben, bald ist es soweit, gleichzeitig schiesst die Hitze des Alkohols durch den schweissnassen Körper. Nur noch wenige Sekunden, ich merke wie es sich aufbaut. Meine Hände werden immer fahriger, ich schaue sie an, ihre Fingernägel krallen sich an meinem Oberkörper fest, doch spüre ich keine Schmerzen. Als sie vor meinen Augen verschwimmt blinzle ich einige Male, und merke plötzlich statt der Woge des Höhepunktes die Schwäche durch meinen Körper kriechen! Er krampft leicht zusammen und ich merke wie der Raum schwankt, es in mir zieht und brennt und meine Hände kraftlos nieder fallen! Sie erhebt sich von mir, ich gleite aus ihr heraus, jegliche Körperspannung ist mittlerweile gewichen und ihre Worte klingen viel zu schwammig an meine Ohren: „Trinke nie alleine mit einer Frau Rotwein, die du nicht kennst, mein Süsser." Ich möchte etwas erwidern, doch meine Zunge ist wie ein nasser Schwamm, so schwer und langsam falle ich in die Schwerelosigkeit, spüre noch das heftige Stolpern meines Herzens! Die Welt verschwindet! Oder verschwinde ich?

Ich merke nicht mehr wie sie versucht die Truhe zu öffnen, dann rasend vor Wut vergebens nach dem Schlüssel sucht und schliesslich nur noch den Geldbeutel ergreift, den ich ihr vorher schon versprochen hatte und das Zimmer verlässt! Ich selbst bleibe dort leblos zurück, den Geschmack des Giftes noch auf den Lippen, das sie in den Becher gefüllt hatte und deswegen wohl auch nur aus dem Krug trank.

Es dauert bis zum nächsten Mittag ehe ich mich leicht rege. Mein Körper krampft sich erneut leicht zusammen, meistens erlebe ich die letzten Sekunden beim aufwachen erneut. Ich stöhne auf, bis mein Herz endlich das Stolpern gegen einen halbwegs vernünftigen Takt eingetauscht hat. Mir ist schlecht und ich komme nur mit grosser Mühe hoch, stehe zittrig auf, frierend, die Hose immer noch in den Kniekehlen hängend. Schwankend erreiche ich den Waschkrug mit den noch sauberen Wasser, setze ihn an und stelle ihn erst ab als er geleert ist. Langsam kehrt wieder Ruhe in mir ein, kriecht sie durch meinen Körper, der trotz der Grösse gerade eine Weile braucht ehe das Zittern nach lässt und ich zu dem Versteck gehen kann, den Schlüssel dort auch vorfinde, ein Glück! Es dauert danach nicht mehr lange, bis ich das Zimmer mit meinen Sachen verlasse, natürlich wieder komplett bekleidet und im Schankraum einen erschrockenen Aufschrei vernehme! Dort sitzt die Dirne wohl mit ihrem nächsten Opfer, doch bei meinem Anblick wechselt sie einige Male ungesund die Gesichtsfarbe, ehe sie in sich zusammen klappt! „Nehmt euch vor ihr in Acht", warne ich den Burschen, „Sie spielt gerne mit unlauteren Mitteln." Dieser beugt sich zu ihr, möchte ihr eigentlich aufhelfen, ehe er stockt und mich mit grossen Augen anschaut: „Das war ihr letztes Spiel. Sie ist tot! Was habt ihr gemacht?!" Er ist hin und her gerissen, ob er aufspringen und auf mich los gehen möchte, überlegt es sich aber in letzter Minute noch, vielleicht ist er sich nicht sicher ob es das wert ist sich mit einer

Kante wie mir anzulegen. Ich schüttle nur den Kopf: „Nicht, sie ist es nicht wert, ehrlich nicht. Es war nur die Tatsache, dass ihr Giftcocktail bei mir anscheinend nicht komplett gewirkt hat, und so ein Schreck kann ein Menschenherz schon zum Stehenbleiben bewegen." Und damit verlasse ich die Schenke, Zeit die Gegend zu wechseln, ehe noch jemand auf dumme Gedanken kommt.

Der Samariter

„Herr Jonathan, heute ist ein Postreiter angekommen und hat dies für euch abgegeben." Der Halbwüchsige mit den strubbeligen Haaren und den ausgefransten Klamotten reicht mir ein Paket, das schon etwas mehr Gewicht mit sich bringt, aber noch gut zu handhaben ist für ihn. „Danke Rene, lass aber bitte das 'Herr' weg, ja? Geht es deiner Mutter wieder besser? Zieht der Rauchfang noch gut?" lächle ich zu ihm hinunter, klemme mir das Paket dabei unter einen Arm und lege den Anderen auf seine Schultern. Ich trage einfache saubere Sachen, nicht zu modisch und nicht zu formell, alles schön unauffällig gehalten. „Ja, sie hat gestern zum ersten Mal wieder etwas festes essen können, nicht nur immer den Matschbrei. Und es ist ihr sehr gut bekommen. Meine grosse Schwester sagt, wenn es so weiter geht, dann wird sie wieder gesund. Das hat ihr der Mediziner gesagt, der gestern noch einmal da war. Er wird in ein paar Tagen erneut nach ihr schauen." Er lächelt mich glücklich an, während wir plaudernd um die Ecke biegen, in eine ruhige Strasse und ich nicke, ebenfalls leicht lächelnd: „Sehr gut. Hier, das ist für dich und deine Familie. Danke dass du mir das Paket sofort gebracht hast, es ist sehr wichtig." Wertvoll wäre das bessere Wort, aber ich möchte keine schlafenden Hunde wecken. Und so lobe ich ihn indirekt noch einmal, was im Zusammenhang mit den Geldmünzen die Augen des Jungen strahlen lässt: „Danke Jonathan, vielen Dank!" - „Du hast es verdient. Und Rene, du hast sehr gut an deiner Aussprache gearbeitet." Noch ein freundschaftliches Schulterklopfen und unsere Wege trennen sich. Oh ja, es ist zu sehen, innerlich ist der junge Mann gerade um einen ganzen Meter gewachsen! Aber wer seine Geschichte so wie ich kennt, kann es sehr gut nachvollziehen. Er ist in sehr einfachen Verhältnissen aufgewachsen, mit einigen älteren Geschwistern und war immer etwas kränklich. Auch seine Sprachentwicklung hinkte hinterher und in seinem sechsten Lebensjahr traf ich ihn zum ersten Mal hier. Seit dem sind schon einige Jahre ins Land gezogen und sehr viele Treffen von uns vergangen. Meistens sassen wir nur irgendwo am Fluss, wurden wenige Worte gewechselt, weil er sich nicht traute. Ich versuchte ihm das Gefühl zu geben, dass es nicht schlimm ist, merkte schnell dass er sehr gut verstand, sich nur unbeholfen artikulieren konnte. Also ersetzte ich einfach hier und da in meinen eigenen Sätzen seine etwas falsch gewählten Worte. Rene merkte es anfangs gar nicht, übernahm sie automatisch und nutzte sie selbständig. Die Schüchternheit verflog, die Konversationen wurden länger und seine Ausdrucksweise verfeinerte sich immer mehr. Natürlich verstand er mittlerweile, dass ich ihn da ziemlich aus der Reserve lockte, doch ist er nur auch dankbar dafür. Jetzt kann er auch schon gut lesen und schreiben und ich sehe für ihn eine bessere Zukunft. Er weiss genau, wer den Mediziner bezahlt, denn von der guten Art gibt es wenige, ausserdem sind sie ziemlich kostspielig. Aber nachdem er mich einmal darauf ansprach und ich nur meinte, dass manch gutem Ding einfach sein Lauf gelassen werden sollte, nickte er nur verstehend, wusste dass ich da nicht mit mir drüber diskutieren lassen würde und fragte auch nicht nach, wie ich mir das leisten könne. Und seiner Mutter hatte er es wohl auch verständlich gemacht, dass es nichts bringen würde mich darauf anzusprechen.

Die Antwort darauf klemmt unter meinem Arm. Ein letztes Paket, die Buchdruckerei macht immer noch guten Profit. Doch habe ich in meinem letzten Brief gebeten, diesen lieber in das Geschäft und die Familie des Besitzers zu investieren. Immerhin betreiben sie es nun schon in mehreren Generationen, unglaublich, ich bin mittlerweile 265 Jahre alt und sehe immer noch aus wie ungefähr 25.

Wir schreiben das Jahr 1678. Die Länder werden vom Krieg gepeinigt. Es ist teilweise extrem kalt. Und wer keine ausreichend warme Kleidung besitzt, gehört zu den 45 Prozent die es nicht überleben. Rene und seine Familie werden es schaffen. Seine Mutter kommt wieder zu Kräften. Den Rauchfang habe ich auch befreit, er sass wegen einem Vogelnest zu und deswegen konnten sie den Ofen kaum nutzen, wenn sie nicht Gefahr laufen wollten zu ersticken. Durch die widrigen Umstände hat der ärmere Teil der Bevölkerung eine Lebenserwartung von gerade 30 Lebensjahren und 40 Prozent der neugeborenen Kinder sterben viel zu früh! Es erinnert mich an die Zeit meiner eigenen Geburt, auch wenn ich es nur aus Erzählungen meiner Mutter und später aus Büchern kenne. Es wird Zeit, dass die sprichwörtliche Kleine Eiszeit endlich beendet ist, die selbst grosse Flüsse mit einer stabilen Eisschicht bedecken lässt, wo es selbst im Winter immer gute Fahrwasser gab.

Mein Weg führt mich mitsamt des Paketes heimwärts, in eines der grösseren Häuser wo ich ein grosses Zimmer bewohne, das reicht mir. Dort steht auch meine grosse Reisekiste, in die ich beizeiten ein umfangreiches Geheimfach mit einbauen liess. Und als ich das Band entferne, den festen Karton aufklappe, kann ich ein gut geschnürtes Lederbündel sehen, das eine geraume Menge an Geldmünzen enthält. Mit dem kleinen Schlüssel, den ich an der Halskette trage, öffne ich das Fach im Boden der Kiste, wo schon ein paar gleiche Lederbeutel liegen. Ich zähle eine Summe ab, verschnüre sie und lasse die paar restlichen Münzen im Geldbeutel in meiner Hosentasche verschwinden. Alle in allem eine gute Grundlage für mein weiteres Leben.

Um Kopf und Kragen

Diese gestaltet sich recht wellenförmig. Mal lebe ich Jahrzehnte völlig normal und muss förmlich aufpassen rechtzeitig die Orte zu wechseln, damit meine ewige 'Jugend' nicht auffällt. Und dann gibt es Jahrzehnte in denen ich häufig unterwegs war, die Strichliste mit verbrauchten Leben stetig gefüllt würde, hätte ich sie geführt, allerdings habe ich irgendwann aufgehört mitzuzählen. In dem Geheimfach liegt dennoch ein Buch, in das ich eingetragen habe wie es passiert ist, wie lange das wieder aufwachen und die Regeneration gedauert hat. Und es gibt doch teilweise

Weiterentwicklungen zu beobachten, was ich sehr spannend finde. Dennoch ist es etwas müssig darüber nachzudenken, denn das nächste Mal könnte schneller passieren als es mir lieb ist. Ich sage nur Stichwort 'Giftige Dirne'. Glaubt mir jemand, dass ich seit dem nur minimal vorsichtiger im Umgang mit Frauen geworden bin? Wobei ich immer an die Warnung des Mönches denke, dass ich auf keinen Fall meinen Kopf verlieren darf, im wahrsten Sinne des Wortes. Denn dann würde meine Seele aus dem Körper entschwinden und könnte nicht mehr zurück kehren. Und niemand konnte es mir sagen, wie sich das mit anderen abgetrennten Körperteilen verhalten würde, deswegen ist auch da grösste Vorsicht angesagt, denn sollten sie nicht mehr regenerieren können, hätte ich ein Problem. Dennoch lebe ich erstaunlich unbeschwert vor mich hin - wobei, halt - das stimmt nicht so ganz. Es gibt schon Phasen, wo ich meine Unsterblichkeit förmlich verfluche. Wenn ich eine liebgewonnene Person verliere. Damit kann ich immer noch nicht gut umgehen. Und doch gehört es immer wieder zu meinem ungewöhnlichen Leben. Umso schöner sind dann genau die Begegnungen wie ich sie mit Rene und seiner Familie habe. Ich weiss, auch da bricht der Kontakt irgendwann ab, wenn ich weiter ziehe. Und doch habe ich in der Vergangenheit noch eine Zeit Briefkontakte gehalten, bis es aufhören musste, weil es sonst zu auffällig wäre.

Auffällig, ist ein gutes Stichwort. Denn immer wieder gibt es Menschen oder Situationen die auffallen, egal ob es absichtlich oder versehentlich ist. So wie die alte Frau dort, die gerade die Gasse vor mir entlang schlurft, einen schweren Tragekorb auf dem

Rücken. Ich habe sie oft schon in den nahen Wald gehen sehen, wo sie teils nachts wilde Kräuter sammelt, in den verschiedenen Phasen des Mondes. Gerade schleppt sie sich weiter, ihr Atem rasselt hörbar und wer ihr in das runzelige Gesicht schaut, kann das Alter und die Weisheit von sehr vielen Jahrzehnten darin lesen. Wieder bleibt sie stehen um Atem zu schöpfen, als eine Gruppe junger Männer in die Gasse einbiegt. Kaum das sie das alte Weib entdeckt haben, geht eine wilde Pöbelei los! Einer greift nach einem Stein und noch ehe ich weder ihn noch sie erreichen kann, trifft er das Kräuterweib am Kopf. „Alte Hexe! Du gehörst auf den Scheiterhaufen! Brennen sollst du!" keift er ihr entgegen, ehe ich ihn erreiche und mit einem Fausthieb zu Boden strecke! Selbstredend dass seine Begleiter ihm zur Hilfe kommen und es entwickelt sich eine kräftige wenngleich auch kurze Prügelei, in der ich zwar auch einige verzweifelte Schläge einstecken muss, die nur glimpfliche Auswirkungen zeigen und am Ende doch als klarer Sieger hervor gehe! Drei gegen einen ist aber auch keine gute Rechnung, meiner Meinung nach! Als sie betäubt am Boden liegen, schaue ich mich um. Die alte Frau kniet am Boden, hält ihre Hand auf eine blutende Kopfwunde. Ich schaue mich kurz um ob noch weitere Überraschungen zu erwarten wären, dann knie ich mich zu ihr, lege meine Hand auf ihre Schulter und möchte ihr aufhelfen. Doch für einen Augenblick dreht sich die Welt heftig und ich seufze leise auf, anscheinend habe ich mehr abbekommen als ich dachte? Mein Kopf pocht und in meinen Ohren rauscht heftig das Blut. Verflixt, ich kann gerade nicht schlapp machen, sie braucht meine Hilfe! Ich versuche meinen sonst so gestärkten und zuverlässigen Körper dazu zu überreden mir zu gehorchen, ohne Erfolg... Langsam sacke ich in mich zusammen, als der Schmerz und das Dröhnen in meinem Kopf mich überwältigen, merke nicht wie sie mich abzufangen und zu Boden gleiten lassen versucht, ehe sich ihr mildes Gesicht über mich beugt. In dem kurzen Moment kann ich einen Blick auf sie werfen, zwischen den so schwer zu öffnenden Augenlidern und bilde mir ein keine Verletzung bei ihr mehr sehen zu können! „Ich danke dir mein Junge, möge Gott dich weiter beschützen", klingen ihre Worte schwammig zu mir hindurch. Nur ein kurzes leises Stöhnen ist meine Antwort, ohne zu merken wie die Drei wieder rege werden und sie die Flucht ergreift, mich hier meinem Schicksal überlässt? Sie schauen erstaunt von ihr zu mir! „Nicht sie ist die Hexe, er ist vom Teufel besessen! Seht, er trägt ihre Verletzung! Packt ihn! Bringt ihn zum Scharfrichter!" Ich verstehe kaum was gesagt wird, werde gepackt und sie schleifen mich mit sich fort!

Platsch! Das kalte Wasser schwappt mir ins Gesicht und ich blinzle, huste und erkenne einen spärlich beleuchteten Kerker, in dem ich mit groben Ketten an die schroffe Mauer gefesselt bin! „Gestehe, die Krankheit der Alten angenommen zu haben, um sie damit vor dem sicheren Tode zu retten!" Bruchstücke der gebellten Worte schallen durch meinen Kopf und es braucht noch einen weiteren Wasserschwall, ehe ich wieder etwas klarer bin. „Ich habe mir nichts zu Schulden kommen lassen, wir wurden angegriffen, ich habe sie beschützt." Meine Worte klingen hart, ich richte meinen Blick so gut es geht auf das Gesicht des Mannes vor mir. „Du hast dich der Hexerei verschrieben, Teufelswerk begannen! Oder wie erklärst du dir die Kopfverletzung, die vorher am Kopf des Weibes war und jetzt deine Stirn ziert?" Ich werde doch etwas ungehaltener und nur die Ketten verhindern dass ich nach vorne kann: „Die drei Männer haben auf mich eingeprügelt, ehe ich sie nieder streckte. Das reicht mehr als deutlich als Erklärung." - „LÜGNER!!" schallt es mir entgegen! „Du wirst die Wahrheit schon noch sagen und morgen deine gerechte Strafe durch den Streck und die Enthauptung bekommen!" In dem Moment spüre ich doch das leichte Stolpern meines Herzens! Nicht wegen dem Streck, in dem ich am Boden in alle vier Windrichtungen auf Spannung fest gezerrt wäre, nein, wegen der Enthauptung! Sollte morgen tatsächlich mein Leben beendet werden?

Näher mit dem Gedanken beschäftigen kann ich mich allerdings nicht, denn der Schmerz jagt durch meinen Körper, als sie das glühende Eisen auf meine Flanke drücken! Ich verbeisse den Schmerz, auch wenn sie sehen können wie ich mein Gesicht verziehe, der Schweiss aus allen Poren tritt! Unzählige Male wiederholen sie dieses perfide Spiel, der Gestank von Schwefel und verschmorten Fleisch durchzieht die Luft und immer wieder höre ich die gleichen Worte, schaffe es tatsächlich auch eine Weile noch zu antworten, wobei sich nichts an meiner ursprünglichen Aussage verändert, was sie förmlich zur Raserei bringt! Erst als ich für den Moment die Besinnung verliere halten sie ein, ein kräftiger Schlag ins Gesicht, eine Ladung Wasser, doch nichts holt mich aus der erlösenden Dunkelheit zurück! Schwer hängt mein geschundener Körper in den gusseisernen Ketten, die ihrerseits weiter tief ins Fleisch schneiden.

„Lasst mich bitte zu ihm, er hat immerhin einen letzten Wunsch frei, und welcher Todeskandidat möchte in seiner letzten Stunde keinen Beistand erhalten?" Der Mönch redet mit dem Wächter vor meiner Zelle und dieser brummt nur leise, öffnet die vergitterte Tür und lässt ihn passieren. Behutsam spüre ich die Berührung an meiner Schulter und es dauert, bis ich die Augen öffnen kann und den Mönch vor mir sehe. „Nicht reden, Nathanael, macht einfach gleich nur leicht den Mund auf und lasst mich gewähren. Ich hole euch hier raus." Mein Kopf nickt nur leicht, ehe mir die Augen wieder zufallen und er nach vorne sinkt. „Auf euren Wunsch hin gebe ich euch ein letztes Mal das heilige Sakrament, ehe eure Seele sich auf die Reise macht." Ich spüre wie etwas meine Lippen berührt, öffne sie leicht und der 'Leib Gottes' zergeht in meiner Mundhöhle, wobei mir sofort der eigentümliche Geschmack auffällt! Doch kann ich mich noch zurück halten darauf zu reagieren, warte einfach ab. Und es dauert nicht lange, bis ich die Wirkung spüre, mein Körper sich kurz heftig verkrampft, was den Wächter auf den Plan ruft: „Was ist mit ihm? Was habt ihr gemacht?!" Der Mönch schaut ihn nur ruhig an: „Sein Körper ist durch die Schändung zu geschwächt und kämpft seinen letzten Kampf. Eure Männer haben ihre Arbeit wohl zu ernst genommen und der Scharfrichter wird morgen nicht mehr benötigt." Er bekreuzigt sich, als er meinen leblosen Körper anschaut und beginnt zu beten. Der Wächter verschwindet, kommt mit einigen Männern zurück, die mich aus den Ketten nehmen, nachdem sie zu dem gleichen Ergebnis wie der Geistliche gekommen sind. „Gebt ihn mir mit, so dass er eine würdige Bestattung bekommt, denn Gott zeigte euch damit wohl deutlich die Unschuld des Mannes."

Mit einem Schulterzucken nicken sie leicht, bringen mich hinaus, als er meinte er wäre mit dem Pferdewagen gekommen und es dauert nicht lange bis ich darauf abgeladen bin und das Gefährt sich in Bewegung setzt.

Normalerweise würde mich die Vorgehensweise der Wache verwundern, wenn ich dazu noch fähig wäre in dem Moment. Denn der Mönch weist explizit darauf hin, dass er mir die heiligen Sakramente spenden möchte. Da stellt sich die Frage, wieso der Heilige Mann nicht auch direkt bei mir eingekerkert wird. Denn wer zum Tode verurteilt ist so wie ich, der hat weder ein Anrecht darauf noch auf eine Beerdigung, sondern ist förmlich verbannt! Mich hätte vor der Enthauptung deswegen auch der Holzpflock ins Herz erwartet, um meiner Seele keine Möglichkeit zu geben doch noch über Umwege den Körper zu verlassen und gen Himmelreich streben zu wollen! Wer weiss, vielleicht hat die Wache selbst schon so viel auf dem Kerbholz, dass er sich mit dieser 'guten Tat' die Vergebung seiner eigenen Sünden erhofft, egal wie es mir und meiner Seele schlussendlich ergehen würde. Hauptsache er hat es versucht. Gleichzeitig zeigt sich da aber auch die Möglichkeit, dass der Mönch an sich dort schon einen sehr guten Stand hat, wie auch immer er sich den erwerben konnte, denn nicht immer sind Geistliche in ihren verschiedenen Formen auch tatsächlich gut angesehen. Wobei offen kaum jemand sich über die Kirche äussern würde, denn niemand möchte als Ketzer an den Pranger gestellt werden, oder deswegen den Henker sehen müssen. Der Pranger kann auch schon unangenehm sein. Manchmal ist der sogar erhöht angebracht, quasi im oberen Stockwerk eines Hauses, wo man nur auf einem schmalen Vorsprung stehen kann, Arme und Beine angekettet und die ganze Örtlichkeit kommt zusammen, und tut sich gut daran ihre verfaulten Eier, anderes Obst und schlimmstenfalls einige Steine mitzubringen. Anders sieht es bei dem Zusammentreffen mit dem Henker übrigens auch nicht aus. Man glaubt es nicht, wie viele Bewohner der Stadt sich dann auf dem Platz versammeln, wo der Galgen aufgebaut ist oder das Fallbeil. Es herrscht fast schon Feststimmung, ja, wie ein grosses Dorffest, wo gefeiert, getrunken, gelacht wird. Für den Todeskandidaten natürlich ein tolle Bild, was sich ihm da bietet, wenn er hinauf geführt wird. Aber er hat seine Ehre durch das Urteil eh verloren, also können sie ihm doch auch zeigen was sie von ihm halten, und von seinen Taten. Doch sollte da jeder wohl mal unter seinen eigenen Rockzipfel schauen, ob er tatsächlich den ersten Stein werfen dürfte.

Glücklicherweise bin ich dem ganzen ja entgangen, auch wenn ich noch nicht genau weiss wie es überhaupt so kommen konnte, weder dass sie mich verurteilten, noch dass der Mönch mich mitnehmen kann.

Einige Tage verbringe ich bei den Mönchen im Kloster. Ich bekomme es zuerst nicht mit, aber sie schaffen es sogar meine kompletten Sachen aus dem Zimmer zu holen, das ich bis dahin bewohnt habe. Denn dass ich da nicht mehr zurück kehren kann liegt klar auf der Hand. Immerhin lebe ich offiziell nicht mehr. Auch haben sie bedacht Rene eine Nachricht zukommen lassen. Er denkt, dass ich eine dringende Nachricht meiner Familie bekommen habe. Ich selbst habe mich von den Strapazen der Folter auch schnell wieder erholt, erfahre auch bald darauf dass die kleine Oblate in eine schnell wirkende Kräuteressenz getaucht war, die sämtliche Körperfunktionen bis auf ein Minimum herunter senkte, so dass es tatsächlich so aussah als ob ich verstorben wäre. Noch ahnte ich nicht, woher sie meinen Aufenthaltsort dort kannten, aber dann lächelte einer der Mönche milde, sie würden hin und wieder Rezepte mit einer alten Dame austauschen, die mir noch einen grossen Gefallen geschuldet hätte. Es war nicht schwer zu erraten, wen sie meinten.

Ein Blick umher

Die Lebensstränge werden weiter verwebt und sicherlich gibt es noch viel mehr zu berichten, was in den mittlerweile fast 300 Jahren vorgefallen ist. Allerdings könnte es auch arg langatmig werden und langweilen soll sich ja niemand. Mal überlegen, was ich bis jetzt noch unterschlagen haben könnte. Ich versuche mich auch kurz zu halten.

Vermutlich habe ich im 15.Jahrhundert einen grossen Meilenstein vergessen, wenn ich so recht darüber nachdenke. Die Entdeckung Amerikas 1492! Diese Neuigkeit wurde selbstredend durch die Lande erzählt und jeder war gespannt darauf wann es etwas neues zu hören gab! Ebenso hatte ich die Reformation 1517 noch nicht erwähnt, Martin Luther brachte mit seinen Thesen gewaltig Unruhe und Leben in die Kirche, die sich danach in mehrere Konfessionen teilte, und damit das Zusammenleben der Menschen nicht gerade einfacher machte. Denn es gab nun mehr Probleme untereinander, wenn sich die Menschen verschiedener Glaubensrichtungen trafen. Es wurden Kreuzzüge im Namen des Herren geritten, die mit dem christlichen Glauben so viel zu tun hatten wie Stroh mit einem Spinnrad. Es war durchaus bequem einigen Fehden den Deckmantel der Kreuzzüge über zu streifen. Die Kirche erkannte übrigens sehr bald, dass durch 'käufliche Heilprodukte', oder durch den Ablasshandel, sehr gut die Kasse gefüllt werden kann. Denn nicht jeder zählt zu den erzgläubigen Mitmenschen und da dann die Sünden durch einen Ablassbrief getilgt zu bekommen, ist natürlich auch ein Versuch die Seele zu reinigen und zu befreien, um später auf den Weg ins Himmelreich hoffen zu können. Gleichzeitig wütete die Hexenverfolgung weiter, der ich ja fast selbst unschuldig zum Opfer gefallen wäre. Und wie mir erging es viel zu vielen, zu Geständnissen gezwungen, durch perfide Foltermassnahmen und anschliessend enthauptet. Vorher bekamen sie einen Holzpfahl ins Herz gerammt, um zu verhindern, dass die Seele den Körper verlassen könne. Klingt bekannt, oder?

Andererseits mehrten sich die Anzahlen verschiedener Skulpturen, deren Künstler mittlerweile tatsächlich Geld dafür bekamen, wenn sie nackte Menschen erschufen, manchmal eher auf die humorvolle Art, mit ausladenden Rundungen und anderen Attributen. Ja, Künstler wurden in vielen Bereichen geachtet, engagiert und gut bezahlt.

Auch das leibliche Wohl änderte sich. Hatte man zu meiner Kinderzeit nur morgens und abends eine richtige Mahlzeit eingenommen, die auch oft aus Fleisch bestand, so ist es über 250 Jahre später üblich dreimal am Tag zu speisen. Dabei wurde allerdings weniger Fleisch gegessen, sondern mehr Mehlspeisen hergerichtet. In den ärmeren Gegenden überwog der Getreidebrei. Das Getreide war meist dunkel, in Form von Brot und Mus, aus Roggen, Gerste oder Dinkel. Helles Mehl ist ausschliesslich der feinen Gesellschaft vorbehalten, ebenso Kaffee, Tee und Zucker. Diese Lebensmittel wurden über die ganze Welt verschifft. Der unteren und mittleren Bevölkerungsschicht bleiben nur Bier und Wein mit niedrigerem Alkoholgehalt, wenn das Wasser nicht geniessbar ist. Apropos, noch eine Tatsache. Als noch vor meiner Geburt die erste Pest ausbrach, von der Krim im Schwarzen Meer und über Europa hinweg walzte, da hatte man tatsächlich behauptet, dass die jüdische Bevölkerung in allen Ländern die Brunnen vergiftet hätte, um die Christen damit aus der Welt zu schaffen! Bis zum 15.Jahrhundert durften Juden dann auch keinen Ackerbau oder ein anderes zunftmässiges Gewerbe betreiben, was darin mündete dass sie sich auf den Handel spezialisierten, Geld verliehen, was Christen wiederum nicht gegen Verzinsung praktizieren durften. Jeder fand so einen Weg, sein bescheidenes Leben zu gestalten. Es entwickelte sich neben den Laienmedizinern wie Bader, Heilmittelkrämer oder Hebamme auch ein winziger neuer Zweig, es tauchten vereinzelt Ärzte auf, die an einer Universität studiert hatten, auch wenn es noch ein stümperhaftes Studium war und der Mensch noch nicht in seiner wahren Anatomie erkannt wurde. Deswegen zählte der Wundarzt ebenso wenig wie Prostituierte, Henker, fahrende Spielleute, Bader, Barbiere, Schinder, Abdecker, Latrinenreiniger, Leinweber oder Zöllner nicht zum ehrlichen Berufsbild.

Wobei selbst die ärmere Bevölkerung sich da zu helfen wusste. Denn in jedem Dorf waren meist auch eine Schmiede, Töpferei, Holzwerkstatt, Lederwarenverarbeitung in der Umgebung zu finden, wo die Felle, Bäume und vieles mehr weiter verarbeitet werden konnte. Ansonsten bauten sie auf den Feldern verschiedenes an. Um die Erträge zu erhöhen gab es eine bestimmte Reihenfolge, die ich allerdings auch erst später erkannte. Die Felder wurden dreierlei geteilt. Es gab eines für den Winter, eines für den Sommer, und eines das brach lag. So wurde jährlich gewechselt und die Felder hatten zwischendurch Gelegenheit sich zu erholen. Angepflanzt wurden meistens: Hirse, Rüben, Flachs, Hanf, Erbsen, Linsen, Bohnen und Kohl. Anfangs nur Mengen für den Eigenbedarf, ehe später gezielt auch für den Verkauf auf dem Markt gepflanzt wurde. In den Ställen treiben sich Rinder, Schweine, Schafe und Geflügel herum, so ist die Fleischversorgung auch gesichert, ebenso können Federn, Wolle und andere Nebenprodukte mitverwendet werden. Allerdings kommt es in manchem Jahr bedingt durch die lange und strenge Kälte auch zu schlechten Ernten, die im blutigen November enden, wo alle Tiere geschlachtet werden, um das Überleben im Winter so gut wie nur möglich zu sichern. Dazu noch die Belastung der Bauern in der Fron zu sein und dann auch noch der Kirche einen Zehnt ihrer Erträge abgeben zu müssen. Da kann das Leben schon sehr kritisch und schwer sein.

Umso mehr freue ich mich, wenn ich in der Buchdruckerei per Brief anfrage und eine positive Rückmeldung bekomme. Ja, scheinbar hält meine Familie über Generationen hinweg den Kontakt noch aufrecht. Dass ich es selbst bin verrate ich natürlich nicht.

Wenn ich mich umschaue habe ich das Gefühl, die Welt macht ziemliche Entwicklungsfortschritte, wobei es fraglich ist, ob sie auch immer in eine gute Richtung gehen. Die Menschen interessieren sich für Musik und Geschichten, lesen Goethe und Lessing oder Schiller, hören Bach oder Beethoven!

Woanders krankt es noch am Fortschritt. Auf dem Lande werden die Mühlen noch per Wasserlauf betrieben, grosse Räder die vertikal hinein ragen, ihre Kraft auf Sägen, Pressen, Mühlsteine, Schmiedehämmer oder Blasebalgs übertragen. Wo auf dem Land genug Wind ist, übernimmt die Windmühle diese Aufgaben, deren grosse Flügelblätter mit dem Mühlenkopf in die entsprechende Richtung gedreht werden können.

Auf dem Boden werden Beetpflüge hinter die Tiere gespannt, die durch ihre schrägen Schaufeln den Boden gleichzeitig wenden, während die Tiere sie in einem Kummet ziehen, das ellipsenartig vertikal auf ihren Schultern gestützt ist, so dass die Kraftverteilung viel besser verläuft, mit weniger Anstrengung.

An anderer Stelle erzittert die Welt vor einem recht gedrungenen Mann, der es versteht famose Kriegsspiele abzuhalten. Unzählige Menschen verlieren dabei ihr Leben, während Napoleon mit seiner französischen Revolution Geschichte schreibt. Ich selbst versuche möglichst unbeschadet durch dieses Zeit zu kommen, auch wenn sie durch den Höhepunkt der kleinen Eiszeit 1750 enorm erschwert wird. Wobei ich feststellen durfte, dass es gar nicht so unangenehm ist zu erfrieren. Man schläft einfach nur ein, verliert vorher jegliches Körpergefühl, nachdem der erste Schmerz abgeebbt ist. Eine taube Müdigkeit, der sich kaum jemand widersetzen kann. Und schon war ich ein überdimensionales tiefgefrorenes Fischstäbchen. Die Periode war wohl auch eine der längsten, ehe ich wieder erwachen durfte, nach mehreren Wochen, als die Sonne eindeutig mehr Kraft zeigte und mich dort auftaute. Ein Glück, dass ich zu der Zeit mein Geld schon in diesen neuen Wertpapieren angelegt hatte, die Dokumente im Boden der grossen Kiste ruhten. Meine Bleibe war am Rande der Stadt, so fiel es nicht gross auf wenn ich länger fort blieb. Die erste Nacht dort nach meinem auftauen war wie der Himmel auf Erden!

Die nächsten Jahrzehnte hielt ich mich ziemlich bedeckt. Trotz aller Vorsicht füllten weitere Ereignisse meine Tagebücher, allerdings immer um das Leben eines anderen Menschen zu erhalten. Manches fühlte sich sehr seltsam an, doch immer war da das Vertrauen und die Gewissheit, ich würde zurück kehren. Manche Situationen wiederholten sich einige Male und verloren dadurch förmlich ihren Schrecken, so dass ich es nur geschehen lassen konnte und mich nach dem aufwachen so gut es ging versteckte. Wobei die Pflege durch sanfte Frauenhände eine willkommene Abwechslung war, währenddessen ich allerdings auch vermied genügend Wasser zu trinken, damit es nicht auffiel. Da litt ich lieber ein wenig länger vor mich hin und liess sie mich betüddeln und genoss zudem noch die weibliche Anwesenheit. Oh nein, das hatte sich seit Mireille nicht geändert. Und in 330 Jahren gab es bestimmt viele Frauen, die mir in den

Nächten begegnet sind. Doch nie war ich auf die Idee gekommen mich an eine zu binden.

Ein Wildfang in Nöten...

1776 – Nachdem Kolumbus 1492 ja schon Amerika entdeckte – gibt es nun den nächsten Meilenstein! Die United States of America werden gegründet! Die Menschheit schaut auch jetzt neugierig hinüber und so mancher macht sich auf den Weg, so wie ich auch. Mit meinen 27 Jahren, so erscheine ich wenigstens, habe ich mir gerade eine der begehrten Fahrkarten geholt. Natürlich kostet das einiges, aber darüber brauche ich mir keine Gedanken machen. Wenn ich eines während meiner letzten 343 Jahre gelernt habe, dann ist es wie ich mein Geld sicher anlegen und vermehren kann. Deswegen gibt es gerade nur noch eines zu tun, meine Sachen zusammen zu packen. In die Kiste kommen wie meistens einige Bücher und andere schwere Gegenstände. Meine Kleidung verstaue ich in ein paar grossen Taschen und schon ist es erledigt. Mein kleines Haus bleibt nicht lange leer, denn auf dem Weg per Kutsche zum Hafen treffe ich auf einen älteren Mann, der mir schon oft hier aufgefallen ist. Ich nehme einen Zettel, schreibe ihm die Adresse auf und drücke ihn mitsamt des Schlüssels beim aussteigen in seine knochige Hand! Zuerst schaut er mich verdutzt an, ehe ein Lächeln sich auf seinem runzeligen Gesicht ausbreitet und er mir förmlich hinterher ruft: „Gott schütze dich!" Ich trage die Taschen auf das Boot, gefolgt von zwei Männern mit meiner Kiste. Die Überfahrt wird eine Weile dauern, das Gepäck landet in einer der Kammern, wo von es eine überschaubare Anzahl gibt, die meisten Reisenden schlafen auf dem Deck, reisen mit leichtem Gepäck. Ich selbst fange wieder neu an, in der neuen Welt. Und ich bin gespannt, was mich dort erwarten würde. Hier auf dem Dampfmaschinenboot, eine neue Art zu reisen, nachdem die Dampfmaschine entwickelt wurde, die auch in Wagen, Heissluftballons und anderen Fortbewegungsmitteln eingesetzt wird. Mit dem Dampfboot geht es verständlicherweise zügiger, denn wir sind nicht vom Wind abhängig. Und solange die Maschine nicht heiss läuft, treibt sie uns voran, bewegt der Dampf die Kolben und Wasserräder im stetigen Rhythmus. Meist bleibt jeder für sich und auch ich verbringe viel Zeit in meinem Zimmer. Ich habe vorher ein paar Bücher beschaffen können, über die neue Welt, die ich mit grossem Interesse lese. Es wird sicherlich interessant.

Gerade liege ich wieder mit meinem Buch gemütlich auf dem Bett, wobei doch merklich Seegang ist, als an meiner Tür leises Kratzen und eine vor sich hin murmelnde Frauenstimme zu hören ist! Ich lausche, glaube zuerst ich würde mich verhören und möchte weiterlesen, doch das Murmeln und Kratzen lässt nicht nach! Mein Kopf dreht sich ein weiteres Mal zur Tür, das Buch wird schon nebenher beiseite gelegt, so dass es platt neben mir liegt, bereit weiter gelesen zu werden, und ich erhebe mich. Wie meistens trage ich eine einfache Hose, stopfe das Oberteil noch schnell ordentlich hinein und trete dann an die Tür, um sie ruckartig zu öffnen! Ein erschrockener spitzer Schrei erklingt, ehe ich nur noch beherzt zugreife, weil mir eine dunkelhaarige junge Lady entgegen sinkt! „Aber, aber, wer möchte hier denn gleich den sterbenden Schwan machen?" kommt es leise von mir, um sie auf die Arme zu heben, die Tür mit meinem Rücken zu schliessen und sie zum Bett zu bringen, wo ich sie vorsichtig ablege, dabei das Buch noch etwas beiseite schiebe, um es dann aufzuheben und auf einen kleinen Tisch abzulegen, dazu würde ich gerade eh nicht mehr kommen. Ihr Gesicht sieht blass aus, fast schon käsig und ich taste nach ihrem Puls, der etwas fliegt. Mein Blick huscht über ihren Körper, schlank, an anderer Stelle angenehm üppig, und ein so zartes Gesicht! Vorsichtig streiche ich eine Locke beiseite, die sich aus dem Zopf dunkelbrauner kräftiger Haare gelöst hat. Meine Hand legt sich an ihre Wange und nur leise spreche ich sie an: „Hallo? Schönheit, wacht auf, oder wartet ihr auf einen Prinzen hoch zu Ross?" Leicht merke ich wie sich mein Magen dreht, mir flau wird! Huch, das kenne ich gar nicht von mir! Jetzt ist es eher mein Gesicht, dass einen doch etwas grünen Stich bekommt, während die Schönheit langsam wach wird, sich blinzelnd umschaut und ihr Blick dann an mir hängen bleibt. Kurz spiegeln sich darin die unterschiedlichsten Gefühlsregungen und ich warte einfach ab, welche von ihnen wohl die Oberhand gewinnen würde. Abrupt möchte sie sich schliesslich erheben: „Was fällt euch ein mich einfach in eure Kabine zu zerren!" Die drohende recht kräftige Ohrfeige fange ich mit einer schnellen Handbewegung nahe bei meinem Gesicht ab und lächle sie frech an: „Bedankt sich so eine Dame wie ihr es seid? Ich hätte euch wohl lieber auf den Fussboden zu meinen Füssen stürzen lassen sollen?" Ruhige, tiefe Worte, wobei ich innerlich gar nicht so ruhig bin, denn mein Magen dreht sich immer noch. Von ihr kommt zuerst ein erstaunter und dann ziemlich beschämter Blick! „Ich denke das reicht als Antwort", setze ich nach und gebe ihr dann

Gelegenheit sich ungestört vom Bett erheben zu können. Das Rascheln ihres Kleides mischt sich mit dem wummernden Geräusch des Bootes und sie deutet einen Knicks an: „Ich danke euch." Dann geht sie ohne ein weiteres Wort zur Tür und verlässt meine Kabine. Nur kurz darauf kann ich hören wie sie nebenan die Tür öffnet und schliesst. Ich selbst lege mich auf das Bett, werde von einer Wolke teuren Körperpuders umhüllt, das noch von ihr anhaftet und schliesse die Augen. Langsam kommt die Ruhe, kriecht in meinen Körper, ehe sie auch meinen unruhigen Magen erreicht, und mich langsam einschlafen lässt.

Wochen dauert die Reise nun schon an, noch ist das Ziel nicht einmal in der Ferne zu sehen. Das Dampfboot schiebt sich von Hafen zu Hafen, Ladung wird gelöscht, die Besatzung bei Bedarf gewechselt, wir Passagiere bekommen die Möglichkeit etwas Landluft zu schnuppern. Ich ziehe mir einen der besseren Anzüge an, die Haare zusammen genommen und im Nacken zu einem kleinen Zopf gebunden, verlasse ich ebenfalls das Boot. Vor mir sehe ich besagte junge Dame vom Beginn der Reise! Sie schützt sich mit einer Haube gegen die Sonne, doch ist sie mir nach der Zeit bekannt, auch wenn es den Anschein hat sie würde mich meiden, so kreuzen sich unsere Wege seitdem doch recht oft, zufällig, wobei es nicht an mir liegt, dass ich ihr nachstellen könnte.

Geradewegs geht sie die Strasse entlang, die vom Hafen ins Ortsinnere führt und ich folge ihr mit gehörigem Abstand und Anstand. Welche Intention steckt dahinter? Wohl die Tatsache, das sie als Frau völlig alleine unterwegs ist. Mich ihr offensichtlich als Begleiter anbieten, das liegt mir fern, zu gut kann ich mich an unsere erste Begegnung erinnern. Aber wer verbietet es mir, ein wachsames Auge auf sie zu halten? Genau, niemand. Deswegen schlendere ich ihr hinterher, vergesse dabei durchaus nicht mir die Umgebung anzuschauen, doch mein Augenmerk wandert immer wieder auf sie, sie selbst scheint die verschiedenen Bauten zu bewundern. Manch Bewohner kommt auf sie zu, möchte mit ihr reden, doch sie winkt nur höflich ab. Eine ganze Weile durchstreifen wir so die unbekannten Strassen, wobei ich den Weg auch noch zurück finden würde, ehe sie kurz stockt, der Blick in eine Seitenstrasse gerichtet bleibt und sie erstarrt! Ich selbst habe keine Ahnung was sie sieht, doch bleibe ich einige Meter entfernt im Schutz einer Hauswand stehen und warte ab. Aus der Seitengasse kommt ein Trupp junger Männer und steuert direkt auf sie zu, während Mademoiselle stehen bleibt wie die Maus vor der Schlange, doch ihr Gesicht zeigt Angst! Was denn, wen wird denn bei ein paar hübschen Mannsbildern gleich der Mut verlassen? In Ordnung, ich korrigiere mich, Mannsbildern mit Messern und an einer Klinge klebt bereits frisches Blut! Zeit für mich aus der Versenkung aufzutauchen und zu hoffen dass sie mitmacht! „Schatz, Marie, hier bist du! Wie gut dass ich dich gefunden habe!" Mit schnellen Schritten eile ich auf sie zu, legen sich meine Hände an ihre Oberarme und ich kann das heftige Zittern deutlich spüren. Mein Blick sendet ihr die stumme Bitte es nicht zu verbauen! Als von ihr noch keine Regung kommt, was mich in Anbetracht der Situation nicht verwundert, schaue ich zu den Männern hinüber, lächle sie freundlich an: „Vielen Dank, dass ihr auf sie Acht gegeben habt. Wir sind nur auf der Durchreise mit der Bahn und sie kann sich doch so schlecht orientieren, da könnte ihr wer weiss was passieren." Natürlich lasse ich mir nicht anmerken, dass ich das Messer schon längst entdeckt habe, sondern plaudere weiter: „Wissen sie, wir sind nur ein paar Stunden hier, bis die Bahn wieder aufgefüllt und beladen ist, dann geht es weiter, sind wir doch gerade auf unserer Hochzeitsreise." Oh je, was erzähle ich da nur für einen Unsinn, während ich meine angebliche Braut in den Arm nehme. „Oh, das ist allerdings sehr schön für euch. Doch glaube ich, dass es sich mit leichterem Geldbeutel noch deutlich besser reisen lässt, was haltet ihr davon?" kann ich kurz darauf einen der Männer hören und das Zittern in meinen Armen verstärkt sich merklich. „Ganz ruhig", raune ich ihr zu und lächle entschuldigend, ehe ich antworte, „Ich würde euch gerne ein Dankeschön geben, allerdings hatte ich vorhin nach unserer kleinen Unstimmigkeit fluchtartig die Bahn verlassen, um Marie zu suchen." Lautes Gelächter wird angestimmt, sie scheinen es mir tatsächlich abzukaufen: „Immer Ärger mit den Weibern. Dann geh mal zurück und hol etwas, wir halten so lange ein wachsames Auge auf deine werte Marie." Natürlich ist mir klar, dass das nie eine Option wäre und ich schüttle nur leicht den Kopf. Die Gruppe schliesst nun zu uns auf, das Zittern in meinem Arm intensiviert sich und ich halte sie fest bei mir. Anscheinend lassen sie nicht mit sich spassen, denn das Messer ruckt ein ums andere Mal vor, um mich treffen zu wollen, während ich die Lady mit meinem Körper abschirme! Ihre leichten erschrockenen Schreie klingen in meinen Ohren nach, doch noch hat sie keinen Grund dazu. Die Gruppe scheint allerdings ziemlich schnell die Geduld zu verlieren und die Attacken werden härter! Meine Faust schnellt auf den Unterarm des einen, der bei dem Drall leise aufschreit und ihn sich hält: „Miststück!" Ich schüttle nur leicht wirsch den Kopf: „Nennt ihr mich tatsächlich ein Miststück? Wie so ein verweichlichtes Weibsbild?" Oh ja, innerlich wird mein Stolz gerade hart auf die Probe gestellt, Miststück... Und ich hole erneut aus, strecke den Mann durch einen gezielten Treffer an der Schläfe nieder, was ein gewisses Weibchen erschrocken aufschreien und mich für einen Bruchteil unaufmerksam werden lässt, so dass das Männchen dort die Gunst der Stunde nutzt und zusticht! „Wir hatte es immerhin im Guten versucht, nun dürfte es schwierig sein etwas aus der Bahn zu holen", höre ich seine Stimme, während ich mich zusammen krümme und versuche den Schmerz unauffällig etwas weg zu atmen. Er schaut sich nach seinen lädierten Kameraden um die sich wieder aufrappeln, reisst Mademoiselle Marie die Halskette ab und sie verschwinden, möchten anscheinend kein grösseres Risiko eingehen.

Ich selbst versuche mich wieder aufzurichten, meine Hand presst sich auf die Bauchwunde und ja, das schmale Messer steckt noch schafttief darin! 'Marie' sieht es und für einen Moment habe ich die Befürchtung sie könne hier in Ohnmacht fallen. Deswegen legt sich mein Arm um ihre Schultern und ich rede auf sie ein: „Nicht umkippen, ich brauche jetzt eure Hilfe, ihr müsst mich so schnell wie möglich zum Boot zurück begleiten. Alleine schaffe ich das nicht mehr." Nur die Hälfte davon ist wahr, doch plädiere ich mit meinen Worten an ihr Unterbewusstsein. Durchhalten, da braucht jemand Hilfe! Sie fächelt sich Luft zu, nickt fahrig und legt ihren Arm um meine Taille: „Wie sollen wir das erklären?" Leise Worte und ich schaue hinunter, ziehe meine Jacke zurecht und verdecke damit noch glücklicherweise Messer und Verletzung. „So könnte es gehen. Sagt einfach ich wäre betrunken." So würde sie mich sicher ohne lästige Fragen bis zu meinem Zimmer bekommen...

...oder anders herum?

...Wir gehen zusammen los, sie darauf bedacht mich so gerade wie möglich die Strasse entlang zu führen. Ich selbst versuche mir nicht anmerken zu lassen wie es mir geht. Doch kann ich das heftige Pochen spüren, das Ziehen in mir, die bekannte Schwäche. Ich gerate immer wieder ins Taumeln, doch sie hält mich fest: „Wieso seid ihr mir gefolgt?" Ich schaue in ihr Gesicht, welches sich zu mir gedreht hat, mein Blick ist deutlich verschleiert: „Eine Frau sollte nicht alleine unterwegs sein." Erstaunte Augen, ehe sie leise lacht: „Und wieso habt ihr mir eure Begleitung nicht einfach angeboten?" Ich schaffe es etwas zu schmunzeln: „Nachdem ihr mir vorgeworfen habt, ich hätte euch in meine Kabine gezerrt? Das hielt ich für keine gute Idee." Leicht erröte sie, teils vor Verlegenheit, teils weil ich schwer auf ihr laste, weil ich mich für einen Augenblick mehr auf sie stützen muss, dabei stehen bleibe und meine weichen Knie spüre. „Tut mir leid, den Tag stand mir mein eigener Stolz im Wege. Ich fühlte mich unwohl, habe die ersten Tage das Bootfahren nicht gut vertragen und wollte eigentlich die Tür meiner eigenen Kammer öffnen, ohne zu merken dass besagte Tür eure war. Als sie sich dann plötzlich öffnete bekam ich einen zu grossen Schreck." Wieder huscht ein Lächeln über meine gerade doch etwas bleichen Lippen: „Und statt es Preis zu geben, wolltet ihr euren Stolz retten? Ein netter Zug, danke." Oh ja, noch kann ich ironisch sein.

Mein Blick schweift umher, ich kann den Hafen schon erkennen, auch wenn er leicht verschwimmt. „Ich habe immer wieder versucht zu euch zu gehen und mich doch nicht getraut." gibt sie kleinlaut zu, „wir sind gleich da, ihr braucht den Schiffsarzt." Ich lache leise auf, was ich aber zeitgleich schon bereue, weil mir die nächste Schmerzwelle durch den Körper jagt, ich das Gesicht verziehe und es bei ihr an ihrem schlanken Hals verstecke, weil ich mich kaum mehr aufrecht halten kann. „Bleibt so, dann denken sie ihr schmust mit mir", höre ich ihre Worte und meine einen leicht amüsierten Tonfall zu erkennen. Sie nimmt mich mit sich, immer wieder stolpere ich leicht und endlich erreichen wir das Boot. „Ihm ist der Rum nicht gut bekommen", antwortet sie mit unschuldigem Lächeln auf den Lippen auf die fragenden Blicke der Besatzung und innerlich zähle ich die Sekunden mit, bis sie stehen bleibt, „wir sind da." Meine Hand zieht den kleinen Schlüssel hervor, reicht ihn weiter, ehe ich mich schwer gegen die Tür lehne, mein Gesicht deutlich zeigt, dass ich mich nicht mehr lange halten kann. Fahrig schliesst sie auf, zieht mich an ihren warmen Körper, so dass ich keine Bodenhaftung bekomme, als sie die Tür öffnet. Drei Schritte hinein, die Tür schliesst sich, das Schloss knirscht leise durch die Reibung des sich darin drehenden Schlüssels. Das Bett ist kurz darauf an meinen Unterschenkeln zu spüren, ich verliere den Halt, kann von ihr nicht mehr gebremst werden und falle wie eine Schildkröte auf den Rücken. Ein schmerzhafter Laut, während ich das

Drehen in mir fühle. „Ich hole den Bootsarzt", haspelt sie hervor, doch meine Hand greift nach ihrer, um sie davon abzuhalten. „Ich denke nicht, dass es den hier gibt. Ich brauche keinen Arzt." Erschrocken lässt sie sich neben mir auf die Bettkante sinken: „Sie werden sterben, wenn sich niemand darum kümmert." Zaghaft lächle ich: „Nein, das werde ich nicht." Kurz spüre ich die innerliche Zerrissenheit, Verunsicherung, und als sie auf meine Worte hin stockt, füge ich hinzu: „Vertraut mir bitte..." Ich versuche sie anzuschauen, meine Augenlider werden immer schwerer, viel Zeit bleibt mir nicht mehr. „Was kann ich machen?" fragt sie mich unsicher und zaghaft lüpfen die schlanken Finger die Jacke des Anzugs, wird sie wieder eine Spur blasser, weil das Messer immer noch an Ort und Stelle steckt! „Ihr braucht saubere Tücher und Wasser. Wenn ich wach werde muss ich einiges davon trinken können. Ich erkläre es später." Sie nickt hastig, erhebt sich und kehrt bald darauf mit Tüchern aus ihrer eigenen Kabine zurück, feine weisse Leinenware. Auch eine Kanne hat sie dabei, die sie wohl selbst im Gepäck mitführt. „Gut, sehr gut", kommentiere ich es mir gepresster Stimme und meine Hand legt sich um den Schaft des Messers! „Sehen sie bitte einen Moment weg und dann gleich das Tuch drauf pressen, egal was passiert." Wieder nur ein hastiges Nicken, um das Gesicht abzuwenden. In dem Moment ziehe ich das Messer mit einer schnellen Bewegung heraus! Ein gurgelnder Schmerzlaut folgt, innerlich dürfte ich damit mehr verletzt haben als es einem normal Sterblichen gut tun würde, und auch mir trübt das Bewusstsein heftig ein. Doch ich kann es fühlen, wie sie ihre Hand mit einem der Tücher auf die pulsierende Wunde drückt! Mir bleiben nur wenige Minuten, während ich hier gerade innerlich förmlich verblute. „Wie heisst du?" murmle ich leise und ein Lächeln huscht über ihr angespanntes Gesicht. „Rebecca", mehr antwortet sie nicht. „Jo-na-than", schaffe ich es nur mühsam. „Bleib bitte bei mir", dass ist das Letzte was sie noch von mir hören kann, ehe ich vollkommen entrücke. Unter ihren Händen entspanne ich mich komplett. „Versprochen", flüstert sie leise zurück, auch wenn sie meint dass ich es nicht mehr hören kann, es kommt dennoch an.

Weiche weisse Wattewolken tragen mich, angenehm und ohne Angst. Sie nimmt meine rechte Hand, die deutlich grösser ist als ihre, legt sie auf das Tuch und ihre wieder oben auf. Wärme kribbelt durch meinen Körper, ich lasse mich hinein fallen, merke nicht wie die Stunden vergehen. Die Mahlzeiten nimmt sie im Zimmer ein, bestellt für mich auch etwas leichtes mit, was mein 'verkaterter Kopf und Magen' vertragen würde und natürlich immer Wasser, dass sie für mich in die grössere Kanne umfüllt.

Langsam nur lässt die Schwerelosigkeit mich wieder los. Unter ihrer Hand zuckt meine kurz und Rebecca zuckt ebenfalls, ist neben mir im sitzen eingeschlafen. „Jonathan?" flüstert sie und ich zwinge meine Augen auf, spüre die bleierne Müdigkeit. „Wasser", mühsam bringe ich dieses eine Wort hervor und sie reagiert sofort. Aus der Kanne füllt sie beide Becher und nacheinander werden sie an meine Lippen geführt und geleert. Bald kann sie sehen wie die Müdigkeit verschwindet, ich mich nach einer Weile aufsetze. „Wie ist das möglich?" fragt sie zögerlich und ich kämpfe innerlich mit mir, ehe ich ihr alles erzähle, von dem Wasserlauf, mein wahres Alter, nur meine

Schwachstelle 'Enthauptung' lasse ich vorerst weg. Stunden vergehen so, ihre anfängliche Ungläubigkeit und das Misstrauen wandeln sich in Neugierde. Sie beginnt Fragen zu stellen, ich beantworte alles so gut ich kann. Nebenher entledige ich mich meines kaputten und eingebluteten Hemdes, auch wenn der Anblick ihr heftige Schamröte ins Gesicht treibt. Doch traut sie sich wenig später mit einem anderen Tuch das Blut abzuwaschen, die Wunde ist komplett verschlossen und auch innerlich dürfte es in einigen Stunden verheilt sein. Und als ihre sanften Hände über meine Haut streicheln, schliesse ich geniessend die Augen, was sie mutiger werden lässt, ihre Lippen mir einen Kuss auf meine hauchen...

Die Wochen vergehen weiter, doch reise ich nicht mehr alleine! Ich weiss, irgendwann muss ich mich von ihr verabschieden, deswegen wollte ich es erst nicht einwilligen. Doch Rebecca meinte nur, dass wir bitte einfach nur das Leben geniessen, was uns zusammen geschenkt wird, egal wie alt sie auch wird, wann es uns trennt. Wohl deswegen auch fasse ich den Entschluss, lassen wir uns bei einem Landgang von einem Geistlichen trauen. Auch die Hochzeitsnacht können wir vollziehen, so dass die Ehe rechtskräftig ist.

Die USA erreichen wir gemeinsam als Mrs und Mr Rebecca und Jonathan Nilsen!

Sesshaft?

„Welcome home, Mr. Nilsen", begrüsst mich der ältere Herr und ich nicke ihm etwas schüchtern zu.

„Guten Tag, Mr. Fuller. Schön sie wieder zu sehen", füge ich noch hinten an, habe mich immer noch nicht daran gewöhnt Hauspersonal zu 'besitzen'. „Mrs. Rebecca ist in ihrem Schreibzimmer. War ihr Tag erfolgreich?" fragt er mich und ich lächle. „Oh ja. Die Bankgeschäfte laufen gut, danke." Ich ziehe meine Anzugjacke aus, die mir von ihm abgenommen wird und gehe durch den Flur, den in dem modernen Haus elektrisches Licht erhellt. Schon kann ich das schnelle Klappern der Schreibmaschinentasten hören und öffne leise das Schreibzimmer meiner Frau. Es ist einerseits sehr professionell mit einem grossen Schreibtisch und diversen Bücherregalen eingerichtet, ebenso gibt es auch ein gemütliches Ruhesofa, auf dem sie Pause machen kann. Als Rebecca mich aus den Augenwinkeln sieht, während sie sich die gerade getippte Seite noch einmal durchliest, lässt sie diese sinken und das gerade noch sehr konzentrierte Gesicht erhellt sich freudig: „Mein grosser Liebling. Schön das du da bist." Damit legt sie das Papier beiseite, steht auf und kommt mit eleganten Schritten zu mir hinüber, in einem figurbetonten weinroten Kleid mit einigen Rüschen. „So hübsch wie am ersten Tag", nehme ich sie in meine Arme, ein liebevoller Kuss folgt, ehe wir so nahe beieinander stehen bleiben, sie hoch in mein Gesicht schaut: „Ich habe heute erfahren, dass Susan zwei Häuser weiter wieder schwanger ist." Leise meine ich etwas Traurigkeit mitschwingen zu hören, schmiege mich näher an sie: „Das ist schön. Becky, bitte, sei nicht traurig. Du weisst, es liegt nicht an dir. Da möchte jemand vermutlich die Weitergabe meiner besonderen Eigenschaften verhindern. Du bist körperlich gesund, das ist die Hauptsache." Fast scheint es wie ein tapferes Lächeln, was sie mir schenkt und um ihre Augen herum kann ich die kleinen Lachfältchen sehen, die ich mittlerweile so an ihr liebe, auch wenn sie mir immer wieder klar machen, das schon einige Jahre vergangen sind, seit wir uns auf dem Boot getroffen haben. Es war nicht das einzige Mal, wo sie auf mich aufpassen musste. Jedes weitere Aufwachen liess sie weitere Fragen stellen, wie es sich angefühlt hat und ich beschrieb es ihr so gut ich konnte, ohne zu wissen dass sie eine gehörige Angst vor dem Tod hat, ich sie ihr aber mit jeder Beschreibung darüber etwas mehr nehmen konnte. Sie erzählte mir nichts davon, vielleicht weil sie meinte dass ich es nicht nachvollziehen könne.

„Was schreibst du schönes?" frage ich sie, lese aber nicht einfach so, dafür respektiere ich sie zu sehr. „Es ist eine kleine Geschichte für Kinder, ich möchte daraus ein Bilderbuch für Susan machen." Und ihre Augen strahlen dabei auf, denn wenn sie etwas kann, dann sehr lebhaft schreiben. Oft sitze ich hier beim lesen und lache über die Personen in ihren Geschichten, weil ihnen so viel lustiges passiert ist. Und ihre Leser verehren sie, kaufen gerne die kleinen Hefte, die sie erstellen lässt. Dabei denke ich immer an meine Zeit zurück, als ich selbst für andere Bücher erstellte, auch wenn es heute schon viel moderner geht. „Ich bin mir sicher, das sie sich darüber freut, mein Schatz." Sanft massiert meine Hand ihren Nacken und sie beantwortet es mir mit einem wohligen Seufzen. „Du bist verspannt", murmle ich, beuge mich zu ihr und hauche einen sanften Kuss auf ihre Wange, „was hältst du davon, wenn ich da heute Abend etwas gegen mache?" Und mein Lächeln dabei zeigt eindeutig meine Nachtischgedanken. „Was hältst du davon sofort etwas dagegen zu machen", kommt es leise lachend zurück, während sie das Gesicht zu mir dreht. „Madame, ihr Wunsch sei mir Befehl." Und meine Arme heben sie behutsam hoch, um sie zu dem Ruhesofa hinüber zu tragen. Geniessend wird dort Öse um Öse ihres Mieders gelöst, nachdem sie das Kleid ausgezogen hat. Und sie dreht sich auf den Bauch, in Erwartung einer wohltuenden Massage. Meine grossen Hände fahren über ihre Haut, ehe ich aus einer kleinen Kiste eine schmale Flasche mit duftenden Öl hervor hole und einen kleinen Teil auf ihrem oberen Rückenbereich verteile. Wohlig atmet sie durch, ich merke genau wie sie sich mehr entspannt und streiche jeden Muskel ab. „Das tut so gut", höre ich ihre leise Stimme und knete liebevoll weiter. „Dann mache ich alles richtig", murmle ich ebenso leise zurück. Für mich selbst ist es mindestens so angenehm wie für meinen Schatz. Und ich geniesse die nächste Viertelstunde schweigend, die ich sie massiere, während Becky langsam einschläft, was ich von ihr schon kenne. Nach zwanzig Minuten zeigen es ihre tiefen Atemzüge deutlich und ich setze mich neben sie auf das kleine Sofa. Schweigend schaue ich sie an, in solchen Momenten fasse ich mein Glück kaum. Jeder Zentimeter ihrer porzellanfarbenen Haut sehe ich mir an, so rein und edel ohne Verletzungen oder Makel. Ich weiss, dass sie sich da pflegt und erkenne sie schon noch ehe sie den Raum betreten hat, an dem sanften Puderduft, der sie umweht. Ihre dunkelbraunen Haare sind zu zwei Zöpfen geflochten und am Kopf festgesteckt. Und ja, beim genauen Hinsehen erkenne ich schon das eine oder andere graue Haar, dass sich in die dunklen Flechten schummelt. Jetzt wo sie es nicht sehen kann, schlucke ich doch kurz etwas. An ihr werde ich die Vergänglichkeit des Menschen viel zu genau sehen können. Und es steht fest, dass ich sie bis zu ihrer letzten Minute begleiten werde, wenn es mir vergönnt ist. Glücklicherweise haben wie genug finanzielle Mittel, damit sich Becky bei Bedarf auch einen Arzt rufen kann.

Dass es nach und nach immer öfter nötig ist, zeigt sich einige Jahre später. Rebecca fängt an zu kränkeln, immer wieder plagt sie der Kopfschmerz, so dass sie teilweise mitten im Schreiben innehalten und die Augen schliessen muss, bis es sich etwas beruhigt hat. Der Umfang ihrer Geschichten nimmt zusehends ab. Manchen Monat schreibt sie seitenweise und dann gibt es Wochen, in denen sie die Schreibmaschine weder anrührt, noch den Bleistift zur Hand nimmt, weil das kratzende Geräusch alleine schon ausreicht um sie leiden zu lassen.

„Noch diese Seite, dann ist es geschafft", lächelt sie mich müde an, tippt einige letzte Zeilen und fährt das Papier hoch, um es sich anzuschauen. „Ich bin auf das Ende gespannt", ein wenig besorgt sehe ich sie an, denn zwischen ihren Augenbrauen zeigt sich eine kleine Steilfalte, die ich zu genau kenne, „wie geht es deinem Kopf? Drückt er sehr schlimm?" Entschuldigend wandert ihr Blick in meinen: „Ich bin froh dass die Geschichte beendet ist. Es zieht ziemlich." Das habe ich mir fast schon gedacht, auch wenn keiner der Ärzte sicher sagen kann was sie hat. „Ich bringe dich ins Bett, komm mein Schatz", und sie lässt sich von mir hoch heben und hinüber tragen, schmiegt sich dabei nahe an meinen Oberkörper, das Gesicht vor dem Licht versteckt. Auf dem Flur kommt uns Mr. Fuller entgegen, schaut mich besorgt an, ein Glück dass

Becky das nicht sehen kann, sie möchte nicht bemitleidet werden, wegen ihres blöden Brummschädels. Unser guter Geist des Hauses biegt ins Bad ab, während wir im Schlafzimmer verschwinden, um uns dann mit einer anderen kleinen Flasche zu folgen. Während ich sie auf das Bett lege, fühlt sich mein Kopf auch an als würde jemand daran herum drücken, ein dumpfes Gefühl. Der Tag in der Bank war eindeutig sehr arbeitsintensiv. Mir wird die kleine Flasche und ein Löffel gereicht, den ich mit der trüben Flüssigkeit fülle und Rebecca an die Lippen führe. Sie verzieht kurz angewidert das Gesicht, öffnet sie dennoch , um die bittere Medizin brav zu nehmen. „So ist es gut. Gleich geht es dir wieder besser", raune ich ihr zu und lege beides beiseite, um ihr sanft über die Wange zu streicheln. „Immerhin ist die Geschichte fertig geworden", nickt sie leicht, während meine Fingerkuppe sie sanft streichelt. „Ich lese sie gleich noch durch und packe sie ein", kommt es von mir und mein Blick liegt sanft in ihrem, der immer mehr verschleiert. „Sehr gut", seufzt sie mit merklich schwerer Zunge, ehe ihr Blick leicht umher wandert, „mir ist so seltsam." Ich kenne das schon, rede ruhig weiter und meine Hand legt sich dabei leicht über ihre Augen: „Es ist alles gut, gönne dir ein wenig Ruhe." Damit gebe ich sie komplett in den süssen Rausch, der sie für die nächsten Stunden nicht mehr los lassen wird. Momentan ist das die einzige Möglichkeit, die Kopfschmerzen einzudämmen, sie zu entspannen, so dass es danach manchmal für Tage oder Wochen ruhig bleibt.

Ich weiss nicht mehr zu wie vielen Ärzten ich sie mittlerweile gebracht habe, teils sehr beschwerliche

Reisen. Rebecca hat sich nie darüber beschwert, denn sie weiss, ich möchte nur das Beste für sie und ihr helfen. Manch Mediziner verordnet eine spezielle Ernährung, moderate Bewegung, um die Muskulatur zu kräftigen, zu entspannen, und eine Weile scheint sie tatsächlich kaum mehr Probleme zu bekommen. Ich hege die Hoffnung endlich die Lösung gefunden zu haben, um die Zeit der Schmerzen in der Vergangenheit ruhen lassen zu können.

„Mr. Nilsen, Sir, ich mache mir Sorgen um die gnädige Frau", empfängt mich unser guter Geist des Hauses früh am Morgen, als ich mein Frühstück einnehmen möchte. „Inwiefern, Mr. Fuller? Ist etwas passiert?" hake ich nach, denn auch ich mache mir trotz allem seit zwei Wochen wieder vermehrt Gedanken. „Gnädige Frau isst nicht mehr so viel und sieht auch bedeutend schmaler aus", beschreibt er seine Beobachtungen, die sich mit meinen eigenen decken, soweit ich es mitbekommen konnte. Immerhin bin ich die meiste Zeit des Tages ausser Haus, erlebe nicht immer mit wie es ihr geht. „Dann habe ich mich nicht getäuscht. Mir kam es auch schon so vor, als sähe sie schmaler aus. Ich werde mit ihr reden und den Doktor erneut zu Rate ziehen." Er nickt stumm, bringt mir mein Frühstück, aber so recht möchte sich nach der Erkenntnis der Hunger nicht mehr einfinden. So leere ich nur meinen Becher mit Kaffee, seufze leise und schaue ihn fast schon entschuldigend an, als er den leeren Teller abräumen möchte und dieser fast unangetastet ist. „Stellt es mir bitte beiseite", damit stehe ich auf, Zeit zur Bank zur gehen, und doch führen meine Schritte mich ins Schlafzimmer, wo Rebecca vorhin noch ruhte. Als ich die Türe öffne, steht sie in ihrem langen Nachtgewand vor dem Spiegel, den Blick auf ihr Ebenbild gerichtet, ehe er unsicher und fast etwas verstört zu mir wandert: „Jonathan, was passiert mit mir?" Ihr schlanker Körper zittert, ich umarme sie sanft: „Ich weiss es nicht, aber ich werde es heraus finden." - „Gerade fragte ich mich, was ich gestern gemacht habe...", bringt sie leise hervor und mein Herz stockt beinahe kurz, hat sie es vergessen? Sachte streicht meine Hand über ihre langen Haare, die mittlerweile braun-grau meliert sind, auch ihren Körper zieren mehr Falten... „Du hast viel geschlafen und vorgestern auch", bringe ich nur mühsam ruhig über die Lippen und lüge sie damit zum ersten Mal an! „Deswegen kann ich es auch nicht...", sie bricht ab, das letzte Wort verschwindet im Nichts! Als sie merkt dass es einfach nicht mehr zu finden ist, schluchzt sie auf: „Jonathan! Hilf mir!" Zum ersten Mal zeigt sich in mir die Erkenntnis, dass die Kopfschmerzen einen anderen Grund haben müssen! „Ruhig mein Schatz, ich bin hier." Zur Arbeit würde ich heute nicht mehr gehen...

Dämonen im Kopf!

Noch mancher Morgen folgt, an dem ich daheim bleibe, die Ärzte gehen ein und aus bei uns, verdienen eine goldene Nase, doch das ist mir gleich, trotz allem ist es nicht aufzuhalten...

Wieder ein Morgen, ich selbst plage mich auch mit ungesunder Appetitlosigkeit herum, doch halte ich es einfach aus, versuche genug Wasser zu trinken, um meinen Körper bei Kräften zu halten. „Jonathan mein Liebling, was hältst du davon, wenn wir heute hinaus aufs Land fahren?" höre ich Beckys helle Stimme aus dem Schlafzimmer und horche auf, so ein Vorschlag kam schon sehr lange nicht mehr, heute scheint ein guter Tag zu sein! So gehe ich zu ihr, sehe sie an ihrem Schrank stehen, das Nachtgewand verdeckt grösstenteils den viel zu dünnen Körper. „Das können wir gerne machen", lächle ich sie liebevoll an, nachdem ich doch kurz schlucken musste. „Was ziehe ich nur an, möchtest du mir etwas auswählen?" Ihr Blick schweift über die bunten Kleider und dann zu mir. Es ist eine ungewöhnliche Bitte, denn für gewöhnlich kleidet sie sich alleine an. Ich zeige auf das weinrote Kleid, dass sie so gerne während ihrer Schreibstunden getragen hat, die schon seit über einem Jahr der Vergangenheit angehören: „Dann wünsche ich mir dieses Kleid." Ein strahlendes Lächeln legt sich auf ihre Lippen, sie zieht es hervor, hält es vor ihren Körper, und dreht sich zu mir: „Du hast Recht, dieses Schokoladenbraun passt perfekt zu meinen dunklen Haaren." Innerlich zucke ich zusammen, versuche äusserlich ruhig zu bleiben, Schokoladenbraun? „Genau deswegen habe ich es ausgewählt", die nächste Lüge, um sie nicht in völlige Verzweiflung zu stürzen. „Hilfst du mir?" Ein fast schon flehender Blick und zusammen mit mir zieht sie Mieder und Kleid an. Ich kämme ihre langen Haare, egal ob es ein Mann macht oder nicht. Sie sitzt ruhig da, den Blick auf ihr Gesicht im Spiegel gerichtet, das viel zu blass aussieht! Während meine Hand nach der Bürste immer wieder über ihren Schopf streicht, merke ich mein Herzklopfen. Mein Kopf fühlt sich dumpf an, fast ist dort für wenige Sekunden so etwas wie Leere und ich stocke, löse die Hand von ihr, atme durch. „Schatz, was ist mit dir, du siehst blass aus, ist dir nicht wohl?" fragt Rebecca unruhig, möchte sich erheben, um sich zu mir zu drehen. Ihre Augen verdrehen sich, ihre Hände greifen ins Leere und ich fange sie auf, trage sie wie so oft vorher schon mit rasendem Herzen zu ihrem Bett: „Rebecca?!" Meine Hand tätschelt leicht ihr Gesicht und nur langsam kommt sie zu mir zurück, öffnet die Augen wieder, doch zeigt sie einen sehr entrückten Blick! „Jonathan, wir sind schon da? Habe ich die ganze Fahrt über geschlafen?" Ein so glückliches Lächeln legt sich auf ihre Lippen und ich schlucke hart, realisiere dass sie gar nicht richtig bei mir ist. „Ja, das hast du, aber das macht nichts", kommt es leise und ich sehe den verstörten Blick von Mr. Fuller, der bei meinem Ruf hinzu gekommen ist. Er braucht einen Moment um zu verstehen. Seine Hand greift wie automatisch nach der kleinen Flasche, doch ich schüttle nur leicht den Kopf, noch nicht. „Wir haben den besten Tag ausgesucht, um aufs Land zu fahren, mein Schatz", flüstert sie mir zu und ich streife über ihre Wange. „Ja, das haben wir und nun geniessen wir ihn in vollen Zügen", versuche ich so gut es geht mitzuspielen, auch wenn es mir unendlich schwer fällt. Eine Ahnung macht sich in mir breit, lässt mein Herz schmerzhaft krampfen. „Hast du auch an den Picknickkorb gedacht?" hakt sie nach und lacht leise. Mein Blick geht zu unserem Butler und er schaut mich fragend an. „Natürlich, und auch an den guten Rotwein. Magst du ihn kosten?" Ich wundere mich selbst darüber, wie normal ich mich anhöre, bei dem Gedanken der in meinem Kopf gerade Format annimmt. Ihr Blick wandert langsam umher, wobei ich sehen kann wie sich die Augen immer wieder verdrehen, manchmal sogar in verschiedene Richtungen, doch sie lächelt verträumt: „Möchtest du mich betrunken machen und über mich herfallen, grosser und starker Jonathan Nilsen?" - „Würde dir das gefallen?" hake ich dieses Mal leise nach und Mr. Fuller verlässt den Raum. „Ich wünsche mir nichts sehnlicheres, mein Schatz", raunt sie mir zu, ihre Hand tastet dabei umher, wird von meiner eingefangen und an meinen Oberschenkel geführt, wo sie sanft zu streicheln beginnt. Zu jeder anderen Zeit hätte mein Körper sofort entsprechend reagiert, heute spüre ich ein fast ängstliches Erzittern! Doch für sie ist es gleichgesetzt mit einem lustvollen Erbeben. „So fühlst du dich gut an. Dich möchte ich näher spüren bei mir", kommt es verdreht über die blassen Lippen, während Mr. Fuller mit einer grossen Rotweinkaraffe und einem Becher herein kommt, unsicher am Bett stehen bleibt. „Ich danke für den Rotwein und nun nehmt euch den Tag frei, wir schicken nach der Kutsche wenn wir heim möchten", kann er mich mit vielsagendem Blick hören, stellt alles ab und geht mit einer leichten Verbeugung hinaus. Er würde erst wieder den Raum betreten wenn ich ihn rufe, so kann sein Gewissen rein bleiben, egal was hier noch geschehen mag. „Jonathan, Schlingel, wirklich machst du ernst?" erklingt ihr helles Lachen. Ich fülle den Rotweinbecher, führe ihn ihr an die Lippen und gierig leert sie ihn, kann kaum genug bekommen! „Gut, sehr gut", raune ich ihr zu, „mehr?" - „Mehr noch! Ich will bin willenlos, nimm mich, morgen nicht mehr kommt", haspelt sie hervor, leert bald darauf noch einen zweiten und dritten Becher! „Genug?" frage ich nahe an ihrem Ohr, sehe wie die Hitze ihren Körper erfasst, der Alkohol durch ihr Blut rauscht und als meine Hand sich an ihre Mitte legt, ist diese feurig glühend vor Lust, erbebt ihr Körper in stöhnender Woge: „Mehr!" Ich weiss, dass es eigentlich schon genug für sie ist, beinahe zu viel, sie würde keinen Schritt mehr alleine schaffe, nach der Menge in der sehr kurzen Zeit! Dennoch fülle ich den Becher weitere Male, leere auch selbst einen, um meine Nerven etwas beruhigen zu können. Die Karaffe ist fast leer, den letzten Becher mische ich mit dem kompletten Inhalt der kleinen Flasche! „Meehr!" schwer kommt das Wort über ihre Lippen, die Augen glasig in die Ferne gerichtet, ihre Haut glänzt verschwitzt. „Erst möchte ich dich nehmen, jetzt wo du dich nicht mehr wehren kannst", versuche ich so ruhig wie möglich zu klingen. „-führ-" stammelt sie, „mich" Ich schiebe meine Hand zwischen ihre Beine und es dauert nicht lange, bis sich ihr vom Alkohol betrunkener Körper und vom Schicksal benebelter Geist in Ekstase windet und krampft. „-nath-an-" keucht sie immer wieder, ihr Kopf fällt in den Nacken, schwer verdrehen sich ihre Augen ein ums andere Mal! Mein Fingerspiel lässt ihrem rotweinschwangeren Fleisch keine Wahl! Mehr und mehr peitsche ich sie hoch, kehlig erklingen ihre Schreie, doch mir treiben sie die Tränen in die Augen! Was mache ich hier? Was mache ich hier nur? Ich befriedige eine Sterbende! Und ich denke nicht einen Moment darüber nach welche Konsequenzen das mit sich bringen könnte, würde es jemand erfahren! Sie zerwühlt das Bett in verzweifelter Wollust, kann sich nicht einmal mehr dagegen wehren, denn ihre Hände greifen nur ins Nichts! Weiter, immer weiter, egal wie lange es auch dauern mag. Ganz gleich, ob sie irgendwann einfach nur zusammen brechen oder sich tatsächlich noch ein letztes Mal verlieren würde, heute Nacht zeige ich ihr die Sterne! Ihren Mund krampfend geöffnet, die Augen verdreht, eigentlich kein schöner Anblick, doch in ihrer Scheinwelt springt sie förmlich auf die Woge der Lust! Sie krampft, schreit, keucht, ohne entkommen zu können! Aus ihrer Nase rinnen immer wieder einige Blutstropfen! „-na-tha-" setzt sie an, pulsiert feucht um meine Finger und ein letztes Krampfen schickt sie in die schwerelose Ekstase der Lust! Schwer atmend bleibt sie verschwitzt dort liegen, die Augen glasig blutunterlaufen und nur halb geschlossen. Ihr rasselnder Atem erfüllt den Raum, während mein Herz ab und an leicht stolpert. Ob sie weiss was gerade mit ihr passiert? Ob sie es ahnt? Oder ob sie tatsächlich die Gnade bekommt einfach nur mitten im Höhepunkt gehen zu dürfen, der sie gerade so schwer mit sich reisst? „Ich- dir- dank", murmelt sie entrückt, während ich mit einem Tuch das Blut von Nase und Ohr wische, wo sich auch welches zeigt. „Na-than", plötzlich klingt sie klarer, ihr Blick öffnet sich kurz, streift mein Gesicht, „es- gut- ist. Ich- gehe- muss." Ich wische die Tränen von meinem Gesicht, lege meine Hand an ihre Wange: „Tut es weh?" Nur zaghaft schüttelt sie den Kopf: „Nein. Es- hast- du- gewusst- immer. Bleibst- du-, gehen- ich- muss- früher. Ich- dich- liebe, weinen- nicht." Ich nehme den letzten Becher Rotwein, berühre damit ihre Lippen und sie trinkt. „Letzter Trank." Nur zögerlich spricht sie die Tatsache aus, schmeckt bestimmt die Tinktur darin. Ich lege meine Hand in ihre, spüre den leichten Druck. „Gute Reise, mein Schatz. Verzeih mir bitte, ich möchte nicht dass du dich quälst." Deutlich erkennbar treibt sie ab, ihr Blick verliert sich in der Ferne, die Lippen lächeln leicht: „Da-ke." Ihre Hand öffnet sich, meine ertastet ihren Puls, der immer schwächer wird. Ein letzter pfeifender Atemzug entfleucht ihren Lippen, ehe ihr Blick bricht!

Ich beuge mich hinunter, küsse sachte ein letztes Mal ihre leblosen Lippen, während meine Hände an ihren Schultern liegen. Eiskalte Schwäche kriecht in mir hoch! Was erwarte ich auch, wenn ich die letzten Wochen selbst kaum mehr richtig essen kann, schlafen ebenso wenig? Der Raum beginnt sich zu drehen. Nur leise seufze ich auf, als die Schwerelosigkeit mich mit sich reisst! Die Tür öffnet sich, Hände legen mich auf das Bett, öffnen Kleidung und Fenster, denn so kann Rebeccas Seele sich ungehindert auf die Reise machen und ich selbst bekomme wieder Luft. Mehr bekomme ich nicht mit, vor meinem inneren Auge sehe ich ihr lächelndes Gesicht, höre ihre wohlklingende fast singende Stimme: „Sei nicht traurig, Jonathan, mir geht es gut. Du hast alles richtig gemacht. Niemand wird dir etwas antun deswegen. Ruh dich etwas aus und dann geh deinen langen Weg weiter..." Und ihre schlanken Finger berühren meine Schläfe, lassen mich ins Nichts fallen!

Zuerst dachte ich, ich hätte ein weiteres Leben durch eine Herzattacke geopfert, doch Mr. Fuller meinte es wäre nur ein schwerer Schwächeanfall gewesen. Ich kündigte meine gute Anstellung in der Bank, überschrieb dem guten Geist des Hauses selbiges inklusive einem gut gefüllten Bankkonto, als Nachlass meiner Frau selbstverständlich und ging meinen Weg weiter! Auch wenn ich es immer wusste, dass es irgendwann ohne sie weiter gehen musste, so trauerte mein Herz dennoch! Ich reiste von Ort zu Ort, war meist in irgendwelchen Spelunken zu finden, wo der Alkohol in grossen Mengen durch mein Blut rauschen durfte. Nur merkte ich, dass die Wirkung sich doch schneller verflüchtigte, meine Regeneration auch in dem Punkt besser zu sein schien.

Semper Fi

Nach Beckys Ableben hatte ich vor Amerika den Rücken zu kehren, irgendwo anders hin zu gehen, wo mich nichts an sie erinnern würde, doch diesen Ort gab es nicht! Jahrzehnte reiste ich durch die Welt, die sich mehr und mehr veränderte. Die Industrialisierung hielt Einzug, stampfte Fabriken aus dem Boden, in denen eine grosse Maschine die Arbeit von mehreren Männern in viel kürzerer Zeit erledigte. Nicht nur das schwarze auch das glänzende Gold entrang man immer erfolgreicher der Erde! Auch wenn es in den Kohlenflözen immer wieder zu schweren Unfällen kam, weil die gegrabenen Stollen zu wenig gesichert waren, einstürzten und die darin befindlichen Personen jeglichen Alters begruben. Oft wurden sogar Kinder hinein geschickt, da sie kleiner waren, sich dort besser bewegen konnten wie Erwachsene, aber niemand nahm Rücksicht auf ihr Leben, dass sie dort liessen. Unwahrscheinlich, dass man sie da jemals wieder lebendig heraus bekommen könnte, wenn es passierte. Transportiert wurden die Güter mittlerweile per Eisenbahn und Dampfschiff, ebenso wie andere Reisende. Allerdings war auch die Eisenbahn im Umbruch, von Dampf auf Elektrizität! Schneller, sauberer, effizienter! Und wer es sich leisten konnte, fuhr selbst mit dem grossen Fahrrad, dass optisch weit von denen der Zukunft entfernt ist, oder mit dem Automobil, dass auch mit einem Verbrennungsmotor ausgestattet wurde.

Otto von Bismarck, Karl Marx, Charles Darwin oder Friedrich Schiller, nur ein paar der berühmten Persönlichkeiten dieser Zeit. Konzerte, Kunstausstellungen, körperliche und geistige Ertüchtigungen kamen gross in Mode. Man lief, spazierte, schwamm, das vornehmlich in Einteilern mit langen Ärmeln und Beinen und einer Haube auf dem Kopf.

An mir geht die Zeit wieder ungesehen vorüber, oder aber ich lebe darin vor mich hin, ohne es wahrnehmen zu wollen. Mit menschlichen 29 Jahren bin ich 1850 quasi im besten Mannesalter und es gibt selbstredend einige Damen, die sich etwas davon versprechen mit mir in näheren Kontakt zu kommen, und schmählich enttäuscht werden.

Sehen wir uns doch das Exemplar dort vorne genauer an. Wie selbstverständlich sitzt sie irgendwo in einer amerikanischen Bar, ja, es hat mich dann doch zurück gerieben, und lässt die Rehaugen wandern. Hübsche Rehaugen, keine Frage, auch der Rest von ihr macht Eindruck. Lange Beine, üppige Oberweite, bemalte Lippen, fein gepuderte Haut, bestimmt in den Augen anderer Männer ein leckerer Appetithappen. Ich sitze nur zwei Tische entfernt und zeige nicht das geringste Interesse! Vor mir steht eines von schon ziemlich vielen Whiskygläsern, die nacheinander wieder abgeräumt wurden und mein Blick sucht in der bernsteinfarbenen Flüssigkeit nach Antworten, die dort nicht zu finden sind. Ich trage wieder viel zu einfache Kleidung, meine Anzüge habe ich mit der Zeit verkauft, ich brauche sie nicht. Der Grossteil meines Geldes ist in Wertpapiere getauscht, mit denen sich eindeutig besser reisen lässt. Unruhige Finger fischen ein Zigarettenetui aus Leder hervor, daraus einen Glimmstengel, führen ihn an die Lippen und ich verharre kurz, als ich sehe wie eine Flamme an die Zigarettenspitze gehalten wird, nehme einen tiefen Zug und erst dann folgen meine Augen dem Weg entlang, bis zu einem zarten schwarzen Damenhandschuh, ein schlankes Handgelenk, alabasterfarbene Haut und landen schlussendlich im Gesicht der jungen Lady, die mich abschätzend anschaut, leicht lächelt, ehe ihre erstaunlich rauchige Stimme erklingt: „Nicht jede Antwort liegt auf dem Grund eines Glases, mein Hübscher!" Nicht schon wieder... ich seufze leise durch, setzte mich richtig hin, leere das Glas mit einem Mal, ehe ich erneut an der Zigarette ziehe und erst dann eine Antwort folgt: „Wo liegt sie dann, im Bett einer Dirne?" Kaum habe ich das letzte Wort ausgesprochen, fliegt ihre Hand schon gen meines Kopfes, doch noch reicht meine Reaktion aus, um sie mit festem Griff abzufangen, beiseite zu drücken, während sie zetert: „Dirne?! Was erlauben sie sich?!" Drum herum gibt es genug Köpfe die sich zu uns drehen und drei Männer erheben sich, schlagen den Weg hier zum Tisch ein, während ich Mademoiselle anhand ihres Armes einfach beiseite drücke. „Ma'am, gibt es hier ein Problem?" fragt einer die junge Frau und aufgebracht schildert sie ihm die Situation, während die beiden Anderen sich links und recht neben meinem Stuhl postieren. Der Dritte hört zu, redet etwas beschwichtigend auf sie ein, ehe seine Aufmerksamkeit bei mir landet. „Entspricht das der Tatsache? Haben sie die Lady eine Dirne betitelt?" Dass ist das Erste was er mich fragt und ich zucke nur leicht mit den Schultern. „Sie hat sich wenigstens wie eine aufgeführt, da lag die Vermutung auf der Hand." entgegne ich und höre den erbosten Aufschrei besagter Lady! „Wissen sie, es gibt hier manches was nicht toleriert werden kann. Dazu gehören auch daher gelaufene Fremde, die unsere Frauen beleidigen." Perfekter Satz für einen späteren Western, den hat sicherlich jemand aufgeschrieben! Und während er dies sagt, klingt seine Stimme leise und bedrohlich! „Es lag mir fern sie beleidigen zu wollen", mein Blick wandert zu ihr, zu den Beiden an meinen Seiten und findet sein Ziel beim Redenschwinger, der sich mehr aufrichtet und anscheinend Präsenz zeigen möchte. Noch ehe er weiter etwas sagen kann, stehe ich meinerseits auf! Selbst jetzt im doch 'stark angetrunkenen Zustand' halte ich mich noch erstaunlich gerade, auch wenn beim hochgehen ein kurzes Schwanken zu erkennen ist, sich die Welt vor meinen Augen leicht bewegt. Vermutlich lässt das bei den beiden Aufpassern den Trugschluss aufkommen ich wäre leichte Beute. Dennoch greift der eine ins Leere und der Zweite bekommt gleichzeitig meinen Ellenbogen gegen die Schläfe, was kein grosses Glück ist, er steht mit seinem Kopf doch schon bei mir auf Schulterhöhe! „Wollen sie weiter mit mir reden? Dann passen sie auf ihre Schosshunde auf!" grummel ich dem Dritten entgegen. Der fast schon faszinierte Blick der Lady entgeht mir allerdings. Auch das kurze Nicken ihrerseits, was zwei weitere Kerle fast meines Formates aufstehen und hinter mich treten lässt, bekomme ich erst mit als etwas auf meinen Kopf scheppert. An den auftauchenden Sternen und dem Wummern ist sicherlich noch nicht der Whiskey Schuld und ich knicke in den Knien ein. Mein überraschter Blick wandert leicht ziellos umher, während sie mich auffangen, mit sich zerren – mir wird schwindelig...

Das Drehen hört langsam wieder auf, doch kann ich gerade weder sagen wo noch wie ich hier auf den Stuhl gekommen bin. Platsch! Kurz kommt es mir vor wie ein Dejavué, als das Wasser aus dem Eimer in mein Gesicht schwappt und ich bewege automatisch die Arme, um sicher zu gehen nicht wieder in Ketten im Kerker zu stehen! Nein, keinesfalls befinde ich mich in diesem stickigen, halbdunklen, stinkenden und nur vom Fackelschein halbwegs beleuchteten Loch, sondern anscheinend im Sheriffs Office!

Abseits sehe ich die 'Dirne' stehen, die mich forschend anschaut. Bei ihr zwei Uniformierte! Doch kann ich nicht erkennen zu wem sie gehören. „Und sind sie sicher, dass er geeignet wäre?" Einer der beiden wendet sich an die Lady, die nur vielsagend nickt! Nachdem das Wasser mich wieder geweckt hat, rinnt es gerade aus meinen halblangen Haaren hinunter und ich versuche die Situation einzuschätzen. Bin ich festgenommen? Dann wäre ich hinter Gittern. Was wollen sie dann von mir? „Wieso bin ich hier?" kommt es gerade erstaunlich klar über meine Lippen. „Ich habe gehört, sie hatten heute ein kleines Problem im Saloon. Einer der Männer scheint Bekanntschaft mit sehr guten Reflexen ihrerseits gemacht zu haben. Alles in allem scheinen sie in guter körperlicher Verfassung zu sein. Haben sie schon einmal darüber nachgedacht der Armee beizutreten? Solche Männer wie sie könnten wir gut gebrauchen und der Sold ist auch nicht schlecht", nach und nach kommt er damit um die Ecke und ich sehe ihn forschend an, setze mich richtig auf den groben Holzstuhl, denn bis jetzt hing ich bei meiner Grösse nur halbwegs darin. „Zur Armee?" hake ich nach und besagte Lady lächelt nur still, ehe sie den

Raum verlässt. „Ich denke, aus ihnen könnte etwas werden", nickt der eine Uniformierte. Kanonenfutter? Nicht mit mir! „Nur wenn sie mir ein entsprechendes Angebot machen können, fürs Kanonenfutter bin ich jedenfalls zu schade", erwidere ich. In meinem Leben habe ich noch keinen Revolver in der Hand gehalten, geschweige denn benutzt! „Ich denke, da lässt sich sicherlich etwas finden, wenn sie sich nicht zu ungeschickt anstellen. Ich hole sie morgen früh um sieben am Saloon ab, beschränken sie ihr Gepäck bitte auf das Nötigste in einer Tasche." Die beiden Uniformierten verlassen den Raum, der Sheriff sieht mich kopfschüttelnd an und lächelt hämisch: „Vergebene Liebesmüh..." Dann geht auch er hinaus. Ich bleibe alleine zurück, nicht ganz klar was dieses Schauspiel hier sollte. Als ich aufstehe und das Büro verlasse, gibt es keine Anstalten mich daran zu hindern.

So verschwinde ich die Strasse entlang, in der günstigen Absteige. Ich lege mich aufs Bett, versuche noch einmal Resümee darüber zu ziehen, aber doch hat der Whiskey die Oberhand und schickt mich ins Land der Träume.

Haben sie tatsächlich gedacht ich würde kneifen oder klein bei geben? Nun, falls ja so ist es ihnen vermutlich bald klar geworden, dass dem nicht so ist. Ich zeige Geschick an Waffe und Pferd, auch im Nahkampf, auch wenn ich durch meine Körpergrösse immer etwas tricksen muss wenn wir wo lauern, über zwei Meter sind nicht unbedingt leicht zu verstecken.

1861 war intern eine schwierige Zeit. Das Corp verlor viele Männer, die in den Süden überliefen. Nicht immer endete ein Einsatz erfolgreich. Doch die

Eingefleischten unter uns waren sich sicher, wir würden auch diese Krise überstehen. Wir überdauerten diese Periode mit kleinen Einsätzen in Korea, China, Nicaragua, Mexiko, Panama, Samoa und vielen anderen Orten, die ich mir nur nicht alle gemerkt habe. Immerhin brachte uns das eine gewisse internationale Bekanntheit! Mir selbst schenkte es nur ein paar kleine Blessuren, nicht erwähnenswert. Doch in einem Einsatz wurde es dann doch Zeit Abschied zu nehmen, ehe sie skeptisch würden.

1918 meldete ich mich dann allerdings erneut, als ich auf einem Rekrutierungsplakat las: „Teufel-Hunden, german nickname for U.S. Marines" Es liess mich schon schmunzeln, denn diese Behauptung konnte nicht einmal bekräftigt werden, ob in Deutschland jemand tatsächlich diesen Namen in Bezug auf uns Marines verwenden würde.

Trotz der neuen Rekruten stellten wir eine wichtige, kampferprobte und erfahrene Truppe dar, die sich auch durch ihre Zähigkeit auszeichnete.

Dem „Devil Dog", angelehnt an die deutsche Bezeichnung „TeufelsHunden" blieben wir treu, wie auch unserem Leitspruch: „Semper Fi(delis)" (für) immer treu!

„Zerbrochenes Glas"

Gestern Abend bin ich angereist, in 'good old Germany', was für einen Amerikaner momentan nicht schwer ist, im Rahmen des Amerikanisch-Deutschen Bundes. Doch ist dies nur die offizielle Tarnung, um eventuell auftauchenden Problemen vorbeugen zu können. Mit dem nötigen Kleingeld und Kontakten, denn in besagtem Bund ist Nathan Nilsen unbekannt! Den Abend nehme ich noch eine Mahlzeit ein, ehe es ins Bett geht. Morgen würde ich mir die Stadt genauer anschauen, aus der es momentan so viele Meldungen gibt, ob sie wahr sind? Wahrheitsgemäss sind die teils ängstlichen und skeptischen Blicke, die ich auf meinem Weg zu diesem familiär gehaltenen Hotel sehe. Auch einige Zeichen und Benennungen erkenne ich wieder und mir stellen sich gelinde gesagt die Nackenhaare auf.

Die Nacht vom 9. auf den 10. November 1938. Ich bin mittlerweile 525 Jahre auf dieser Erde, in meinem Pass sind 30 Jahre erkennbar... Noch ahne ich nicht, welche Ereignisse sich abspielen würden! Noch liege ich tief schlafend in meinem Bett, wobei ich fast angezogen bin, die Müdigkeit mich eindeutig überrascht hatte. Ich brauche normal nicht so viel Schlaf, was nicht heisst dass ich lange ohne ihn auskommen kann. Doch wohl länger wie es der menschliche Körper sonst aushalten würde. Trotzdem höre ich nicht beim ersten Mal den schrillen Hilfeschrei einer jungen Frau! Als er dann aber durch die dicke Decke des Schlafes zu mir hindurch dringt, schrecke ich förmlich auf: „Rebecca!" Eindeutig, es ist ihre Stimme! Ich schlüpfe in die Schuhe, erst Recht als ich Rauch rieche, der mittlerweile auch durch mein geöffnetes Fenster dringt, schnappe mir meine einzige Tasche, mit der ich für gewöhnlich reise und renne hinaus! Der Flur ist verraucht, doch mit angehaltenem Atem schaffe ich es hindurch, auch wenn die Augen brennen. Unten sehe ich mich um, als erneut ein Hilfeschrei erklingt und am Fenster im ersten Stock entdecke ich eine dunkelhaarige Frau am Fenster, die etwas unter ihrer Strickjacke versteckt! „Rebecca!" Ich denke nicht nach, renne zu dem Haus, lasse meine Tasche an der Tür fallen und stürme hinein! Den erstaunten Blick oben sehe ich nicht mehr! Dicke Rauchschwaden umwabern mich, ein ums andere Mal muss ich kehlig husten, obwohl ich doch versuche die Luft anzuhalten. Ich komme an einer Tür an, vor die sich von aussen ein abgebrochener Holzbalken geschoben hat, dahinter höre ich wieder ihre Stimme! Über mir steigt der Rauch durch den teils offenen Dachstuhl hinauf Richtung Sternenhimmel, was aber nicht heisst dass es hier genug Frischluft gibt. Es zeigt mir nur deutlich aus welcher Richtung der grosse Balken gekommen ist! Ich strenge mich an, versuche ihn beiseite zu stemmen, doch er möchte sich nicht rühren, die Anstrengung bewirkt nur dass ich die Luft nicht mehr anhalten kann, der Atemreflex setzt ein und füllt die Lungen problemlos mit giftigen Rauchgasen! Mir wird flau! Noch so eine Ladung würde ich nicht mehr aushalten können!

Ist es die Kraft der Verzweiflung oder nur Zufall, dass beim nächsten Versuch der Holzbalken ins rutschen gerät? Er donnert zu Boden, ich werfe mich gegen die Holztür dahinter und stolpere hinein als diese nachgibt! „Hallo?!" kann ich hustend gehört werden und mein von Tränen verschleierter Blick wandert Richtung Fenster! „Rebecca!" keuche ich, stolpere zu ihr, um sie auf die Arme zu nehmen und mich auf den Rückweg zu machen! Wieder wirft sie mir einen erstaunten Blick zu: „Woher kennen sie meinen Namen?" Doch weder bekommt sie eine Antwort, noch mache ich mir näher Gedanken über diese Frage.

Unten stürze ich fast schon aus der Türe! Ich setzte sie auf die Füsse, meine Hand ergreift die wartende Tasche, ehe sich mein anderer Arm um die Taille der Dunkelhaarigen legt und ich sie ein Stück beiseite nehme. „Kommen sie, wir müssen uns verstecken, ich weiss auch schon wo!" Sie zeigt in eine Richtung und zusammen verschwinden wir vom Ort des Geschehens!

In einer Gasse, die nicht so zerstört aussieht wie die anderen, durch die wir kommen, klopft sie an eine Tür und ein älterer Mann öffnet vorsichtig, ehe er sie sieht und die Tür aufreisst: „Rebekka! Du hast es hier hin geschafft!" Er wirft mir einen skeptischen Blick zu, den ich aber ignoriere. „Passen sie – gut auf – sie auf", kommt es keuchend, meine Lunge brennt, ich bekomme kaum Luft, und möchte mich zum gehen wenden. Denn mein Verstand sagt mir mittlerweile, dass es nicht meine Rebecca sein kann, er mir wohl die Ähnlichkeit nur vorgaukelt. „Warten sie, sie sind verletzt, sie können doch nicht einfach wieder gehen!" Der alte Herr hält mich zurück und ich gerate ins Schwanken. Ich muss hier weg! Ich merke genau wie meine Lunge sich verkrampft, kein Austausch mehr darin statt findet, sondern mein Körper nach und nach vergiftet wird. Er zieht mich einfach hinein, schiebt mich zum Sofa, auch wenn es zu kurz ist als ich darauf zu liegen komme. „Wird er es schaffen?" erklingt die mir so bekannte Frauenstimme und er schüttelt nur leicht den Kopf. „Er muss, er hat mich oben aus der Wohnung geholt, die Tür war verstellt!" kommt es nur leise, sie setzt sich ans Sofa, ihr Arm hält immer noch die Strickjacke um das 'Bündel' an ihre Oberkörper. Mein Blick sucht sie, auch wenn die Welt sich dreht, mein Kopf gerade vor Schmerzen platzen möchte, die sich mehr und mehr aufgebaut haben. Meine Haut zeigt einen bläulichen Ton, eindeutig ein Zeichen von Sauerstoffmangel. Matt versuche ich trotz allem noch zu atmen, was immer schwerer wird. „Ich danke ihnen, dafür dass sie uns gerettet haben." Nur zögerlich schiebt ihre Hand die verrusste Strickjacke beiseite und holt einen jungen Hundewelpen hervor! Dunkelbraune Schlappohren, eine leicht gräuliche Hundenase, die im sauberen Zustand wohl weiss ist, dazu die dunkelbraune Maske an den hübschen braunen Kulleraugen und ab und an mal ein paar braune Flecken im Gesicht und am Körper. Ich lächle leicht, hebe schwerfällig die Hand gen der Miniausgabe Cavalier-Spaniel und berühre die kleinen Lefzen, so weich und warm. Flink huscht die rote heisse Zunge über meine Hand und ein leises Winseln ist zu hören. Ich möchte noch etwas sagen, doch es endet in einem weiteren Hustenanfall, ehe ich das Bewusstsein verliere. Sie tastet nach meinem Puls, der immer schwächer wird und bald verschwunden ist!

„Möge er eine gute Reise haben", der alte Mann faltete die Hände und spricht ein Gebet, ehe er meine Tasche zur Hand nimmt, um sich darin umzuschauen. Entrüstet wird er von der jungen Frau angeschaut: „Aber was machst du? Wir können doch nicht einfach seine Sachen nehmen!" - „Ich möchte nur nachsehen wen wir über sein Ableben benachrichtigen müssen", kommt es beruhigend und er findet meinen Militärausweis, „Amerikaner, US Navy" Weiter schaut er meine Sachen durch, klopft kurz auf das Rückenteil, das ihm seltsam vorkommt und findet den versteckten Reissverschluss, der das Fach öffnet und eine flache

Ledermappe zum Vorschein bringt. Beim durchblättern taucht ein altes Bild auf, 1800, Rebecca im Portrait! Die junge Frau schreit erschrocken auf und wird verdächtig blass um die Nase! „Das ist wohl die Erklärung, wieso er meinte er würde dich kennen. Oh, was ist das denn?" Vorsichtig zieht er die Plastikfolie mit dem alten Papierstück hervor und liest, was die Mönche über 'Nathanael' schreiben. Unten ist die Zeichnung noch zu erkennen und scheint mir gerade wie aus dem Gesicht geschnitten zu sein. „Rebekka, wenn er das tatsächlich ist, dann wird er wieder erwachen! Hol bitte den grossen Wasserkrug aus der Küche und die Waschschüssel, auch einige Lappen und Handtücher", haspelt der alte Herr los und sie setzt den kleinen Welpen auf meinen Schoss, wo er sich einrollt und geht eilig los, um verlangte Sachen zu holen!

Es vergehen einige Stunden in denen sie beschäftigt sind. Einerseits reinigt und kleidet der alte Mann mich ein, wo Rebekka nicht dabei ist, sich darum kümmert noch etwas halbwegs nahrhaftes herzurichten, was der schmale Vorrat hergibt. Andererseits regeneriert sich bei mir in der Zeit wieder alles was in Mitleidenschaft gezogen wurde. Es dunkelt bereits leicht, als sie mich keuchend nach Luft schnappen hören können, ehe ich die Augen aufreisse und hoch fahren möchte, doch ein brauner Haarschopf beugt sich zu mir, sanfte Hände legen sich an meine Schultern: „Ruhig Nathanael, sonst erschrecken sie noch ihre kleine schlafende Freundin." Sie nickt Richtung meines Schosses, wo das Fellbündel immer noch selig schlummert und ja, da huscht ein sanftes Lächeln über meine Lippen, bevor ich sie frage: „Woher wissen sie wer ich bin?" - „Nun, ich wollte wissen wen wir bei ihrem Ableben benachrichtigen müssen, Mr. Nilsen. Und dabei fand ich durch Zufall besagte Mappe. Darf ich fragen woher sie das Foto der jungen Lady von 1800 haben?" mischt sich mit mildem Lächeln der ältere Herr ein und reicht mir ein grosses Glas Wasser, „das wird ihnen gut tun." Mit noch ziemlich unruhiger Hand nehme ich es an, leere es und erhalte es bald darauf zum zweiten und dritten Male. Die Unruhe und Schwäche schwindet, ich setze mich langsam richtig auf das Sofa, hebe vorher das Welpenmädchen auf meinen Arm, wo sie ihren Kopf in meiner Armbeuge versteckt. „Es zeigt Rebecca, meine Ehefrau", antworte ich auf seine Frage, wenn auch später. Vier Augen sehen mich erstaunt an, ehe die junge Frau sich wieder fängt: „Deswegen haben sie mich mit ihrem Namen angesprochen, weil ich wie sie aussehe?" Ich nicke und stelle gerade fest, dass mir mein Verstand tatsächlich keinen Streich gespielt hat. Hier vor mir sitzt meine Rebecca, ungefähr so alt wie ich sie kennengelernt hatte...

Durch Hinterhöfe

...„In der Zeit wo sie sich ausgeruht haben, habe ich hier mit meinem Onkel gesprochen und es ist zu erklären. In unserer Familie wurde alles aufgeschrieben. Und ihre Ehefrau hatte eine kleine Tochter, die sie nach der Geburt in eine andere Familie gab, weil ihr Vater kein uneheliches Kind tolerieren wollte und sie zur Strafe kurz darauf alleine nach Amerika schickte. Und sie waren auch dort an Bord. Es gibt noch ein paar alte Briefe an ihre jüngere Schwester, in denen sie von ihrem 'Retter' schwärmt. Aber nie hat sie verraten verheiratet zu sein. Sie berichtete nur dass sie Bücher schreiben würde." erklärte sie mir schon einen Teil und ich nickte leicht. „Hätte sie gesagt sie wäre verheiratet, wäre jeder auf den baldigen Nachwuchs gespannt. Doch dazu bin ich wohl nicht in der Lage, um meine Besonderheit nicht weiter zu geben.", so vermute ich es einfach, genau wissen kann ich es nicht, habe es nie genauer untersuchen lassen. „Wenn sie nun ihre Ehefrau als erste Rebecca sehen, sitzen sie hier gerade mit Rebekka Nr. 9." lächelt der alte Mann mich an und ich staune nicht schlecht. „Und immer noch so eine Ähnlichkeit, dass ist unglaublich", ich schlucke doch etwas, trinke noch von dem Wasser. „Ich habe eine Mahlzeit vorbereitet, wir müssen alle bei Kräften bleiben, eine schwere Zeit steht uns bevor", höre ich leise ihre Stimme und sie reicht jeden eine Schale mit sehr sämiger Suppe. Schweigend essen wir, nachdem ein Gebet gesprochen wurde und es schmeckt trotz der Einfachheit gut. „Es ist wohl das Mindeste was ich tun kann, um mich zu bedanken", nur zögerlich kommt es über Rebekkas Lippen, die immer noch unter Schock steht. „Es ist nicht nachvollziehbar, was hier passiert", schüttle ich den Kopf. „Mr. Nilsen, bitte, ich weiss, es klingt vermessen und ich schäme mich es zu sagen, aber könnten sie Rebekka mitnehmen? Ich gebe ihnen auch alle meine Ersparnisse, doch bitte nehmen sie sie mit nach Amerika, wo sie nicht wegen ihrer Religion umgebracht wird..." Er schaut beschämt zu Boden, die junge Frau schlägt den Blick ebenfalls nieder und ich sehe wie sie zittert! „Ich möchte dafür kein Geld, ich versuche es auch so." Ich nicke und beide brauchen einen Moment um zu verstehen, ehe sie sich erst gegenseitig und dann fast mir um den Hals fallen! Das kleine Fellbündel wird rege und versucht zu bellen, was aber noch geübt werden möchte. „Cherié ist auch sehr dankbar", lächelt Rebekka mich an. „Wir sollten dann so bald wie möglich aufbrechen, um hoffentlich im Schutz der Dunkelheit den Hafen zu erreichen, wo sicherlich ein entsprechendes Schiff zu finden ist." erkläre ich ihnen und es ist wohl dadurch zu erkennen, dass ich es ernst meine, doch gibt es etwas, das noch vorher klargestellt werden muss... „Ich werde schauen dass du unbeschadet in den USA ankommst und eine Bleibe hast. Allerdings wartet dort schon ein anderes Leben auf mich, dass ich dir nicht zumuten kann." Nur ein sehr zaghaftes Nicken von ihr. „Die Hauptsache ist, dass du dann in Sicherheit bist, mein Kind. Er macht, was er für dich tun kann, das ist mehr als genug. Vielen Dank, Mr. Nilsen." Damit steht er auf, geht in sein Schlafzimmer und kommt mit einem Rucksack wieder zurück: „Er ist noch immer fertig gepackt, ich habe auch etwas für Cherié dazu gelegt, damit es ihr an nichts fehlt." Und er stellt ihn neben Rebekka ab, die hart schluckt: „Ich hätte nicht gedacht ihn wirklich mal nutzen zu müssen, meinen Notfallrucksack." - „Ich bin nur dankbar, dass du ihn nun hast, und auf deiner Reise nicht alleine bist. Und wenn Mr. Nilsen von sich aus soweit ist, was ich nicht einschätzen kann, dann solltet ihr beide aufbrechen." Ich schaue an mir hinab, sehe frische Kleidung. „Das andere war verrusst und nicht mehr brauchbar, ich habe es im Ofen verbrannt, damit es niemand findet, und ihnen ein paar Sachen von meinem Sohn eingepackt." Sein Blick dabei sagt deutlich, dass ich bitte nicht nach dessen Verbleib fragen soll und ich lasse es, auch wenn es mir schon auf der Zunge liegt. „Danke. Ich denke, dann

100

können wir los. Wir sollten uns noch Wasser mitnehmen, das ist für uns beide wichtig." Stumm nickt sie, steht auf und füllt einige grössere Einweggläser, die gut zuzuschrauben sind, um sie noch in ihrem Rucksack zu verstauen, sie dabei in einige Kleidungsstücke wickelt, damit es nicht aneinander klirren kann.

„Der Herr segne ihren langen Lebensweg und auch den Rebekkas, auf ein sicheres Ziel", der alte Mann legt seine Handflächen auf unsere Köpfe, ehe er vorsichtig einen Blick aus dem Fenster wirft. „Es ist niemand zu sehen. Am besten ist der Weg zwischen den Häusern hindurch." Ich stehe auf, nehme den Rucksack und setze ihn mir auf den Rücken, wobei sie einen leisen Protest unterdrückt, denn ich kann ihn vom Gewicht her wohl alle Male besser tragen. Über die eine Schulter hänge ich noch meine eigene Tasche und dann gehen wir los.

Sie kennt sich hier eindeutig besser bei den Schleichwegen aus und ich überwache dafür die Umgebung. Es sieht schrecklich aus! Eingeschlagene Schaufensterscheiben, geplünderte und ausgebrannte Häuser. Ein ums andere Mal schiebe ich Rebekka hinter mich, damit sie in manchen Hauseingang nicht hinein sehen kann, wo ich die Silhouette eines liegenden Körpers erkenne. Sie haben scheinbar vor nichts zurück geschreckt. Plötzlich bleibe ich stehen, lausche, Wagen sind zu hören, näher kommende Motorgeräusche. Wir schieben uns beide in einen Eingang am Hinterhof, ich lege meinen Zeigefinger auf die Lippen und kraule kurz Cherié, die unsere Anspannung und Rebekkas Angst spürt und zaghaft wimmert, das sanfte Kraulen sie aber wieder verstummen lässt. Die Wagen fahren gleichmässig an uns vorüber und erst als sie kaum mehr zu hören sind atme ich durch. Ein vorsichtiger Blick um die Ecke, keine weiteren Fussposten erkennbar, wir können weiter!

So geht es einige Male, bis wir tatsächlich den Hafen erreichen, ich meinen Arm um ihre Taille lege, ein Lächeln auf den Lippen, um auf den Posten dort zuzugehen als wäre es das Normalste auf der Welt! „Excuse me, Sir. The passage to New York is waiting for us", kommt es mir über die Lippen. „You're late, Sir. Passport?" entgegnet er mürrisch und ich zeige ihm meinen Militärausweis, was ihn leicht die Augenbrauen heben lässt. „Gate 22, the left side, have a good journey, Sir." kommt es nun forscher und ich nicke, schiebe ihm 200 US-Dollar unter dem Ausweis durch, damit keine weiteren Fragen wegen meiner Begleitung auftreten und ich möchte gehen. Nach ein paar Schritten höre ich seine Stimme hinter mir: „Sie haben die Bordkarte für ihre Frau vergessen!" Ich verstehe ihn natürlich sofort, lächle nur kurz in mich hinein, ehe ich mich mit fragendem Blick umsehe, er zu uns eilt und eine neue Karte hinhält, auf die nur noch ihr Name eingetragen werden muss: „You're wife's boarding pass." - „Oh, thank you so much!" sie nimmt sie mit einem erstaunlich sicheren Lächeln entgegen und endlich können wir unseren Weg fortsetzen! Mein Herz klopft kurz bis zum Hals, denn ich hatte befürchtet er würde uns trotz des 'kleinen Geschenks' auffliegen lassen.

An Bord wird nur Englisch gesprochen, was Rebekka glücklicherweise recht gut beherrscht. In der Kabine üben wir immer noch etwas daran, doch macht sie einen sehr guten Eindruck. Wieder reise ich Richtung Amerika, wieder bin ich nicht alleine. DAS Schicksal kann echt schwarzen Humor vorweisen!

Flashback

Es sind wieder ein paar Jahre vergangen, seit ich Rebekka mit nach New York genommen habe. Aus ihren Briefen erkenne ich, dass sie sich gut eingelebt und auch eine gute Arbeit gefunden hat. Meistens werden die Briefe während der Einsätze eingelagert, nur bei absehbar längerer Abwesenheit bekommen wir unsere Post so gut es geht nachgeschickt. Doch meist haben wir gar keine grosse Gelegenheit zum lesen. Ich selbst habe ihren letzten Brief vorhin gelesen, als ich kurz austreten war und er mir wieder einfiel. Ein sehr fröhlicher Text, sie hat jemanden kennengelernt und nun ist sogar ein kleines Mädchen unterwegs, Rebekka in 10. Generation! Ich freue mich wirklich für sie! Aus gegebenem Anlass freue ich mich allerdings noch mehr auf eine Dusche, ein gutes Bier und mein gemütliches Bett. Wir befinden uns auf Iwo Jima, lagern nahe am Suribachi. Auf ihm haben wir vor einigen Stunden eine kleine Fahne aufgestellt, der Sieg ist unser! Mittlerweile haben einige sich daran gemacht, ein weitaus grösseres Exemplar zu erstellen und gerade sehe ich wie fünf unserer Marines und ein Navy Sanitäter beim aufstellen dieser Fahne auf ein Foto gebannt werden. „Das Bild wird in die Geschichte eingehen, Mr. Rosenthal", klopfe ich dem Fotografen anerkennend auf die Schulter und ahne nicht, dass ich damit wirklich Recht behalten sollte!

Zum 179. Gründungsjahr wird sogar in Arlington das 'United States Marine Corp War Memorial' von

Präsident Eisenhower eingeweiht. Ein grosses nach dem berühmten Foto und aus Spenden finanziertes Bildnis, das eine Widmung für die gefallenen Kameraden und beteiligten Kämpfer enthält. Ob Rosenthal wohl damit gerechnet hätte, dass er dafür erstens den Purlitzerpreis bekommt und die Vorlage für diese Statur liefert? Natürlich habe ich mir dieses Spektakel angeschaut, immerhin gehört das doch zur 'Familienehre'.

Überhaupt bringt auch dieses 20. Jahrhundert neben dem ersten und zweiten Weltkrieg, Hitlers Aufstieg 1933 und seinen Selbstmord 1945 noch viele andere interessante Dinge mit sich. Die Goldenen 20er zum Beispiel, als die Wirtschaft einen immensen Aufschwung erlebte, jeder förmlich im 'puren Luxus' im Vergleich zu vorher schwelgen konnte. Auch den ersten Tonfilm gab es dort, ehe 1929 dann die Weltwirtschaftskrise durch den New Yorker Börsencrash alle Träume wie Seifenblasen platzen und die Menschen in die Realität fernab vom Luxus zurück kehren liess. Zwar gab es einige neue Entwicklungen wie das Plastik, die Atombombe und das Kernkraftwerk, oder auch medizinische Fortschritte wie die Entdeckung der DNS oder die 1. Herztransplantation, doch an die Goldenen Zwanziger konnte es nicht anknüpfen und jeder nur mit Wehmut zurück schauen.

Doch war ich schon bis 1954 gekommen, das Denkmal, stimmt. Manchmal komme ich über die Jahrhunderte mit den Jahreszahlen etwas durcheinander. Erst Recht an einem Abend wie heute. Wir haben in Arlington natürlich unsere Helden gefeiert, mancher der alten Herren erzählt eine Anekdote, die er mit meinem 'Vater' erlebt hätte. Und niemand ahnt, dass ich all das selbst hautnah mitgemacht hatte, doch ehrt mich die Verbundenheit der alten Männer auch heute noch.

Stunden haben wir so beisammen gesessen, ehe der Aufbruch naht. Ich kehre in die kleine Militärwohnung heim, lege mich doch recht angetrunken auf das Bett, nachdem ich die schicke Uniform abgelegt habe. Wobei ich schnell merkte, wenn auch erst unbewusst, dass mein Kopf trotz oder gerade wegen des Promillepegels immer noch ein Eigenleben führt, doch das kenne ich über die Jahrhunderte ja schon. Kaum dass ich weg gedämmert bin und somit die Kontrolle über mein Unterbewusstsein nicht mehr habe, beginnt dieses mich mit Bildern geradezu zu überschwemmen.

Ich bin wieder auf dem Landungsboot, das Ufer durch die Nebelschwaden kaum zu sehen, doch haben wir verlässliche Informationen und hoffentlich keine bösen Überraschungen zu erwarten. Ein Ruck, wir sind auf Grund gesetzt, soll heissen wir sind 'angelandet'. Die Gewehre mit den Bajonett-Spitzen im Anschlag bewegt sich der ganze Trupp zügig von Bord. Man konnte was unken, dass es zu gut geht. Aufteilen, ausschwärmen, alles wie taktisch vorher festgelegt. Teils rein in die schroffen Berge, die sich an der einen Seite leicht im Nebel zeigen, teils durch die Bäume, wo sich die wabernden Schwaden nicht so fest setzen können. Schritt für Schritt, Stunde um Stunde, die Aufmerksamkeit auf die Umgebung gerichtet. Kein Feindkontakt, wir kommen gut voran. Es wird dunkel, wir teilen Wachposten ein, der Rest versucht wenigstens für eine Stunde die Augen zu zu machen, auch wenn die Sinne nicht abschalten möchten, darauf trainiert sind weiter zu laufen! Stilles 'wecken', kurz gibt es et-

was aus der mitgebrachten Ration, jeglicher Müll wird wieder mitgenommen, keine Spuren hinterlassen, es geht weiter! Nach und nach verflüchtigt sich der Nebel, ermöglicht uns eine bessere Aussicht auf die Umgebung. Dort, die Anhöhe, unser Ziel ist in Sicht! Erneut taktische Aufteilung, voran! Fast sind wir an einer der Seiten oben angekommen, da sehen wir Mündungen auf uns gerichtet und im gleichen Moment reisst der Arm auch schon das Bajonett vor! Mehrere dringen in die Körper der Feinde ein, noch ehe sie schiessen können. Manch doch abgefeuerter Schuss wird zum Fehlschuss, weil sie verreissen, oder sorgen nur für leichte Blessuren, mit denen wir umgehen können. Ein paar Minuten später hat der Spuk glücklicherweise ein Ende. Niemand aus der Gegenseite hat damit gerechnet, dass wir ausgerechnet diesen unscheinbaren kleinen Aussenposten stürmen, völlig uninteressant! Wohl deswegen haben sie hier auch die Codes hin geschafft, mit dem Ergebnis dass wir sie nach etwas Bastelarbeit im Inneren des Gebäudes in den Händen halten! „Rendezvous in einer Minute!" Wir wissen was das bedeutet, leiten den geordneten Rückzug ein, aber weit müssen wir nicht, denn über uns tauchen mehrere unserer Helis aus, Sicherungsleinen fallen hinunter, einfangen, einklinken! Die verletzten Kameraden bekommen dabei Hilfestellung, niemand bleibt zurück! Von oben ein paar Maschinengewehrsalven, die uns den Rückzug sichern, die Helis ziehen hoch, drehen ab! Wir arbeiten uns an den Seilen empor, einer nach dem Anderen steigt um ins Innere, wo erst einmal ein erster Überblick verschafft wird. Zwei ausgekugelte Schultergelenke, ein Durchschuss am Oberschenkel, eine leichte Gehirnerschütterung, drei gebrochene Finger,

106

einige geprellte Rippen, der Navy Sani bekommt eini-
ges zu tun, der Rest schafft es langsam herunter zu
fahren!

...Plötzlich ändert sich der Blickwinkel...

...ich sehe den Heli und einen auftauchenden Jet!
Zischender Knall, die Rakete bewegt sich durch die
Luft, fliegt genau auf den Heli zu! Keine Sekunde spä-
ter sehe ich ihn in einem Feuerball zerbersten!

Ich schrecke hoch! Schweissgebadet liege ich im
vollkommen zerwühlten Bett, dass nach einer heissen
Liebesnacht nicht besser aussehen könnte. Verdammt!
Ja, es hat mich heute Nacht wieder gepackt! Ein The-
rapeut würde sich bei mir an einer Posttraumatischen
Belastungsstörung festbeissen. Wenn er die ganze
Wahrheit kennen könnte, wäre es besser für ihn nach
zu vollziehen. Wohl auch deswegen hat man mich nur
sehr selten, nur wenn es auf ausdrücklichen Befehl
war, in entsprechendem Büro gesehen. Nein, auch
wenn er es meinte, ich neige nicht zu unkontrollierten
Wutausbrüchen. Hat er jemals auf die Ausbildung eines Marines geschaut?

Die ersten Monate bestehen aus Regeln lernen,
notwendige Fitness aufbauen, ansonsten Drill bis zur
Erschöpfung und darüber hinaus. Befehle wurden uns
entgegen gebellt, immer schön den Stresspegel hoch
halten, abwarten wer es noch durchhält, oder wer
irgendwann unter dem Druck zusammenbricht, und
damit aus dem Rennen ist. Danach machen wir uns
mir den Waffen bekannt, bis ins kleinste Detail, können sie im Schlaf auseinander und wieder zusammen
bauen, Schiesseinheiten, Nahkampftaktiken, seit jeher
gehört das Bajonett auf der Gewehrmündung zur Waf-

fenausrüstung dazu. Als untrügliches Signal, dass wir den Angriff des Feindes nicht erst abwarten, sondern unsererseits selbst auf kurze Distanz starten! Auch in dieser Phase können noch einige auf der Strecke bleiben. Spätestens die Feuerprüfung zeigt, wer sich aus tiefsten Herzen und Überzeugung Marine nennen darf und dessen auch würdig ist! Denn wer die 58 Stunden im Gelände, mit Durchlauf der verschiedensten möglichen Szenarien, höchstens vier Stunden Schlaf pro Nacht und sehr dezimierter Verpflegung (üblicherweise für die ganze Zeit nur drei Mahlzeiten) noch gerade auf den Beinen halten und ein entsprechend gutes Ergebnis geschafft hat, darf mit Fug und Recht die Zeichen der Navy Marines tragen!

Nach all den Jahrzehnten, nein Jahrhunderten, habe ich diese Prozedur schon etliche Male durch. Mein Körper und Geist zeigen dadurch eine gewisse Stressresistenz, bis mein Unterbewusstsein im Schlaf anderer Meinung ist, und die alten Bilder hervor kramt. Für mich ist danach die Nacht erst einmal gelaufen. Ja, in solchen Momenten kann ich mich durchaus verletzlich fühlen, auch wenn es wohl nur wenige glauben mögen. Im Sinne der Marines bin ich eine austrainierte Kampfmaschine, zu Dingen fähig an die niemand einen Gedanken verschwenden möchte. Doch trotz allem bin ich auch ein Mensch, mit Vergangenheit, Herz und Gefühl, letzteres halten Männer gerne hinter dem Berg. Und wenn sie nach so einem Traum förmlich durcheinander geraten, braucht es eine Möglichkeit es in eine andere Richtung zu kanalisieren. Noch immer spüre ich dabei auch die Wirkung des Alkohols, der solche Flashbacks begünstigt. Es ist mir egal, es wird abflauen, nicht zum ersten und letzten

Male. Ich stehe auf, das tropfnasse Shirt wird ausgezogen, landet in entsprechendem Korb! Ich nehme mein Zigarettenetui, trete mit blossen Füssen in die kalte November-Nacht hinaus! Das Feuerzeug flammt auf, tiefe Züge füllen meine Lunge mit dem wabernden Rauch und langsam lässt die Unruhe nach, stellt mein Körper das tatsächlich vorhandene Zittern ein, das nicht von der Kälte hervor gerufen wird. Noch eine zweite Zigarette, dabei doch ein paar Blicke Richtung des klaren Sternenhimmels geworfen. Ob sie von dort zu mir hinab schauen, wie ich es früher als Kind so gerne gehört habe? Ob sie damit zufrieden sind was sie sehen? Mittlerweile habe ich die Bedeutung der Worte des Mönches auf dem Schriftstück schon teilweise besser verstanden. Denn oft habe ich mich durch meine Taten bei den Einsätzen versündigt, wenn ich Leben nahm. Doch immer wieder bietet sich auch die Gelegenheit an jemand anderem zu helfen. Nein, ich merke mir nicht mehr alles, auch wenn ich weiss, das regelt mein Gedächtnis schon alleine und haut mir die Erinnerungen dann irgendwann ungefragt um die Ohren. Doch mittlerweile ist wieder Ruhe eingekehrt. Ich weiss, jeder von uns kennt das Risiko, wenn er dem Corps beitritt. Und auch wenn einer der obersten Grundsätze ist, dass wir niemanden zurück lassen, so gibt es Momente wie diese, wo wir genau wissen, dort wird niemand mehr auf unsere Rückkehr hoffen.

Ich nehme den Aschenbecher, gehe hinein und wenig später liege ich wieder in meinem Bett, mit der Aussicht auf noch ein paar Stunden erholsamen Schlaf.

Erinnerungen

„Scheisse, Nathan, bist du echt erst 31 Jahre?" mein Kumpel schaut mit grossen Augen auf meinen Ausweis, den ich heraus gefischt habe. „Sieht so aus, oder?" grinse ich ihn schief an. „Ich muss sagen, da täuscht deine Grösse aber echt, nicht böse gemeint." Und er hebt sofort beschwichtigend die Arme, als ob ich ihm gleich ans Leder wolle. „Und jetzt stell dir vor, die Plateausohlen wären noch in." Nein, ich musste nicht jede Mode mitmachen. Wobei ich die Haare wieder ein wenig länger trage, auch ein Oberlippenbart zu sehen ist, nicht sehr gross, eher als maskulines Accessoire. Dazu Bluejeans und ein schickes Hemd. Wir haben uns einen Club in der Innenstadt ausgesucht, in dem gerade schmissige Musik gespielt wird. Die Tanzfläche ist ein proppevolles Farbdurcheinander, denn im Gegensatz zu den eher mausgrau daher kommenden Herren, setzt die Damenwelt auf bunte Farben, Folklore, ländliche Modestile. Allerdings ist Tanzen nicht unbedingt meine Welt, manchmal, aber meist sehe ich nur den Anwesenden zu. Ich habe den Ausweis in der Zwischenzeit wieder in meine Brieftasche gepackt. 544 Jahre! Meine Gedanken schweifen ab. Ich zucke zusammen, als ich von meinem Kumpel angestossen werde: „Komm, abtanzen, da sind ein paar süsse Schnecken auf der Tanzfläche." Ich schüttel nur leicht lächelnd den Kopf, was er mit einem Verdrehen der Augen beantwortet: „Spassbremse!" Und dann stürzen sie sich zusammen in den Trubel. Ich schaue in das grosse Glas Gerstensaft vor mir, das vierte oder fünfte wohl schon. Doch es hält sich noch in Grenzen, alkoholkrank kann ich nicht werden, mein Körper regeneriert auch das sehr gut.

Von daher ist es egal was ich mir rein pfeifen würde. Ich hätte nicht gedacht, dass ich mein Leben so lange geniessen könnte.

Und während mein Körper in einem Club im Jahr 1977 auf dem Barhocker sitzt, reise ich in Gedanken umher. Es heisst doch, dass der Weg schon für jeden vorbestimmt ist, für mich auch? Mein Start in mein Menschenleben war laut und rau, meine Mutter erzählte mir von dem schlimmen Unwetter, von ihren Schmerzen, von der Angst die Vater um sie hatte. Doch vielleicht zeigt genau der Beginn, dass mein Leben besonders wird? Auch wenn noch niemand ahnen konnte wie. Immerhin überlebte ich die kritische Säuglingszeit, entdeckte voller Neugier meine Welt, oft zum Leidwesen meiner Eltern viel zu leichtsinnig. Und doch glaube ich mittlerweile, dass auch da schon jemand schützend seine Hand über mich hielt.

Was wäre gewesen, hätte ich den einfachen Weg weg von daheim und zur Schule eingeschlagen? Weg von der harten Arbeit, die den Körper stählte, zur geistigen Ertüchtigung? Es sollte bekanntlich nicht sein... Habe ich es bis heute bereut? Nein. Denn ich habe trotz allem sehr viel lernen können, auch wenn es halt ein paar Jahrhunderte länger dauerte. Was ich allerdings immer noch nicht lernte, dass ist die Sache mit den Frauen. Ich hatte mit ihnen einen echt schlechten Start, hoffentlich fand Mireille nach meiner Flucht von zuhause noch jemand anderen, mit dem sie glücklich wurde, uns war es ja leider nicht vergönnt. Dafür wurde mir ein Glück zuteil, dass ich bis heute nicht begreifen kann. Und so wie es aussieht, altere ich wohl ungefähr in 50 Jahren um ein Jahr, das sind echt vielversprechende Zukunftsaussichten! Nie habe ich auf meine Frage *Wieso aus-gerechnet ich?* eine Antwort bekommen. Und doch hat er mir ab und an Zeichen gegeben, wenn ich hin-schaute. Er hat mir meine eigene Schwäche präsentiert und gleichzeitig eine immense Stärke, wenn ich es zu-lasse. Er schickte mir das Bild meiner Mutter, und gab mir die Stärke meinem Vater zu verzeihen, egal wie schmerzhaft und verletzend seine Peitschenhiebe auch waren. Und ihn erleichterte es von seiner aufgelade-nen Schuld und zeigte ihm welch erwachsener junger Mann ich in der Zeit geworden bin, ohne seine Züchti-gungen ertragen zu müssen. Ich lernte die Welt ken-nen, reiste, arbeitete, fand neue Freunde. Ich sah Men-schen die mir Vertrauen schenkten, weil sie wussten dass es bei mir gut aufgehoben wäre. Die alte Ta-schenuhr und das Schriftstück besitze ich immer noch, für mich ist beides von unschätzbarem Wert. Wobei sich die Frage stellt, ob ich jemals nochmal eine so wertvolle Frau wie meine Rebecca kennenlernen wür-de. Oder ist und bleibt das meine ewige Liebe und an-sonsten ist der Umgang mit Frauen einfach nur Spass und Befriedigung? Denn es gibt immer noch Phasen, wo ich mit meiner Unsterblichkeit hadere. Und da tut es echt gut, sich von frechen Frauenhänden ablenken zu lassen. Ich hatte tatsächlich Momente, wo ich die-ses Leben am liebsten beenden wollte. Doch dann gab es diese kleinen Augenblicke! Vielleicht sind sie zu der Zeit niemandem sonst aufgefallen, waren für mich bestimmt, um zu zeigen dass es sich lohnt weiter zu leben?

Mir fällt da der alte Mann ein, der mit seinem auch schon sehr alten Esel an mir vorbei kam, ich weiss nicht einmal mehr wann und wo. Ich stand am

Hafen, nicht sicher welches der Schiffe mich mitnehmen soll, da höre ich hinter mir Ächzen und Schnaufen. Als ich mich umsehe, geht ein alter Mann an mir vorbei, der vor sich hin ächzt, den Rücken krumm von der Arbeit seines Lebens und neben ihm ein schnaufender Esel, beladen mit einigen Packtasche, die er kaum zu tragen vermag. Der Mann sieht mich mit wissenden weisen Augen an, sagt etwas zu mir, doch ich verstehe ihn nicht, was er auch schnell merkt. Er kommt zu mir, legt seine Hand unter mein Kinn, so dass ich den etwas traurig gesenkten Kopf wieder aufrichten muss, dann wandert sie auf mein Herz, ruht dort einen Moment, eher er mit der anderen eine Faust ballt, mich anlächelt und ich verstehe was er meint. Ich sollte nie vergessen, dass da ein starkes Herz in meiner Brust schlägt, wieso also traurig sein? Ein leichtes Lächeln legt sich auf meine Lippen, ich verbeuge mich etwas vor ihm und sehe auf die Packtaschen. Ohne gross zu überlegen nehme ich sie hinunter, lege dem Esel meine weitaus leichtere Umhängetasche und die Packrolle auf und wuchte mir stattdessen die Packtasche auf den Rücken! Der Esel schaut mindestens so erstaunt wie sein Besitzer und wir machen uns auf den Weg. Weg vom Hafen, hinauf ins Landesinnere, bis zu einem kleinen Haus. Dort lädt er mich noch auf eine gute Mahlzeit ein, selbst gebackenes Brot, eine leckere Paste aus Quark, Oliven, Kräuter, ein guter Wein. Als ich gehen möchte setzt er sich hin, malt mir etwas auf! Es ist ein verschlungener Weg, der bis zu einer Kirche geht, die ebenfalls an einem kleinen Hafen liegt. Da ich immer noch nicht wusste wohin ich wollte, nahm ich den Vorschlag dankbar an, bekam noch Wasser für den Weg und hatte nach einigen Stunden mein aufgezeichnetes Ziel erreicht. Als ich das Gebäude sah, musste ich kurz doch etwas schlucken, denn ich stand vor einem alten Kloster!

Oder das kleine Mädchen. Denn manchmal ist es nur schwer zu ertragen dass ich weiss, dass ich wohl einfach keinen Nachwuchs zeugen kann. Ich weiss, dass Rebecca zu der Zeit auch darunter gelitten hat, aber es nie auch nur über ihre Lippen gekommen wäre. Und dann stehe ich irgendwo in einer Grossstadt, bin gerade angekommen und weiss für den Moment wieder mal nicht ob ich die Strasse links oder rechts entlang möchte, als ich merke wie etwas gegen meine Beine stösst und dann auf den Boden plumpst! Als ich hinunter blicke, sitzt da ein Mädchen zu meinen Füssen, vielleicht fünf Jahre, die verweinten Augen schauen zu mir hoch, ihr Arm umklammert einen Plüschbären und sie trägt ein schickes gelbes Sommerkleid mit Sandalen. Ich schaue mich kurz um, kann aber kein aufgeregt angerannt kommendes Elternteil sehen. Deswegen knie ich mich zu ihr hinunter, um nicht mehr so riesig zu wirken, schaue sie mit sanftem Lächeln an: „Hoppla, hast du versucht mich umzurennen? Hast du dir weh getan?" Schüchtern lüpft sie den Saum des Kleides etwas und zeigt mir ihre aufgerubbelten Knie, mit denen sie den Fall anscheinend abgebremst hat. Leise schnieft sie: „Ich habe Mama gesucht." Ich schaue mir ihre Knie an, nehme meine Tasche vom Rücken und krame darin herum, ehe ich eine Wasserflasche und ein paar Taschentücher hervor ziehe: „Darf ich dir das etwas abtupfen? Schau, ich zeig das auch vorher erst deinem tollen Teddy, der auf dich aufpasst." Und damit tupfe ich mit dem angefeuchteten Taschentuch zuerst an seinem

Hinterbein, ehe ich es umdrehe und mich langsam ihrem Knie nähere. Sie schaut erst skeptisch, drückt dann ihrem Bären einen Kuss auf die Stirn und hält mir ihr Knie hin. Erst das eine und dann das andere darf ich so von Dreck und kleinen Steinchen befreien: „Wow, das ist echt tapfer von dir, klasse. Hm, mal schauen ob ich noch zwei Pflaster habe.." Wieder krame ich in der Tasche, auch wenn es bei mir schnell heilt, so finde ich ein grosses Abschneidepflaster, das ich mit dem Taschenmesser kürze, ehe ich auch noch einen Stift hervor hole und darauf herum male! Ruck zuck sind zwei runde Augen, zwei Plüschohren und eine Bärennase darauf gezaubert! „Ein Teddypflaster", kichert sie! „Gut?" Ich klebe die Pflaster auf die Schrammen und für einen Moment begutachtet sie die kleinen Kunstwerke, während ich mich nochmal umschaue, immer noch sehe ich niemanden, zu dem die Kleine gehören könnte. Mein Blick bleibt auf einem kleinen Stand hängen und verschwörerisch schaue ich zu ihr: „Sollen wir den bösen Schrecken mit einer Zauberwatte verscheuchen?" Sie bekommt grosse fragende Augen und ich hole Geld aus der Brieftasche, drücke es ihr in die kleine Hand: „Gut festhalten." Dann räume ich meine Tasche ein, hänge sie um und nehme die Kleine auf den Arm. „Wie hoch bist du denn?" fragt sie erstaunt und kann die Welt aus einer ganz anderen Perspektive sehen! Zusammen erreichen wir den Zuckerwattestand und holen eine Kinder-Portion, die bestimmt für ihren Magen ausreicht. Stolz bezahlt sie, nimmt den Stock mit dem rosa Zuckerpuschel entgegen und zupft ein Stück ab, dass sie mir vor die Lippen hält: „Magst du mal probieren?" Ich lache leise, nicke dann: „Gerne, ich habe nämlich noch nie Zauberwatte gegessen." Und das entspricht der Wahrheit. Wieso ich die Zuckerwatte Zauberwatte nenne? Nun, sie ist im Mund ganz schnell verschwunden und schenkt durch ihren Zucker förmlich gute Laune, zaubert damit also alles schlechte weg. Wobei ich nicht ahne, dass ich mit Zucker etwas auf dem Kriegsfuss stehe. Wenigstens esse ich nicht so viel davon, dass ich es bemerkt haben könnte. Jetzt öffne ich aber erst einmal den Mund, sie schiebt das Stück vorsichtig hinein und schon schmilzt sie klebrig süss und lecker auf meiner Zunge! „So, wollen wir mal zusammen schauen, ob du von hier oben auf meinem Arm deine Mama sehen kannst?" frage ich sie und zusammen gehen wir los, erzählt sie mir wo sie gerade entlang gelaufen ist. Immer wieder wird dabei etwas von der Zuckerwatte ab gezupft und entweder von ihr oder mir verspeist. „Da, an dem Clownmülleimer war ich auch", zeigt sie nach vorne. Also bringe ich sie bis dort hin und sie schaut sich wieder um. „Da vorne ist die Schaukel, wo ich Mama zuletzt gesehen habe!" juchzt sie auf und meine Schritte streben hinüber. Ich merke wie ich müde werde, anscheinend macht sich die Reise hier hin gerade bemerkbar. Als wir an der Schaukel ankommen, setze ich sie vorsichtig am Boden ab, habe gerade Angst die Kleine fallen zu lassen. „Du siehst müde aus", schaut sie zu mir hoch und ich blinzle hinunter, nicke. „Ja, irgendwie bin ich das gerade auch", gebe ich zu. Über uns schlägt eine tiefe Glocke und das Mädchen schaut zu der Kirche: „Da müssen wir hin! Mama hat immer gesagt wenn ich mich hier an der Schaukel verirre, dann soll ich in die Kirche gehen, der liebe Gott hilft mir immer weiter. Komm!" Sie nimmt mich bei der Hand und zieht mich bis zum grossen Tor, dass ich ihr dann schwerfällig öffne, so dass wir bald den weitläufigen

Raum betreten. „Oh, hallo Crystal, wen hast du denn heute mitgebracht, kommt deine Mama auch?" fragt eine ältere dunkelhäutige Dame das Mädchen. „Ich weiss nicht wo Mama ist, ich habe sie draussen verloren. Aber er hat mir geholfen, schau mal die tollen Bärenpflaster und die leckere Zauberwatte!" Dabei zeigt sie ihre Knie und fasst dann wie selbstverständlich nach meiner Hand. „Ich habe sie draussen an der Hauptstrasse aufgesammelt, nachdem sie wohl versucht hat mich umzurennen", zwinker ich die ältere Frau an, die mich erst forschend und dann mit einem Lächeln ansieht. „Dann schicke ich schnell jemanden los, um nach deiner Mama zu sehen, wer weiss wo sie dich jetzt sucht. Ihr könnt ja beide hier bleiben." Während der Zeit haben sich vorne im Altarraum mehrere Männer und Frauen versammelt, was ich jetzt erst sehe. Sie lächeln teils zu mir rüber, zeigen auf die Kirchenbank und Crystal zieht mich mit sich, so dass ich mich bald darauf fallen lasse. Tut das gut zu sitzen, ich weiss gar nicht was los ist. Ich fühle mich so müde und schwer und das ist äusserlich wohl auch zu erkennen, denn als die alte Frau wieder zu uns kommt, lächelt sie mich milde an: „Möchten sie hier etwas verschnaufen und zuhören?" - „Zuhören?" Eigentlich macht sie mich damit neugierig und deswegen nicke ich einfach. Noch ist es allerdings sehr ruhig hier, dazu die kleine Hand die meine streichelt und ich träume mit offenen Augen vor mich hin. Ich habe keine Ahnung wie lange ich dort so sitze, aber irgendwann zucke ich leicht zusammen, schaue mich um, bin ich echt eingeschlafen? „Du hast niedlich geschlafen, wie ein grosser Teddybär, hoffentlich tut dir jetzt nicht der Nacken weh", grinst Crystal zu mir hoch und ich reibe mir über die Augen, höre erst jetzt richtig dass gesungen wird! Vorne im Altarraum stehen ungefähr dreissig Frauen und Männer, bewegen und klatschen zu dem Lied was sie singen, wobei ich die verschiedenen Stimmen raus hören kann. Für einen Moment lasse ich mich davon einfangen, lausche auf den Text. Sie singen Gospel! Wie lange ist es schon er, dass ich das so gehört habe? Früher, auf den Feldern, wo die versklavten Farbigen ihrer Arbeit nach gingen und sie sich mit dem Gesang dieser Lieder erleichterten. Es gab unzählige Strophen, doch hatten sie immer etwas gemeinsam, Hoffnung und Glaube! Ich bleibe bis die Probe zu Ende ist und lerne dann auch Crystals Mutter kennen, die sich jetzt endlich bei mir bedanken möchte, mich aber nicht aufwecken wollte. „Das habe ich gerne gemacht", lächle ich sie an. Als Dankeschön nennt sie mir noch ein kleines Hotel, da ich ihre Schlafcouch für die Nacht doch lieber anständig und dankend ablehne, nein, so aufdringlich möchte ich nicht erscheinen.

„Nathan, hey, hast du heute schon ein Bier zu viel?" Die Stimme klingt an meine Ohren und ich zucke heftig zusammen! Satt eines rhythmischen Gospel klingt schwedisches Hit-Futter an meine Ohren! „Nein, alles in Ordnung, musste gerade nur an was denken", lächle ich vor mich hin. „Ist schon klar, Alter, du hast fast schon mit dem Kopp auf der Tischplatte gehangen!" lacht einer meiner Kumpel. „Gar nicht wahr", unterstreiche ich es mit einem breiten Grinsen. „Komm, lasst uns von hier verschwinden", schlägt ein anderer vor und ich trinke noch den Rest Bier aus, wir zahlen und streben dem Ausgang des Clubs zu. „Sag mal Nathan, an was hast du da drinnen gedacht? Du warst echt lange sehr weit weg und hast vor dich hin gelächelt! Gibt es da etwa ne süsse Schnecke, die du uns noch nicht vorgestellt hast?" Sie können es einfach nicht lassen und ich lache leise: „Keine Sorge, da ist niemand. War nur ne süsse kleine Erinnerung", beschreibe ich es und wir ziehen weiter durch die nächtlich beleuchteten Strassen.

Braune Rehaugen hoch zwei

Warme Sonnenstrahlen auf der Haut, von den Bäumen fallen die Blätter bunt zu Boden und ich sitze träumend auf einer der Parkbänke, mit Jogginghosen, Turnschuhen und ein T-Shirt bekleidet.

Ich habe das Gefühl, dass ich in den letzten Jahrzehnten viel mehr über mein Leben nachdenke, erst Recht wenn ich nicht mit den Kameraden irgendwo im Einsatz bin. Ist es nicht auffällig, dass ich in den unmöglichsten Situationen Hilfe bekam? Als die Sache mit dem Kräuterweib war, konnte sie mir noch den Mönch schicken, und bewahrte mich damit vor dem sicheren Tod. Oder der Hafen in Deutschland, als ich mit Rebekka auf das Schiff nach New York wollte. Trotz der 200 US-Dollar hätte die Sache böse enden können und doch liess der Posten und passieren. Auch der Moment, den ich immer als Flashback sehe, einer von vielen, als wir den Code sichern und am Ende der Heli abgeschossen wurde, in dem eigentlich ich sitzen sollte, hätte sich nicht einer der neuen Kameraden vertan und damit dort meinen Platz belegt. Wobei es noch etwas anderes gibt, dass ich mir ebenfalls nicht erklären kann. Immer wieder hatte und habe ich zwischendurch diese Blackouts. Nach dem letzten Zusammentreffen mit meinen Eltern, musste ich mich im

Wald übergeben und bin aus den Latschen gekippt! Oder im Sterbezimmer des alten Herren. Ich kann es noch förmlich spüren, wie es mir da den Brustkorb zusammen schnürte, ich mich hinlegen musste, und nach einigen Stunden war der Spuk vorbei! Und noch einmal lande ich bei der Kräuterfrau. Waren es tatsächlich die Tritte und Hiebe der Kerle auf meinen Körper? Und was meinte der Kerkermeister damit, ich hätte ihre Verletzung angenommen? Und was war bei dem ersten Treffen mit meiner Rebecca mit mir los? Ich hatte nie Schwierigkeiten auf Booten, als sie in meiner Kabine war, fühlte ich mich fast wie seekrank. Oder wenn sie ihre Kopfschmerzen hatte? Jedes Mal fühlte ich mich selbst auch matt und mein Kopf brummte vor sich hin, als hätte ich den Abend zuvor zu tief ins Glas geschaut. Wie erwischte es mich eiskalt, nachdem sie ihren letzten Atemzug tat, als würde ich selbst sterben. Wobei meistens drum herum irgendwas passierte, ich es nie direkt in Verbindung brachte, so wie mit Dr. Walkers Armverletzung, wo ich wohl einfach einschlief. Sie meinte in dem Kloster noch, dass sie mir einfach helfen musste, weil ich noch einen Gefallen bei ihr gut hatte und sie auch gar nichts weiter wissen wollte, weil sie sich mental nicht stark genug für eine Geheimnisträgerin fühlte. Oh Moment, das habe ich ja noch gar nicht erzählt, was vorgefallen war. Geduld, es wird schon noch kommen. So wie es aussieht, gibt es da wohl noch ein kleines Geheimnis, dass ich selbst noch nicht weiss, nur unbewusst in manchen Situationen zum Vorschein bringe. Wobei, der Zuckerunverträglichkeit bin ich mir dann doch durch weitere kuriose Situationen bewusst geworden. In kleinen Mengen ist er durchaus geniessbar, aber ich sollte es nicht damit übertreiben, denn dann gibt es für mich kein besseres Sedativum!

Zack, ich zucke zusammen! Noch immer sitze ich auf der Parkbank und habe vor mich hin geträumt! Das wird langsam zur schlechten Angewohnheit. „Tut mir leid, ich habe zu schwungvoll geworfen, das konnte Maggi nicht fangen", höre ich eine sympathische Frauenstimme und entdecke jetzt erst die weiche Hundefrisbee in meinem Schoss und vor meinen Füssen erwartungsvolle braune Knopfaugen, eine dunkelbraune Kopfmaske mit hellbraunen Augenflecken, dunkle gewellte Schlappohren und weisse Lefzen, wo gerade eine rote Hängezunge hechelnd hervor lugt! Vor mir sitzt ein ziemlich junger tricolorfarbener King Charles Cavalier-Spaniel und kurz schlucke ich leicht, denn Maggi erinnert mich an Cherié. Bald habe ich mich dann doch wieder gefangen, schaue kurz und werfe die Scheibe Richtung Wiese, wohin fliegende Pfoten und Ohren natürlich schnurrstracks folgen! Maggis Besitzerin ist mit ebenso kastanienbraunen Haaren und braunen Rehaugen gesegnet. „Ist doch nichts passiert. Wenn sie möchten, hier ist noch Platz auf der Bank", biete ich ihr das Stück neben mir an. „Oh, danke" und schon gesellt sie sich zu mir. Maggi findet das übrigens sehr aufmerksam, jetzt hat sie gerade zwei Wurfpartner! Und während wir sie mit der Wurfscheibe beschäftigen, entspinnt sich zwischen und ein angeregtes Gespräch, das noch in ein Café und zwei Tage später in ein Restaurant verlegt wird.

Es war anfangs nicht einfach, dass muss ich zugeben. Zu oft noch haben mich alte Erinnerungen von Rebecca erwischt. Und es dauerte wohl auch einige Wochen, in denen ich mir nicht sicher war, ob ich mich wieder darauf einlassen kann. Ich sah Sheryl alle paar Tage, es waren sehr schöne Stunden, wir redeten viel über manch belangloses Zeug, wir unternahmen Ausflüge. Ich spürte dass sie sich in meiner Nähe gut fühlte. Sie wusste welchen Beruf ich ausübe. Nur von meiner Besonderheit ahnte sie noch nichts. Immer wieder suchte ich nach dem richtigen Zeitpunkt, doch wissen wir alle, dass es den gar nicht gibt. Immer mehr merkte sie, dass etwas in mir arbeitet, ich sah es ihr an ihrem Blick an, doch sie zeigte Geduld, mit dem Wissen ich würde von alleine auf sie zukommen. Das war auch eine Gemeinsamkeit zwischen ihr und Maggi. Die hübsche Hündin hatte einige meiner Flashbacks miterlebt wenn ich dort nachmittags mal auf der Couch weg genickt war, während Sheryl etwas erledigte. Sie schrieb Werbetexte, konnte sich ihre Zeiten gut einteilen und nur ab und an wollte sie ein Treffen deswegen absagen, bis sie meinte, ich solle einfach zu ihr kommen, und ihre Muse sein. Es passierte nicht oft, doch manchmal nickte ich auf dem Sofa weg, mit Maggi auf dem Schoss, die eine unheimlich wohltuende Ruhe ausstrahlte!

Als ihr das Zucken ihres lebendigen Bettes zu viel wird, hebt die Cavalier-Hündin ihren Kopf, schaut hoch zu meinem angespannten Gesicht. Vermutlich spürt sie es einfach, hört den schnellen Herzschlag und kurzen Atem. Leicht streckt sie sich auf meinen Oberschenkeln, was nur ein kurzes Handzucken bewirkt, dann wandern ihre Vorderpfoten meinen Oberkörper hoch, die dunkle nasse Hundenase beschnuppert sachte mein Gesicht, ehe ihr Kopf sich auf meine Schulter legt und sie mir liebevoll ihren heissen Atem ins Ohr haucht! Nur ganz leise winselt sie vor sich hin, was mich wohl endlich wach werden lässt! Im ersten Moment fahre ich kurz hoch, ehe ich erkenne dass es nur ihr warmer Hundekörper ist, dessen Gewicht ich spüre und meine Hand legt sich auf ihren schlanken Rücken. Mittlerweile hat sie heraus gefunden, dass sie nichts zu befürchten hat wenn ich beim wach werden unruhig reagiere. Ich vergrabe mein Gesicht in ihrem weichen Ohrenfell und atme durch, was sie leise wohlig seufzen lässt. „Ein so wunderschönes Bild", raunt es leise zu uns hinüber und ich hebe den Blick, sehe Sheryl am Türrahmen lehnen und lächeln, „sie hat dich aus einem Traum geweckt. Mittlerweile springt sie auch nicht mehr erschrocken beiseite, wenn du dich dabei ruckartig bewegst. Im Gegenteil, sie schaut sehr interessiert." Ich nicke zuerst nur, sehe dann zur Hündin: „Tatsächlich? Beobachtest du mich etwa?" Dann klopfe ich neben mir auf das Sofa „Magst du dich zu mir setzen, Schatz?" Jetzt ist Sheryl es die nickt und sich zu uns kuschelt, Maggi ihr lebendiges Kuschelbett dennoch nicht verlässt. Ich sehe auf den Boden vor mir, suche nah einem Anfang und das alleine lässt Sheryl mich aufmerksam ansehen: „Es ist etwas ernstes, oder? Arbeite ich zu viel wenn du bei mir bist? Sehen wir uns zu wenig oder zu viel? Ich gebe zu es macht mir gerade etwas Angst. Hast du jemand anderen kennengelernt? Oder musst du zu einem gefährlichen Einsatz?" Ihre Worte sprudeln nur so hervor und auf mich ein und selbst Maggi wirft mir einen etwas verstörten Blick zu, spürt sie Sheryls Angst und meine Anspannung zu deutlich. „Schatz, schhhhht", versuche ich sie zu beruhigen, „du arbeitest nicht zu viel. Und nein, wir sehen uns auch nicht zu viel oder zu wenig. Ich glaube, ich würde jeden Tag zu dir kommen, wenn da nicht noch etwas wäre, was ich dir noch nicht erzählt habe, weil mir anfangs gar nicht bewusst war, wie sehr ich dich liebe. Aber jetzt und ich muss es dir sagen, egal ob du mich dann für verrückt erklärst oder es glaubst." Ich räuspere mich kurz, knete eines der lockigen Hundeohren, während Maggi sich in voller Länge an mich kuschelt. „Ich weiss, was ich dir jetzt erzähle klingt ziemlich verrückt, ich würde es vermutlich selbst nicht glauben, wenn ich es nicht erlebt hätte. In meinem Ausweis steht momentan wohl das Jahr 1946 drin, aber das ändert sich von Zeit zu Zeit." Meine Güte, früher ist es mir nie so schwer gefallen. Vermutlich weil es immer eine unerklärliche Situation gab, die Fragen aufwarf. „Kennst du den Film Zardon?" fange ich einfach an. Sie nickt etwas zaghaft: „Mit Sean Connery in einem echt schrägen Kostüm." - „Stimmt. Da gibt es die verschiedensten Gruppen. Die Brutalen, die Ewigen und Zardons Jünger", rede ich weiter und nähere mich damit wohl nur langsam dem Thema, „wenn ich mich mit jemandem vergleichen müsste, dann wäre ich einer der Ewigen." Die letzten Worte kommen eher zögerlich und ich schaue sie unsicher an. „Du meinst so wie die, die durch diese Maschine immer wieder regenerieren, oder irgendwie wiedergeboren werden?" fragt sie leise und ich nicke. „Wie meinst du das auf dich selbst bezogen?" möchte sie wissen und ihr Blick zeigt, dass sie gerade wohl beginnt mich für durchgeknallt zu halten. „Mir ist etwas passiert, wodurch ich schon sehr lange lebe. Ich kann zwar sterben, aber ich werde bei den meisten Vorfällen nach Stunden, ab und an Tagen oder Wochen, wieder wach.", versuche ich es ihr zu erklären und sehe wie sie mich anstarrt, den Mund auf und zu macht und sie dann aufsteht, um mir Maggi abzunehmen, die sie fast schon beschützend auf ihrem Arm hält und es folgt nur ein viel zu leises Wort: „Raus." Ich merke wie mein Herz stolpert, erhebe mich, versuche nicht einmal es ihr noch weiter erklären zu wollen... Langsam verlasse ich das Wohnzimmer, drehe mich an der Tür noch einmal um und mein Blick zeigt tiefe Traurigkeit! Ich kann ihr keinen Vorwurf machen, ich merke nur wie es in mir alles wieder zusammenbricht, was sich die letzten Wochen aufgebaut hatte. Ich gehe in den Flur und sie kann hören wie sich die Wohnungstür schliesst.

Tagelang zieht es mich nachts durch die Strassen, an Schlaf ist nicht zu denken. Irgendwann reisst es mich deswegen zuhause einfach von den Füssen, fordert mein Körper die Ruhe ein! Ich bleibe auf der Couch liegen, die ich gerade noch so erreiche, als das massive Schwächegefühl auftaucht. Und es dauert wohl einen kompletten Tag, bis ich erholter aufwache...

Teheran

Seit 130 Jahren ist meine Familie anscheinend bei den Marines. Von Generation zu Generation wird es vererbt, liegt es den Männern wohl im Blut, lassen sie für ihr Land das eigene Leben... Die Wahrheit sieht ein klein wenig anders aus. Aber das ahnen sie sicherlich schon, jetzt wo sie meine Geschichte bis hier hin mitverfolgt haben. Und auch jetzt diene ich erneut, wie viele Generationen es sind, ist das wirklich wichtig? Wichtiger ist es, dass ich es mache! Vermutlich habe ich da in den vergangenen 130 Jahren ein gewisses Suchtverhalten aufgebaut? So ist es doch neu modern am besten zu erklären. Vielleicht kann ich einfach nicht mehr ohne das Adrenalin in meinem Blut während der Einsätze, ohne die Verbundenheit zu meinen Kameraden? Ohne die Gewissheit noch etwas zum positiven verändern zu können? Patriotisches Denken, der Kampf fürs Vaterland, auch wen ich streng genommen gar kein Amerikaner bin, die „Söhne, Enkel, Urenkel" des Nathan Nilsen von 1850 allerdings. Es hat für mich ein paar Schlupflöcher gebraucht, um diese neue Nationalität annehmen zu können, mit der Frage im Hinterkopf wo ich denn sonst her kommen würde; aus einem kleinen Dorf, 1413, mitten irgendwo im Nirgendwo. Sehr prickelnd, oder? Von daher richte ich auch bei meinen Reisen immer mal mein Augenmerk auf meine Wahlheimat, in der gerade einiges los ist. Präsident Carter boykottiert die Olympischen Spiele in Moskau, resultierend aus dem verstrichenen Ultimatum gegen die UdssR ihre Truppen aus Afghanistan abzuziehen. Auch hat es Besuche aus Deutschland gegeben. Zuerst war der Bundeskanzler Helmut Schmidt und anschliessend Kanzlerkandidat Franz Josef Strauss im Land der unbegrenzten Möglichkeiten. Für mich persönlich markiert der April ein Ereignis...

Wie immer unter dem Deckmantel der Verschwiegenheit sind wir zusammen gerufen worden. Ausrüstung wird geprüft, Vorgehensweisen neu ausgefeilt, mancher verabschiedet sich von der Familie, mit der Hoffnung sie bald wieder zu sehen. Ich selbst steige an diesem Morgen in den bulligen Hummer, der mich von dem kleinen Haus auf dem Stützpunktgelände aufsammelt, wie noch drei andere Kameraden, ehe es zum endgültigen Ziel dieser Fahrt geht, ins Headquarter der Marines. Navy Commander Hornthrope liefert einen groben Anriss des Einsatzes, genaue Details würden wir uns während des Fluges aneignen können. Das Ziel der Hercules ist Teheran! Wir stehen bereit, die Rucksäcke gepackt, gekleidet in sandigen Tarnfarben und voller Schutzmontur, so dass durch die massiven Schutzwesten, Helme und Schutzbrillen kaum noch ein Gesicht zu erkennen ist, wären da nicht die sandfarbenen Namensschilder auf den Westen. Während des Fluges werden Lagepläne besprochen, die Truppe eingeteilt, weitere Informationen von hoher Wichtigkeit ausgetauscht. Die restliche Flugzeit nutzen die Meisten dazu sich noch etwas auszuruhen, denn keiner weiss genau wie die nächsten Tage werden.

Wir sind eigentlich nur Unterstützung im Hintergrund, springen per Fallschirm über dem vereinbarten Gelände ab, verstauen die Schirme entsprechend und dann werden die verschiedenen Positionen eingenommen, ehe es warten heisst. An nette Plaudereien denkt niemand, in den Köpfen werden die gesammelte Informationen hin und her bewegt, um Risiken und Nutzen auszuloten, mögliche Schwachstellen zu erkennen. Manchmal reicht der Instinkt eines Einzelnen, um die Truppe vor grossem Schaden zu bewahren. Manchmal erscheint es aber auch zu durchdacht, um die Gefahren im kleinen noch zu erkennen. Jeder von uns hat eine harte und gute Ausbildung, sonst wären wir nicht hier und wir können uns blind aufeinander verlassen. Aber niemand sollte trotz allem zu leichtsinnig werden. Die Aktion startet, wir verharren weiter auf unseren Posten, werden so gut es unbemerkt möglich ist über Funk auf dem Laufenden gehalten. 'Operation Eagle Claw' startet, Zugriff! Stille

Zugriffe ebenso wie offensive, doch es ist zum scheitern verurteilt. Viele Menschen lassen ihr Leben, wir bekommen gelbes Licht, werden damit quasi in Alarmbereitschaft auf Abruf versetzt. Tage vergehen, Späher melden Aufenthaltsorte der Geiseln, wir werden neu aufgestellt, Zugriff! Die Hölle bricht los! Zwischen Gewehrsalven, Minendetonationen, aufspritzendem Dreck, Staub und anderem was nicht näher bezeichnet werden muss. Es gelingt der unbemerkten Flanke von uns eines der Geiselcamps zu erreichen, die Anwesenden in Sicherheit zu bringen, mit Verlusten in unseren Reihen. Mein Team und ich bleibt noch vor Ort, um deren Abzug zu sichern. Halbwegs geschützt hinter Häuserfronten, bis wir ihn sehen! Über uns kreist ein kleiner Militärhubschrauber und eröffnet das Feuer! Ich höre die Schreie meiner Kameraden, die keine Chance mehr haben zu entkommen. Vor uns taucht zu allem Übel noch eine Truppe Bewaffneter auf, die ich unter Feuer nehme, mit meinem Flügelmann, so würden es Piloten ausdrücken. In seinem Besitz der Raketenwerfer. Er selbst momentan am Maschinengewehr beschäftigt! Von oben eine Salve! Mit viel Glück erwischt es nicht den Raketenwerfer, aber meinen Kameraden! Zu schnell, als dass er es noch merken würde! Ich werfe mich beiseite, kann so ernsthafte Treffer vermeiden, die nicht von der Weste abgehalten werden können, auch wenn ich dort Einschläge spüre, wie donnernde Faustschläge. Der Helikopter muss eliminiert werden, geht es mir durch den Kopf und ich versuche mit einer schnellen Bewegung an den Raketenwerfer zu kommen, schaffe sogar ihn in Position zu bringen! Mit lautem Knall und Feuerschweif schicke ich seine Ladung los, werde dabei durch die Wucht zur Seite gedrängt, doch das Splittern und Bersten über mir bestätigt einen Treffer! Allerdings deckt der sich mit dem ebenso Splittern meiner Schutzweste im Rückenbereich, wo sie durch einen Volltreffer schon in Mitleidenschaft gezogen war. Der Schmerz jagt mir durch den Körper, die Mistkerle haben getroffen! Ich versuche mich zu drehen, schiesse mit der Handfeuerwaffe blindlings nach hinten, aber nicht alle Kugeln finden ein Ziel... Dafür erreichen die unverletzten Ziele mich, greifen mir ruckartig in die Weste, andere halten mir die Mündung der Maschinengewehre an meinen Kopf, während ich wie ein Mehlsack mitgezogen werde. Einerseits spüre ich den Schmerz im Rücken und dann taucht die Frage auf, wieso ich meine Beine nicht mehr spüre! Vermutlich möchten sie verhindern, dass ich den Aufenthaltsort ihres Lagers kenne, denn als wir an einem Hummer ankommen, reisst einer das Gewehr herum, trifft mich mit dem Kolben hart am Schädel, den Helm hatten sie mir unterwegs abgenommen, und bei mir gehen vorerst die Lichter aus!

Sind es Tage oder schon Wochen, ich kann es nicht genau sagen. Ich liege auf einer Pritsche, immer noch in meiner Kleidung am verschwitzten, schmutzigen Körper. Ich höre leise Geräusche in der Nähe, doch kann ich durch die stramme Augenbinde nichts sehen. Immer noch schmerzt mein Rücken, dröhnt mein Schädel leicht, die Arme sind links und rechts festgezurrt, so kann ich mich nicht einmal abtasten. Meine Kehle brennt, ich versuche zu sprechen, doch mehr als ein mühsames Krächzen ist nicht zu verstehen. Mein Körper ist schwer, ausgelaugt, mir fehlt Flüssigkeit, alleine schon um die Regeneration anzutreiben. Im leblosen Zustand scheint es ein Automatismus zu sein, wie weit sie jetzt funktioniert kann ich nicht einschätzen. Worte hallen an meine Ohren, harte und unerbittliche Stimmen, ich spüre den kräftigen Stoss an meiner Schulter, doch durch die Armfesseln kann ich mich nicht wehren. Dann ist da eine Frauenstimme, erst in einer fremden Sprache, dann auf Englisch: „Ruhig Leutnant Nilsen. Die Männer sind nervös, verhalten sie sich bitte ruhig." Ich bewege meine Lippen, sie kann meine hastigen Atemzüge sehen, wie sich mein Brustkorb kräftig hebt und senkt: „Wa-s-s-er." - „Ich versuche ihnen welches zu bringen, doch werden sie eine Gegenleistung haben wollen", klingt ihre Stimme und ich nicke nur leicht. Scheinbar setzt sie die Männer darüber in Kenntnis, denn bald darauf höre ich ihre diskutierenden Stimmen, auch wenn ich sie nicht verstehe. Auch die Frau ist zu hören, scheint sich da für mich einzusetzen. Es klatscht, sie schluchzt auf und ich zucke merklich zusammen!

So geht es weiter, immer mal kommt sie in Begleitung der Männer zu mir, bringt mir viel zu kleine Wasserrationen, die bei einem normalen Menschen wohl schon zum Tode geführt hätten. Ich entschuldige mich bei ihr, wegen der Probleme, die sie wegen mir hatte oder auch noch hat. Leise erzählt sie mir, dass ich durch die Maschinengewehrtreffer eine Rückenverletzung hätte, Taille abwärts gelähmt wäre, deswegen müsste ich wohl auch nicht wie die Anderen ins Loch, da sie vor mir nichts zu befürchten hätten. Sie sei Ärztin, könne aber kaum etwas an meiner Situation ändern. Ich selbst höre ihr nur zu, nicke ab und an leicht, damit sie sieht dass ich verstehe. Nach den Wasserrationen stellt sie mir meist im Auftrag der Männer Fragen, doch ich bleibe ihnen die Antworten

schuldig. Manches kann ich tatsächlich nicht beant-
worten, manches möchte oder darf ich nicht Preis geben. Ich spüre die Hiebe gegen meine Rippen, halte
sie aus, verziehe keine Mine, was ihnen wiederum
nicht zusagt, denn sie möchten ihre Gefangenen leiden
sehen Bin ich über die 130 Jahre im Corps dermassen
abgestumpft, oder habe ich mich so gut unter
Kontrolle, ich kann es nicht genau sagen. Es geht
noch eine Weile so weiter, wobei ich die meiste Zeit
vor mich hin zu dösen scheine, wer will mir durch die
Augenbinde das Gegenteil beweisen? Ich selbst versuche zu verstehen, zu sortieren, die Situation zu meinen
Gunsten zu drehen, allerdings ist das gerade etwas
schwierig. Wobei ich nicht einmal genau weiss wie
lange ich hier bin, doch ich lebe und musste kein Leben dafür her geben. Doch, die meiner Kameraden
und das nagt an meinem Gewissen. Bin ich deswegen
in diese Situation gekommen, als Strafe weil ich meine seit Jahrhunderten auferlegte Aufgabe nicht erfüllt
habe? Aber wir haben geschafft einen Teil der Geiseln
zu befreien... Ich unterdrücke ein Seufzen, als ich
plötzlich das Kribbeln in meinen Beinen spüre! Es
wiederholt sich in den nächsten Tagen immer weder,
bis es sich fast wie ein Muskelkrampf anfühlt, den ich
doch etwas verbeissen muss. Auswirkungen von aussen sind teils besser auszublenden, als wenn sie aus
dem eigenen Körper kommen. Irgendwann dämmere
ich wieder weg.

Hände! Ich werde abgetastet, am Oberkörper, an
der Taille, an den Oberschenkeln. Moment, an den
Oberschenkeln? Spürt sie das kurze Muskelzittern
dort? Ich kann es durch die Augenbinde nicht sehen,
doch wenn dann lässt sie es sich nicht anmerken.

Worte folgen, deren Tonfall zeigt dass sie wohl keine guten Nachrichten bringt. Schritte, die Männer entfernen sich. Ihre Stimme klingt leise an mein Ohr: „Ich habe keine Ahnung wie das möglich ist, Leutnant. Aber ich habe das Zucken gerade genau bemerkt. Spüren sie ihre Beine wieder?" Ich nicke nur zaghaft, das reicht als Antwort. Sie sagt mir, dass sie sich das genauer anschauen möchte, doch soll ich statt zu nicken bei 'ja' mit dem Kopf schütteln und bei 'nein' nicken. Erneut tasten Hände über meinen Körper. Hinten am Rücken kommt sie kaum dran, bemerkt aber, dass die Schwellung unter dem Verband abgenommen hat. Dann folgen die Beine, erst das eine, wobei ihre Hand es leicht hinunter drückt, um einen möglichen sichtbaren Reflex zu vermeiden. Auf ihre mehrmaligen Fragen ob ich es spüre, schüttle ich brav den Kopf 'ja', ich spüre jede einzelne Stelle! So weiss sie Bescheid! An den Fusssohlen entlang zuckt mein grosser Zeh leicht, doch hat sie sich so hingestellt, dass es zum Eingang hin verdeckt wird. Sie kommt an meinen Kopf, wieder höre ich ihre Stimme: „Ich werde meine Hand jetzt nacheinander an ihre Fusssohlen legen und sie versuchen bitte langsam Kraft aufzubauen. Dann werde ich ihre Knie anwinkeln und sie drücken ebenfalls langsam dagegen. Es wird aussehen wie eine Beweglichkeitsprüfung, wie weit sie schon versteift sind." Wieder nicke ich nur leicht und genau so passiert es dann auch.

Entflohen?

Immer mal wieder geht sie so vor, bringt den Geiselnehmern die Nachricht, dass mein Bewegungsapparat immer weiter abbaut, und mir verhilft sie mit den Übungen wieder dazu, meine Kraft zu koordinieren. Was ich allerdings nicht weiss, ist dass sie über einen jungen Mann Kontakt zur Aussenwelt aufnehmen konnte, berichtet hat dass es noch mehr Gefangene gibt, sie aber die Möglichkeit zur Flucht sieht. Ich merke es erst, als es unruhiger wird, undefinierbare Geräusche, als sich mehrere Männer zu übergeben scheinen, was sie wohl heute falsches gefrühstückt haben? Irgendwann kurz danach raschelt es, Schritte eilen heran, meine Handfesseln werden gelöst: „Wir haben fünf Minuten, um zu dem Lastwagen zu kommen, Mr. Nilsen." Ihre Stimme klingt abgehetzt, ich reisse die Augenbinde herunter und sehe in das verschwitzte Gesicht einer hübschen Brünetten in Cargohosen. „Sie sind die Ärztin", stelle ich fest, versuche mich zu ordnen, bewege die Beine von der Pritsche runter. Es ist unangenehm und ich habe einen kurzen Moment echt Angst dass sie mein Körpergewicht nicht halten. „Keine Sorge, dass schaffen sie, ich weiss es", ermuntert sie mich, als hätte sie meine Gedanken gelesen. Ich stehe zögerlich auf, schwanke, halte mich bei ihr fest und die ersten noch unsicheren Schritte folgen, ehe es besser wird: „Nach zwei Monaten können sie keinen Marathon erwarten", nickte sie. Ich glaube nicht richtig zu hören, zwei Monate? Ich muss ihr da wohl Recht geben, schnell gehen oder rennen geht nicht, aber ich komme vorwärts. Sie führt mich zwischen den Zelten entlang, die Sonne blendet nach der Zeit in der Dunkelheit durch die Augenbinde und ich muss mich einfach auf sie verlassen. „Dort ist er", zeigt sie zu einem kleinen Lastwagen, der mit laufendem Motor auf uns wartet, schon andere Gefangene eingesammelt hat. Als wir ihn erreichen, wird hinter uns das Feuer eröffnet! Ich versuche sie hoch zu schieben, ziehe mich hoch, Kugeln fliegen, treffen, die Plane zerschlägt an einigen Stellen und die junge Ärztin sinkt mir entgegen! „Hey, Ma'am, durchhalten!" rufe ich ihr zu, fange sie auf, ihren Arm hat es böse erwischt. Ich presse die Hand auf die Wunde, die ganze Fahrt über, bis ich wohl irgendwann eingeschlafen sein muss.

Ich werde im Bauch der Hercules wach, die uns zurück in die Staaten fliegt. Neben mir sitzt die junge Ärztin, deren Namen ich nicht kenne, kein Wort kommt über ihre Lippen. Die Blicke der Männer drumherum mustern mich eindringlich, ich frage mich aus welchem Grund, versuche so normal wie möglich zu reagieren. Als wir landen verlässt sie als Erste den Flieger, ich stehe auf, folge immer noch humpelnd. „Nilsen, sie werden vom Commander erwartet, jetzt sofort", erklingt eine Stimme aus den Reihen der Männer und ich nicke kurz, mache mich dann auf den Weg ins Büro. Glücklicherweise hat jemand mein Gesicht und die Hände etwas gesäubert, auch wenn von der Zeit noch ein Vollbart übrig geblieben ist, denn wer hatte da schon Interesse mich zu rasieren? „Setzen sie sich", begrüsst mich der Commander in sachlichem Ton, dann geht er zu einem kleinen Schrank, füllt zwei Gläser fingerbreit und stellt eines davon vor mich hin, „den haben sie sich verdient, Nilsen. Ich habe sie im übrigen fürs Purple Heart vorgeschlagen." Er hebt sein Glas, ich tue es ihm gleich, wir prosten uns zu und synchron führen wir die Gläser an die Lippen, leeren sie. „Das ist eine grosse Ehre, Sir", erwidere ich darauf, nachdem der Whiskey meine Kehle hinunter gebrannt ist. „Nun, vermutlich dürfte daraus allerdings nichts werden, denn es gibt zu viele offene Fragen, die ihre Glaubwürdigkeit anzweifeln lassen", höre ich seine lauernde Stimme. „Wie meinen sie das, Sir?" hake ich nach, ziehe fragend die Augenbrauen zusammen, so ganz kann ich gerade nicht folgen. „Nun wie erklären sie sich, dass sie hier gerade auf ihren eigenen zwei Beinen hinein getanzt kamen, wo Dr. Walker im Lager der Aufständischen eindeutig eine Querschnittslähmung durch die massive Rückenverletzung diagnostiziert hatte?" Er kommt gleich zur Sache und ich muss mich ausnahmsweise mal zusammen nehmen, um mir meine Nervosität nicht anmerken zu lassen. „Um ehrlich zu sein ich habe keine Ahnung. Ich war zu der Zeit auch nicht in der Verfassung mir da Gedanken drüber zu machen", versuche ich so ruhig wie möglich über meine Lippen zu bringen, spüre dabei das leichte Kältegefühl in mir aufsteigen. „Sie möchten jetzt aber nicht die Arbeit unserer Stabsärztin anzweifeln, sehe ich das richtig?" hakt er seinerseits nach und ich frage mich was er bezweckt. „Ich möchte weder etwas anzweifeln, noch etwas -", ich stocke, das Wort will mir nicht mehr über die Lippen kommen, als mir verdammt heftig flau wird, der Commander auf einen Knopf drückt und die Tür sich öffnet! Zwei Unteroffiziere betreten den Raum, packen mich und zerren mich auf die Beine. „Was-", versuche ich noch halbwegs klar heraus zu bekommen, doch die Welt verschwimmt immer wieder.

„Dienstnummer, Name, Dienstgrad", bellt eine Stimme in meine Ohren und ich schrecke hoch! Ich komme mir vor wie 1850 in dem Sheriffs Office. Mir fehlt eindeutig der Zeitraum wie ich in diesen Raum hier komme, der für mich soweit nicht einsehbar ist, weil sich eine helle Lampe auf mein Gesicht richtet, das Licht in den Augen schmerzt und ich sie zusammen kneife: „7234709723049, Nathan Nilsen, Leutnant", beantworte ich die angeforderten Informationen wahrheitsgemäss, blinzle kurz und sehe dabei meine Arme, die mit breiten Lederfesseln festgeschnallt sind, während im linken Handrücken ein Zugang sitzt! Ein dünner Schlauch führt hinein, das Ende bleibt vor mir verborgen, doch alleine die Anwesenheit zeigt mir, dass ich hier nicht auf einem Sonntagsspaziergang bin und das in den eigenen Reihen. „Erzählen sie mir von der missglückten Aktion in Teheran", bellt die Stimme weiter und ich atme durch. „Ich weiss nicht wovon sie reden, Sir", entgegne ich, denn offiziell gab es unseren Einsatz dort nicht. „Wollen sie mich verarschen?" bellt er mir entgegen! „Dazu besteht kein Grund, Sir. Fragen sie Commander Hornthrope", entgegne ich ziemlich trocken, ehe ich wieder das kalte Gefühl in mir spüre, was zuerst in der linken Hand anfängt. Netter Versuch, aber ob sie damit durch kommen mich hier unter Drogen zu setzen? „Nilsen! Was passierte in Teheran??!!" knallen mir die Worte durch den Kopf und ich kneife die Augen fest zusammen, weil die Lampe sich zu drehen beginnt, oder drehe ich mich? „Fragen sie Commander Hornthrope", bringe ich gepresst hervor, auch wenn vor meinem inneren Auge die Bilder Karussell zu fahren beginnen, wieder sehe ich unsere Truppe, die befreiten Geiseln, den Helikopter aus dem Hinterhalt, meinen fallenden Kameraden, doch nichts davon findet den Weg über meine Lippen. „Geben sie ihm den Rest, bringen ihn auf die Ebene 3, wir werden unsere Antworten bekommen", nur schwammig bekomme

136

ich die Worte mit, während die Kälte wieder durch meinen Körper jagt, ich das Gleichgewicht verliere und in mir zusammen sinke, sie mein Bewusstsein gerade in die Dunkelheit schicken.

Als ich langsam zu mir komme, liege ich in einem Krankenbett, inklusive komplettem Monitoring, das munter vor sich hin piepst. Ich fühle mich unbeweglich und schwer, Grund sind die Fixierungen an meinem Körper. „Guten Tag, Leutnant Nilsen. Bedauerlich dass sie nicht kooperiert haben. Finden wir die Antworten nun einfach selbst heraus", kann ich die bekannte Stimme hören, doch sehen kann ich wie im Vernehmungsraum niemanden, nur die Krankenschwester an meinem Bett, die Werte aufschreibt und dann die Infusion aufdreht! Ich seufze auf: „Nichtwieder..." Um ehrlich zu sein habe ich die Zeit danach keinen blassen Schimmer was sie mit mir anstellen, wie lange ich dort bin. Ich treibe durch die Dunkelheit, spüre ab und an leichten Druck, meine Kehle ist eng, trocken, aber ich könnte nicht sagen was passiert.

Als ich das nächste Mal wieder wach werde, steht ein Arzt an meinem Bett, zieht mir den Tubus, während sein Gesicht von einem Mundschutz grösstenteils verdeckt ist. Danach machen sich seine Hände an meinem Arm zu schaffen, wo er den Verband am Oberarm aufschneidet, ihn sich ansieht und der Schwester diktiert: „Patient 5462, tiefe Öffnung bis ins Muskelzentrum vor 48 Stunden, mittlerweile oberflächlicher Wundverschluss mit sauberen Wundrändern." Die Schwester notiert und mir läuft es eiskalt den Rücken hinunter, der Druck den ich gespürt hatte war der mindestens zehn Zentimeter tiefe Einschnitt! Scheisse! Ich bin hier wie ein Versuchskaninchen im Labor gelandet und vor mir steht Dr. Frankenstein persönlich! „Ich sehe morgen noch einmal nach ihm, bitte Schwester", er nickt ihr zu und kurz darauf gerät meine Welt wieder aus den Fugen. Vermutlich ziehen sie es vor mich jedes Mal mit Medikamenten abzuschiessen, ehe ich noch auf dumme Gedanken kommen könnte.

„Leutnant Nilsen! Nathan Nilsen, hören sie mich?" schwammig klingen die Worte zu mir hindurch! Widerwillig öffne ich die Augen und schaue in das Gesicht der brünetten Ärztin Dr. Walker! „Was wollen sie?" meine Stimme zeigt eindeutig den Unmut darüber, dass ich ausgerechnet sie hier sehe. „Sie müssen wach bleiben. Ich hole sie hier raus!" eindringlich redet sie auf mich ein, merkt sicherlich dass ich gerade nicht gut auf sie zu sprechen bin. „Erst verraten sie mich, und dann möchten sie mich hier raus holen? Wie soll das gehen? Wo sind wir?" hake ich nach und sehe wie sie an meinem Zugang eine Injektion setzt! „Was machen sie?" Ich möchte sie weg wischen, aber meine Koordination lässt noch arg zu wünschen übrig! „Sie haben mich im Flugzeug unter Drogen gesetzt, ich konnte mich nicht gegen ihre Fragen wehren, nicht so wie sie, Leutnant. Ich habe ihnen erzählt was vorgefallen war, denke ich. Es tut mir leid. Deswegen möchte ich ihnen hier raus helfen. Ich habe die Kennkarte der Schwester, die gerade einen leckeren Kaffee von mir bekam und nun im Schwesternzimmer unfreiwillig eine kleine Pause machen muss. Damit kommen wir bis zur Aussentür raus. Ich habe ihnen Adrenalin gegeben, um die Wirkung der Drogen abzumildern, ihren Körper wieder hoch zu fahren, denn tragen kann ich sie nicht. Ich hole einen Rollstuhl!" Ihre Worte prasseln auf ich ein und ich merke die Unruhe in mir, wie mein Herz schneller schlägt. Als sie mit dem Rollstuhl zu mir kommt, stemme ich mich mühsam hoch, der rechte Arm zieht und erinnert mich daran, was sie hier mit mir angestellt haben. „In ihrer Wirbelsäule steckt noch ein Munitionssplitter. Ich wollte ihn entfernen, aber ich durfte es nicht, sie sollten ihn als Erinnerung an die Zeit hier behalten, meine der Arzt. Vermutlich geht er davon aus, dass sie davon wieder Gehprobleme bekommen", erklärt sie mir nebenher, bis ich im Rolli sitze, in langer Hose, Flatterhemd, barfuss. Die Flure sind sparsam beleuchtet, sie öffnet hastig einige Türen mit der Karte, manchmal auch unnötig als Finte, um das System etwas zu verwirren, soweit das überhaupt möglich ist. Sie würden unseren Weg hier eh nachvollziehen können. Dennoch haben wir Glück und erreichen eine Aussentür. Dort setzte sie mir eine weitere Dosis Adrenalin, ich zwinge mich hoch auf die Füsse, schaffe die paar Schritte bis zum Wagen und bald schliessen sich Beifahrer- und Fahrertür! „Wohin fahren sie?" frage ich matt, drehe den Kopf leicht zu ihr, mein Blick erkennt sie nur aus den Augenwinkeln. „Ich habe keine Ahnung. Wir können weder zu ihnen, noch zu mir, noch in dieser Stadt bleiben." Ich versuche mich zu orientieren, kann die Umgebung kaum erkennen „Gibt es hier ein Kloster? Dann fahren sie dort hin, da sind wir sicher." Zwar schaut sie mich zweifelnd an, nickt dann doch und schlägt einen bestimmten Weg ein. Ob wir tatsächlich zu dem Kloster fahren, bekomme ich nicht mehr mit, denn die Wirkung des Adrenalins lässt komplett nach.

Brennende Rache

Ich weiss, ich hänge förmlich in den 80er Jahren fest, fast so extrem wie in der Zeit mit Rebecca und ich hoffe, ich langweile niemanden damit. Die ersten 560 Jahre wurden eher wie im Schnelldurchlauf präsentiert und jetzt lege ich einen Schneckengang ein? Vermutlich weil ich einfach zu viel in der Zeit erlebt und den Grossteil schon verdrängt oder vergessen habe? Nun, immerhin darf ich ihnen noch von ca 33 Jahren erzählen, in denen sich auch einiges zugetragen hat, was ich aber noch sehr genau weiss. Ich glaube, meine beste Erinnerungsspanne sind die letzten 100 Jahre. Oh, da liesse sich garantiert noch einiges finden, vielleicht springe ich noch ab und an zurück, wenn es das Thema zulässt. Denn ich möchte ja keine 'grosse Verwirrung' stiften. Für den Moment befinden wir uns immer noch im Jahre 1984. Einigen Leseratten dürfte da das Orwell-Jahr einfallen, er hatte ein Buch mit dem Titel 1984 geschrieben. Ich selber befinde mich noch immer im Kloster. 130 Jahre im Dienste der Marines und dann werde ich so schmählich verraten! Die Tatsache alleine steckt wie ein Splitter in meiner alten Seele, der mehr schmerzt als der Metallsplitter in meiner Wirbelsäule! Ich interessiere mich nicht für die Weltnachrichten, deswegen bekomme ich auch nichts von der Entführung der Boeing 737 nach Teheran mit, alleine der Ortsname würde mir vermutlich die Nackenhaare aufstellen wie bei einem räudigen Köter! Ich hätte es niemals für möglich gehalten, aber ich spüre tatsächlich so etwas wie den Wunsch nach Rache! Nicht wegen der Flugzeugentführung, sondern wegen meinem Aufenthalt in diesem Versuchslabor! Mir ist bewusst, dass es keine

140

Lösung ist und immer wieder versuche ich diese Gedanken zurück zu drängen. Ich suche Gespräche mit den Mönchen, stundenlang wenn es ihre Zeit zulässt, doch auch da schaffe ich nicht komplett diese unschönen Gedanken los zu werden. Ich kann mich nicht erinnern jemals im Leben so einen 'Durst nach Rache' gespürt zu haben und das erschreckt mich. Ich versuche tatsächlich Ruhe im Gebet zu finden. In meiner Kammer halte ich mich so gut es geht mit einigen Übungen körperlich fit, immer wieder merke ich den verdammten Splitter, bringt er das Kribbeln hervor, was Taille abwärts bis in die Zehen wandert, lässt er mich humpeln, weil das rechte Bein mich nicht tragen möchte, oder auch mal das Linke, so ganz kann er sich nicht entscheiden, sitzt laut Dr. Walkers Aussagen ziemlich mittig. Und ich habe keine Ahnung, wieso meine Regeneration es da nicht schafft zu heilen. Vielleicht weil es ein Fremdkörper ist? Komischerweise wurden ein paar Schrotkugeln wieder ausgetrieben, als sie mich erwischten und ich dort leblos auf dem Schlachtfeld zurück blieb. Vielleicht genau deswegen, ich habe die Verletzung überlebt... Sie ist zwar langsam geheilt, in den zwei Monaten meiner Anwesenheit dort im Lager in Teheran, aber ich hatte nicht diese starke Regeneration, die ich von meinen 'Lebens-Auszeiten' her kenne.

„Wieso bestrafst du mich so?" frage ich deswegen auch leise, als ich in einer der stillen Ecken der Kapelle knie. „Wieso quälst du meinen Körper und meine Seele so?" flüstere ich vor mich hin, doch gerade schleicht sich auch der Zweifel in mein Herz, ob er mich überhaupt versteht, ob es ihn überhaupt gibt? Doch wie sonst ist mein Dasein zu erklären? Es muss ihn also geben! Aber wieso geht er so mit mir um? „Wieso machst du das? Wieso?" Das letzte Wort vor lauter Verzweiflung hervor geschrien, hallt immer wieder von den festen groben Steinwänden der Kapelle zurück und ich halte mir die Ohren zu, kauer mich auf dem Boden zusammen. „Nathanael, du bist mein Geschenk an die Menschheit. Deine Handlungen, dein Dasein, alles hat einen Grund, egal wie ungerecht oder unchristlich es auch erscheinen mag. Vertraue, Nathanael! Egal was du auch tust, was auch passieren mag, vertraue!" Die Stimme in meinem Kopf verschwindet ebenso schnell wie sie aufgetaucht ist und ich richte mich langsam wieder auf, schaue mich um, doch niemand ist sonst hier. Vor mir liegt ein kleiner Zettel auf dem Boden, er kommt mir bekannt vor, Dr. Walker hatte ihn mir bei ihrer Abreise gegeben, doch befindet er sich normalerweise in der Schublade meines Nachttisches in meiner Kammer! Ich habe keine Ahnung wie er hier hin gekommen ist! Ich hebe ihn auf, verlasse die Kapelle, um in meine Kammer zu gehen. Als ich die Schublade aufziehe, liegt dort kein besagter Zettel mehr! Ist es ein Wink? Ich weiss, hier würde niemand einfach so in die Kammern gehen und ich bin bei solchen Dingen immer sehr skeptisch, und oft viel zu unaufmerksam, um es sofort zu sehen, aber war es ein Wink? Ich hole das Handy aus der Schublade, schalte es ein, es ist eines diese speziellen die man nur schwer zurück verfolgen kann, dafür hat sie gesorgt. Hier im Kloster hatte ich ihr dann von meiner Besonderheit erzählt und sie sicherte mir zu, ich könne mich immer über das Handy gefahrlos bei ihr melden. Nun, ich versuche ihr zu vertrauen, lausche auf das Freizeichen und dann höre ich ihre Stimme: „Es ist schön dass sie sich melden, Monk." Ich muss bei

142

dem Namen doch kurz lächeln, was sie bei meinen Worten auch hören könnte: „Ich war mir nicht sicher, Angel, aber heute ist mir durch Zufall der Zettel in die Finger geraten." Was dann folgt ist wohl ein sehr langes und für beide Seiten etwas anstrengendes Gespräch. Vermutlich hätte es auch noch länger gedauert, doch dann höre ich die Glocke! „Ich muss aufhören, die Glocke ruft. Ich melde mich in zwei Tagen wieder bei ihnen. Passen sie auf sich auf, Angel." Dann lege ich auf, schliesse das Ladekabel an, nachdem ich das Handy ausgeschaltet habe und verlasse meine Kammer.

Am nächsten Morgen setze ich mich nach dem Morgengebet und dem Frühstück an den kleinen Schreibtisch, in der Schublade dort finde ich eine kleine Mappe! Briefpapier und Umschläge mit dem Briefkopf und Stempel des Klosters, auch ein Kugelschreiber ist dabei. Ich habe keine Ahnung ob sie den Brief überhaupt lesen wird, dennoch beginne ich zu schreiben...

Liebe Sheryl, liebe Maggi.
Ich weiss, es ist wohl fast ein halbes Jahr her, seit unserer schönen gemeinsamen Zeit. Bei mir ist danach einiges passiert und es wird wohl auch noch weitere Vorfälle geben, doch möchte ich damit niemanden beunruhigen. Ich vertraue darauf, dass es alles zum Guten gewendet wird, dass ich es wie immer überstehe. Ich weiss, ich wollte es dir an unserem letzten Tag schon erklären, doch ging es gründlich schief und wie es endete wissen wir beide. Ich mache dir deswegen keinen Vorwurf, bitte dich nur um die Möglichkeit es dir in diesem Brief erklären zu können, mit der Hoffnung dass du es auch liest.

Ich hatte dir von den Ewigen erzählt, zu denen ich mich zählen müsste, weil mein Leben schon weitaus länger überdauert, als es ein Menschenleben für gewöhnlich schafft. Ich denke eine genaue Jahreszahl werde ich dir ersparen, es ist besser. Aber wie es dazu gekommen ist, dass darfst und musst du einfach erfahren.

Ich war ein zwanzig jähriger Bursche, von Zuhause abgehauen und einige Zeit schon unterwegs. Ich war immer schon neugierig und entdeckte so meine Welt. Doch an diesem Tag sollte mir meine Neugier fast zum Verhängnis werden, denn beim Überklettern einer Mauer rutschte ich ab, schlug mir den Kopf ein und fiel in den Fluss dahinter. Ein paar Mönche fischten mich heraus, doch hatten sie wenig Hoffnung das ich es überleben würde. Ich selbst hatte wohl so etwas wie eine Vision, die mich murmeln liess. Das änderte die Dinge und ja, ein paar Tage später ging es mir wieder blendend! Ich war in den heiligen Fluss gefallen, der mir das ewige Leben schenkte, was ich wohl während der Vision vor mich hin gemurmelt hatte. Der Abt des Klosters schrieb alles nieder. Für mich bedeutete es, dass ich tatsächlich durch die meisten Verletzungen nicht sterben kann. Es sieht wohl so aus, weil mein Körper komplett zum Stillstand kommt, ehe die Regeneration einsetzt und mich dann wieder aufwachen lässt. Ich weiss, das klingt sehr verrückt und ich könnte es selbst nicht glauben, würde mir jemand so etwas sagen. Aber es ist tatsächlich so. In meinen langen Leben, habe ich mein Herz nur einmal vor dir über lange Zeit innig und treu an eine Frau vergeben, bis zu ihrem viel zu frühen Tod. Und als ich dich dort im Park traf, erinnerte mich Maggi an ihre Hündin und auch an Cherié, eine andere Hündin, der ich spä-

*ter begegnete. Die Rasse King Charles Cavalier Spa-
niel scheint mich immer wieder in meinem Leben zu
begleiten.*

*Ich hatte schon die Wochen nach unserem ersten
Treffen sehr oft überlegt, wie ich dir die Tatsache
meiner Unsterblichkeit erklären könnte, ohne dass es
vorher einen Vorfall gibt, der eindeutig zeigt, dass bei
mir was anders läuft. Ich möchte dich deswegen um
Verzeihung bitten, weil ich nicht eher den Mut aufgebracht habe, um aufrichtig zu dir zu sein. Ausgerechnet ich, mit so einem verrückten Job, so ein Hasen-
fuss?*

*Seit unserer Trennung ist einiges in meinem Leben
passiert, was Narben auf der Seele hinterliess, die
scheinen wohl nicht einfach so zu heilen. Ich weiss,
dass Rache keine gute Lösung ist und dennoch habe
ich einiges in die Wege geleitet, ich kann einfach
nicht anders. Ich wohne hier in diesem Kloster, dass
du auf dem Briefkopf erkennen kannst. Ich weiss
nicht, ob du dazu bereit bist mir zu antworten, doch
wenn ja dann rufe bitte hier an, damit ein Mönch den
Brief abholen kann. So weiss ich auch dass er unterwegs nicht abgefangen wird und ankommt.*

*Egal was die Zeit nun auch bringen mag, ich wünsche
dir und Maggi alles Gute, möge ein guter Segen euch
beide immer begleiten.*
Nathan

Ich habe das Schreiben immer mal unterbrechen
müssen, denn auch an meiner Schrift ist zu sehen,
dass meine Hand zwischendurch zittert, ich den Kloss
in meinem Hals zurück drängen muss. Und als ich
meinen Namen darunter gesetzt habe, beginnen still
Tränen zu fliessen. Vorsichtig schiebe ich den Bogen

gefaltet in einen Umschlag, klebe ihn zu und bleibe einen Moment dort sitzen, das Gesicht auf die Hände abgestützt, hoffe darauf dass die für mich ungewohnten Tränen meine Seele etwas erleichtern können. Sie sind fast schon anstrengend, machen etwas müde, aber eine Erleichterung spüre ich nicht. Nachdem meine Augen nicht mehr gerötet sind, hole ich das Handy hervor, ein kurzes Räuspern ehe ich wähle und bei der Vermittlung nach Sheryls Adresse frage, die sich nicht geändert hat und dann auf den Umschlag geschrieben wird. Einer der Mönche nimmt ihn mit, da er gerade eh losfahren und Besorgungen machen möchte und ich bleibe zurück, keinen blassen Schimmer ob sie ihn überhaupt zu Ende lesen wird.

Schliessfach 1280

Am nächsten Tag melde ich mich erneut bei Dr. Walker. Ich habe keine Ahnung wie sie es geschafft hat, doch sagt sie mir zu, dass einer der Mönche in einer Stunde einen schwarzen Koffer aus dem Flughafen-Schliessfach 1280 mit der PIN 3309 abholen kann, darin würde ich alles finden. Ich spüre mein heftiges Herzklopfen, danke ihr und beende das Gespräch, um hinaus zu gehen und zu fragen wann es die nächste Möglichkeit gibt, dass jemand zum Flughafen fahren könnte, zu der besagten Zeit. Der Abt ruft bei einem Bruder an, der gerade unterwegs ist, gibt ihm Standort, Fachnummer und PIN durch und nickt mir dann zu. Ich gehe in die Küche, um dort bei den schweren Arbeiten mitzuhelfen. „Sie sollten sich etwas schonen, ehe sie aufbrechen müssen", sagt einer der Mönche und ich schüttle nur leicht mit dem

Kopf. „Ich muss mich beschäftigen, sonst halte ich das nicht aus." Er nickt nur, schiebt mir dann die schweren und grossen Bleche zu, auf denen das Brot und die Brötchen für den nächsten Tag liegt und von mir nach und nach zum Ofen gebracht werden. Ebenso hole ich sie nach der entsprechenden Backzeit wieder hervor, stelle sie auf der grossen steinernen Arbeitsplatte ab. Zwischendurch bringe ich noch Mehl- und Zuckersäcke herein, fülle mit den anderen Mönchen zusammen den Vorrat auf und endlich fährt der bekannte kleine Transporter auf den Hof! Ich treffe an meiner Kammer mit dem Mönch zusammen: „Es ist alles gut, Nathanael. Du wirst deinen Weg gehen und hier immer willkommen sein." Er überreicht mir den grossen Reisekoffer, verbeugt sich dann und zieht sich zurück. Mancher fragt sich sicherlich, wieso ich den Brief nicht selbst abgegeben und den Koffer nicht persönlich abgeholt habe. Nun, solange ich hier in den Mauern des Klosters verweile, stehe ich unter dem Schutz der Mönche. Und ich habe von Dr. Walker erfahren, dass es keine Versuche gab diesen Schutz zu umgehen. Deswegen muss ich mich da zurück halten, ob es mir gefällt oder nicht, und andere darum bitten. Ich bringe den Koffer in meine Kammer und öffne ihn vorsichtig, wobei ich zuerst das Zahlenschloss vorfinde und kurz unsicher bin, ehe ich die PIN vom Flughafen ausprobiere, die dort ja frei gewählt werden kann. Er öffnet sich mit einem leisen Klicken und ich klappe ihn an der Längsseite auf, so dass die beiden Hartschalen bald nebeneinander auf dem Bett liegen. Ich erkenne eine der Standarduniformen, wie sie am normalen Arbeitstag getragen werden, Schuhe, Mütze, Gürtel. Auch eine Dokumentenmappe ist dabei, doch noch schenke ich ihr keine Beachtung. Ich hole die Hose in beige-brauner Tarnoptik hervor, es scheint in wärmere Gefilde zu gehen, noch habe ich keine Ahnung. Sie wird zusammengefaltet wie sie ist auf dem Bett abgelegt, ebenso wie das gleichfarbige Hemd. Darauf kommen dann Unterhosen für mehrere Tage, sandfarbene Shirts in ebenfalls mehrfacher Ausführung, Socken. Eine kleine Ledertasche beinhaltet steril verpacktes Zahnputzzeug und Kamm. Auch das lege ich zusammen mit der extra etwas zerknautschten achteckigen Mütze in Tarnoptik auf den Kleiderstapel. Als nächstes finde ich einen Tactical Pen und ein Taschenmesser, beides in einem einzigen Gürtelhoster verstaut. Zuletzt hole ich noch einen sandfarbenen Rucksack in Tarnfarben heraus, in dem sich anscheinend auch noch etwas befindet. Ich öffne ihn, finde noch Waschzeug und drei Notrationen. Sie scheint für alles vorgesorgt zu haben... Wobei ich ihr sagte, dass ich möglichst zeitnah und so kurz wie möglich vor Ort sein möchte. Doch als Ärztin der Navy kennt sie zu genau, wie sich manche Einsätze entwickeln können und hat anscheinend mehr eingeplant. Ich packe die Futterreserven zu unterst in den Rucksack, rolle die Shirts ausser eines zusammen und sie folgen. Ebenso verfahre ich mit den Unterhosen und Socken. Die übrig gebliebene Kleidung lege ich vorerst auf den Schreibtisch. Waschzeug und Kulturtasche kommen ebenfalls in den Rucksack. Tactical Pen und Messer warten in ihrem Holster auf dem Kleiderstapel. Erst jetzt wende ich mich der Dokumentenmappe zu. Als ich sie öffne sehe ich mehrere kleine Klarsichthüllen, darin ein Militärausweis der Marines, eine Kreditkarte und mehrere Banknoten in verschiedenen Werten.

Auch eine flache Brieftasche ist darin. Ich unterschreibe alle Karten, stecke sie ordentlich mit den Banknoten zusammen in die Brieftasche und lege sie beiseite. Weiter finde ich ein Hinflugticket, ausgestellt auf heute Nacht! Ein Glück dass ich die Tasche schnell bekommen habe, aber sie meinte ja auch am Telefon es wäre sehr eilig. Das Ticket wandert in das Scheinfach der Brieftasche und es bleibt nur noch ein handgeschriebenes Schriftstück über. Ich setzte mich neben Rucksack und Mappe auf das Bett und beginne zu lesen...

Hallo Leutnant Nilsen.
Ich hoffe, dass Sie alles zu Ihrer Zufriedenheit vorgefunden haben. Sie meinten, Sie bräuchten kurzfristig nur das Allernötigste, mit dem Sie sich auf jeglicher Basis frei bewegen können. Ich denke, Sie haben jetzt das absolute Minimum erhalten, auch wenn ich noch Kleidung und Notrationen beigelegt habe. Vermutlich brauchen Sie als Marine nicht mehr als Pen und Messer, so gibt es auch keine Probleme wegen einer Waffe. Nun zu Ihrem Flug: Commander Hornthrope hält sich für die nächsten zwei Wochen in der US-Botschaft in Beirut auf. Um ehrlich zu sein habe ich bei Ihrem Vorhaben ein sehr ungutes Gefühl. Alleine die Tatsache dass Sie mir auf der Rückfahrt in Teheran mein Leben gerettet und trotz ihrer eigenen Verletzung wieder fast regeneriert sind, lässt mich glauben, was Sie mir im Kloster erzählt haben. Ich hoffe und bete, egal was Sie auch vorhaben und ganz gleich was passiert, dass auch dieses Mal jemand seine schützende Hand über Sie hält. Und ich würde mich freuen, wenn es Ihnen nach erfolgreicher Mission möglich ist, sich bei mir zu melden.

Semper Fi, Leutnant Nilsen,
Dr. Audrey Walker.

Ich lege den Brief beiseite, bleibe für eine Weile
nachdenklich sitzen. Sie hat wirklich nur der Aktion
zugestimmt, weil sie meine Besonderheit kennt. Sie
vertraut darauf! Wie sehr würde ich mir wünschen,
dass auch Sheryl darauf vertrauen kann... Noch einmal
lese ich mir den Brief durch, dann zerreisse ich ihn
und er landet im Papierkorb. Schlussendlich nehme
ich ihn doch wieder heraus, gehe damit ins Bad, zünde
ihn im Waschbecken an und spüle die Aschereste
dann hinunter, ehe ich das Becken säubere. Nun
würde niemand auch nur einen Fitzel davon wieder
finden können. Ja, ich muss vorsichtig sein, der
kleinste Fehler könnte alles ruinieren.

Beirut

Wir schreiben den 20. September 1984. Mein 571.
Jahr auf dieser Erde, in meinem Ausweis der Marines
steht immer noch 31 Jahre. Nachts habe ich mich auf
den Weg gemacht, ein ganzes Stück zu Fuss, ehe einer
der Mönche am verabredeten Treffpunkt mit dem
Wagen wartet, in einer kleinen Unterführung, wo ich
eilig zusteige und so weitaus schneller zum Flughafen
komme. Ja, wir vermuten dass das Kloster beobachtet
wird, aber ein alleine davon fahrender Ordensbruder
ist selbst um die Zeit nicht ungewöhnlich, wenn eines
der Schäfchen Hilfe braucht. Die Fahrt verläuft im
Schweigen, erst dort zeichnet er mir ein kleines Kreuz
auf die Stirn: „Der Herr möge auch jetzt deinen Weg
und deine Taten segnen, denn er lässt nichts ohne
Grund geschehen." Ich schlucke hart, nicke, nehme

ihn dann kurz in den Arm, ehe ich zügig den Wagen verlasse und im Gebäude verschwinde. Die Mütze wie gewöhnlich etwas ins Gesicht gezogen, komplett in den Desert-Tarnfarben gekleidet, unterscheide ich mich kaum von einigen anderen Soldaten, die hier unterwegs sind. Hier und da schaut mich jemand an, sieht die Abzeichen und der militärische Gruss folgt, den ich dann auch erwidere, alles andere wäre zu auffällig. Ich erreiche alsbald den Schalter, zeige Tickets und Ausweis, das Gesicht dabei etwas gehoben, so dass sie es unter dem kleinen Schirm erkennen kann und schon ist es erledigt. Beim Securitycheck nehme ich Pen und Messer sofort hervor, so dass der Detektor dabei nicht anschlagen kann. Doch habe ich eindeutig noch etwas anderes vergessen! Denn als ich durch den Bogen gehe, piepst er los und ich zucke doch kurz zusammen, ehe ich den Kopf schüttle: „Verdammt, ich habe die Kugel vergessen, ein altes Andenken, hinten in der Wirbelsäule." Der Handdetektor wird über die Stelle gehalten und schlägt an, eine nähere Untersuchung zeigt noch eine scheinbar ältere Narbe und der Guard nickt. Von diesem kleinen Zwischenfall abgesehen geht auch der Check erstaunlich gut. Hat Dr. Walker da tatsächlich so gute Vorarbeit geleistet, dass niemand selbst bei der Verletzung Misstrauen hegt, vermutlich gibt es weitaus mehr Soldaten, die Andenken dieser Art mit sich tragen. Ich hatte um ehrlich zu sein mit allem gerechnet, aber nicht mit so einem problemlosen Hinflug! Ja, es hätte mich stutzig machen müssen, denn meistens erwartete mich der grosse Knall, wenn es vorher so einfach ging. So wie bei der Beschaffung des Codes, als uns dann der Hubschrauber abgeschossen wurde. Aber was würde mich hier in Beirut erwarten? Fragen wir lieber anders herum, was hat Commander Hornthrope zu erwarten? Würde ich es durchziehen? Dann wäre mir das Militärgericht und vermutlich die Todesstrafe, zumindest eine ziemlich unsanfte Haftstrafe, sicher. Um ehrlich zu sein ist es mir gleich was mich dann erwarten würde, ich habe nichts mehr zu verlieren und ja, ich scheine gerade wohl meines ewigen Lebens überdrüssig zu sein. Bei der Todesspritze würde ich wieder aufwachen, bei dem elektrischen Stuhl auch? Eine lange Haftstrafe könnte sich allerdings zu einem Problem ausarbeiten... Allerdings mache ich mir da für den Moment nicht einmal grosse Gedanken darüber! Vom Flughafen aus fahre ich direkt zur Botschaft, melde mich dort an und auch da bekomme ich dank der guten Vorarbeit Dr. Walkers einen Termin! Um 11:30Uhr warte ich vor einem Raum, ehe die Tür sich öffnet, ein paar Herren in Anzügen heraus kommen und ich hinein gebeten werde. Zuerst scheint alles normal zu sein, solange der Commander noch an seinem Schreibtisch sitzt und den Blick auf seinen Laptop gerichtet hat, einen der vom Militär üblich genutzten Grid Compass, optisch schon nahe an den späteren modernen Laptops. Ich selbst bleibe kerzengerade vor seinem Platz stehen, den Rucksack zu meinen Füssen abgestellt. „Mr. Steward, ich hoffe sie hatten einen guten Flug. Dr. Walker hat sie für heute schon-", das letzte Wort bleibt ihm förmlich in der Kehle stecken, denn er hat seinen Blick gehoben und mir dabei genau ins Gesicht sehen können, da ich die Mütze wie erforderlich abgenommen und unter den Oberarm geklemmt habe. „Commander, sie wissen wieso ich hier bin", beginne ich einfach von mir aus das weitere Gespräch, und das gegenüber meinem Vorgesetzten, ein Verhalten was so sicherlich nicht gebilligt werden kann. Innerlich schreit es danach, das Messer hervor zu reissen und ihm einfach die Kehle durchzuschneiden! Ja, für einen Moment schiesst die Rache mir förmlich ins Blut, versucht mir den Geist zu vernebeln, die Urinstinkte zu wecken, die uns Marines draussen am Leben erhalten, töten ohne nachzudenken! Ich sehe wie seine Hand langsam an der Tischkante entlang fährt und hebe meine leicht: „Nicht mehr Aufhebens wie nötig bitte. Ich weiss, dass ich diesen Raum hier vermutlich nicht mehr lebendig verlassen werde, wenn ich versagen sollte, deswegen möchte ich, dass sie erst einmal ein Gespräch führen." Ich reiche ihm die Nummer der New York Times, ziehe parallel dazu das Messer, um es ihm an die Kehle zu drücken, bei meiner Grösse stellt der Schreibtisch kein Hindernis dar! Allerdings hätte ich im schlimmsten Falle mit entsprechender Reaktion des alten Seals rechnen müssen, habe ich ihn tatsächlich überrascht? „Sagen sie ihnen, dass es dieses Labor gibt, die Ebene 3, und sagen sie auch ruhig, dass so ein durchgeknallter Arzt dort Versuche an Menschen macht, weil er glaubt dass es Supermenschen gibt! Sagen sie ihnen, dass ich deswegen verletzt und vom System gejagt werde, mich bis heute verstecken musste. Sagen sie ihnen, dass sie Commander Hornthrope mich rehabilitieren und wieder aktivieren, sobald es der Gesundheitscheck erlaubt! Und mir sagen sie zu, dass es keinerlei Nachwirkungen gibt, weil ich hier heute erscheinen konnte, egal wer mir dabei geholfen hat", diktiere ich ihm seine zeitnahe Vorgehensweise vor und sehe wie sich die verschiedensten Gefühlsregungen auf seinem Gesicht zeigen. Er würde mich gerade am liebsten vor Wut in der Luft zerreissen, ist sich aber der Tatsache bewusst, dass er innerhalb zwei Sekunden hier auf dem Schreibtisch liegen würde, wenn er auch nur eine falsche ruckartige Bewegung macht. Also beginnt er tatsächlich die Nummer zu wählen, das Freizeichen ist zu hören, weil er auf Lautsprecher stellt und er beginnt das wieder zu geben, was er von mir gehört hat! Im ersten Moment bin ich selbst darüber überrascht, sollte er keinerlei Versuche unternehmen es zu revidieren? Immerhin heisst es, dass die Ebene 3 in ein paar Stunden dem Erdboden gleich gemacht ist, entweder durchs NCIS, JAG oder aber durch irgendeinen 'unglücklichen Zwischenfall' des verrückten Arztes, der sicherlich nicht sein Labor in die Hände der Öffentlichkeit fallen lässt. Am anderen Ende ist während des gesamten Gespräches, in dem es auch noch die eine oder andere Nachfrage gibt, die er auch wahrheitsgemäss beantwortet, nur wildes Bleistiftkritzeln zu hören! „Commander Hornthrope, wo befinden sie sich gerade und wieso teilen sie uns diese Informationen erst jetzt mit?" erklingt fragend die Frauenstimme, während ich zusammen zucke, weil ich draussen das Aufheulen eines Automotors und Gewehrsalven unserer M.P.s höre! Der Commander stockt, lässt den Hörer mit lautem Knall auf den Schreibtisch fallen, kommt aber nicht mehr auf die Idee mich überwältigen zu wollen, denn das Gebäude erzittert nach einem erheblich lauteren Knall! Ich schiebe mich über den Schreibtisch, packe ihn dabei und reisse ihn zu Boden! Neben uns kippt ein leerer und relativ schwerer Metallschrank durch die Erschütterung wie eine Streichholzschachtel zu Boden und ich bremse ihn mit dem Rücken ab, auch wenn ich dabei einiges verbeisse, schiebe den Commander einfach da drunter und bedecke ihn mit dem Metallkorpus! Ja, ich habe meinen Plan kurzfristig geändert! Was ist schlimmer für jemanden, von seinem 'Feind aus den eigenen Reihen' getötet oder gerettet zu werden?! Ich selbst versuche seitlich abzutauchen, aber die Zeit ist arg knapp, immerhin befinden wir uns im zweiten Stockwerk des Gebäudes. Die Aussenwand hat an vielen Stellen nachgegeben, ist nach unten weggebrochen, wo der Wagen in die Mauer eingerammt und die Bombe gezündet hat! Die Flammen wälzen hervor, durch das klaffende Loch in dieses Büro!

Ich spüre wie die Hitze mich überrollt! Die Kleidung ist zwar wie üblich recht resistent, aber flammenfest nicht, dass es ja nicht die Einsatzuniform ist. Ich versuche instinktiv noch meinen Kopf zu schützen, der Schmerz jagt mir durch den Körper und ich bleibe heftig zitternd dort liegen! Steht die Zeit still, oder rennt sie davon? Ich kann es nicht mehr einschätzen. Hätte ich den Commander tatsächlich umgebracht? Wäre es dazu gekommen, oder hätte er mich doch noch vorher überwältigt? Nur schwammig huschen diese Gedanken noch durch meinen Kopf. Scheinbar haben die Flammen sich durch alles greifbare gefressen, denn das Tosen wird ruhiger. Vermutlich ist es nur der Tatsache zuzuschreiben, dass wir nahe an der Aussenwand liegen, dass sie uns nicht die ganze Zeit erwischt haben, sondern eher nach innen gedrängt wurden? Ich habe keine Ahnung, mir ist nicht einmal mehr bewusst wie schwer es mich selbst betrifft. „Commander Hornthrope?" ruft jemand und kann sein Klopfen hören, ich versuche mich zu regen, aber irgendwo spüre ich nur noch Schmerzen, Kälte,

155

zittere am ganzen Körper. Ja, tatsächlich kommt es Brandopfern so vor als würden sie frieren. Frag mich bitte jetzt niemand nach der Erklärung, die könnte ich selbst in dem Moment nicht mehr geben. Mehrere Feuerwehrleute kommen in den Raum, teils aussen per Drehleiter, heben den Metallschrank an, so dass sie einen doch verrusten, verschwitzten, aber ansonsten wohl nur leicht verletzten Commander heraus fischen können! Mit etwas Sauerstoff und ein paar versorgten Schürfwunden dürfte er bald wieder fit sein. Bei mir selbst gestaltet sich die Situation wohl schwieriger. Die Einsatzkräfte ordern die Spezialtrage, versuchen meine grossflächigen Verbrennungen mit sterilen Tüchern abzudecken. Wie sie mich hinaus schaffen bekomme ich nicht mehr mit, auch nicht dass ich ihnen auf dem Weg in die Klinik noch einiges an Überzeugungsarbeit abverlange, um mich am Leben zu erhalten. Ich zittere stark durch den Schock, bin am kompletten Monitoring inklusive Beatmung angeschlossen und habe gerade das Gefühl durch eine Eiswüste zu gehen.

Feuerengel

In der Klinik wird die Kleidung entfernt, die wohl grösstenteils an meiner Rückseite mit der Haut verschmolzen ist, dazu versuchen sie mein Blutvolumen durch Flüssigkeitszugabe zu erhöhen, da meine eigene Körperflüssigkeit vorgezogen hat sich im Gewebe zu verteilen, dort zu Ödemen führt, was alles eine Reaktion auf die Brandverletzungen ist und somit aber im Kreislaufsystem fehlt!
Ich ahne nicht, was Commander Hornthrope in der

Zeit veranlasst. Nach vier Stunden, in denen ich wohl mehr tot als lebendig dort liege, hat er eine Maschine geordert, die mich inklusive Spezialausrüstung aufnehmen und heim bringen kann. Immerhin rechnen sie sich dort wohl mehr Chancen aus, sollte ich den Flug überstehen. Ich selbst habe keinen blassen Schimmer, was sie anstellen, doch anscheinend schaffe ich den Flug lebendig hinter mich zu bringen und dort anzukommen. Womit ich wohl nicht rechnen würde, dass ich dort Dr. Walker begegne. Als sie die Ankunft eines Leutnant Nathan Nilsen angekündigt bekommt, traut sie ihren Ohren nicht und das Bild was sich ihr bietet, gibt wenig Grund zur Hoffnung. Sie veranlasst die Verlegung in ein Privatzimmer und benachrichtigt jemanden, was ich nicht ahnen kann. Mancher Arzt äussert schon die Einschätzung, dass so was doch kein Mensch so lange überstehen könnte, Glück für mich, dass niemand sich da wirklich Gedanken drüber macht. Ich selbst liege in einem speziellen Bett. Arme, Beine und Rücken von schweren Brandwunden gezeichnet, die Haare auch weg geschmort, glücklicherweise im Gesicht nur leichte Verletzungen, hatten meine Arme es noch etwas schützen können. Ärzte wuseln herum, meine Monitorwerte könnten kaum schlechter sein. Da sind auf dem Flur laute Stimmen zu hören: „Bleiben sie mit dem Hund raus!" - „In der Klinik sind keine Hunde erlaubt!" Doch dann spricht Dr. Walker ein Machtwort, die besagten Vierbeiner inklusive Besitzerin begleitet: „Dieser Hund ist mit meiner ausdrücklichen Erlaubnis hier!" Wenig später betritt sie mit Sheryl das Zimmer, die Maggi auf dem Arm hält! Die junge Frau verliert kurz einiges an Farbe, als sie mich dort so sieht, tritt nur zögerlich ans Bett heran, während Maggi auf ihrem Arm leise jault und hinunter möchte. „Warte Schatz", Dr. Walker holt ein Tuch, legt es neben mir auf das Kopfteil und der Hundekopf findet dort seinen Platz! Sie schnuppert, rückt aber nicht näher, spürt anscheinend dass es nicht gut wäre. Leise wimmert sie und da spüre ich auch ihren heissen Hundeatem auf meinem Gesicht, in meinem Ohr, so wie früher! Sheryl hat sich hingesetzt, hält Maggi weiter fest: „Nathan, hörst du mich, wir sind beide hier." Nur leise kommen die Worte und das Hundewimmern zu mir durch, doch sie kann sehen wie sich die Monitorwerte leicht in die Höhe bewegen!

So geht es noch einige Tage, die Ärzte geben sich alle Mühe und ja, ich werde so langsam wieder wach, als Sheryl und Maggi wieder bei mir sind. „Sh-e-", kommt es nur unsicher durch die Sauerstoffmaske verdeckt hindurch. „Nate, hey!" Sie lächelt mich an, wischt verstohlen ein paar Tränen beiseite. „Ich habe deinen Brief gelesen. Ich möchte dir gerne glauben. Aber wie konntest du diese Verbrennungen überleben?" fragt sie nach, denn bei dem Ausmass ist die Überlebenschance äusserst gering. „Durch die Schmerzen", antworte ich nur leise, „ich halte mich daran fest. Ich habe dich gehört, wollte dich noch einmal sehen..." Nur zögerlich und fast geflüstert kommen die Worte über meine Lippen. „Das heisst, wenn sie dir mehr Schmerzmittel geben, musst du gehen, weil du dich nicht mehr kontrollieren kannst, es nicht mehr einfach nur aushalten kannst? Wenn du gehen würdest, könntest du zurück kommen? Wieso versuchst du es so auszuhalten, das ist doch Quälerei", haucht sie leise, auch wenn wir alleine sind. „Ich wollte noch nicht gehen, nicht ehe ich dir etwas sagen konnte. Da halte ich es lieber aus, lasse es mir nicht so anmerken, sonst hätten sie schon längst etwas unternommen. Ja, ich denke schon dass ich zurück kommen kann, es ist ja nur oberflächlich, wenn auch tief, aber ich gehe davon aus dass es nach einer Weile wieder möglich ist, wie lange weiss ich nicht." Ich hatte noch keine derartige Brandverletzung hinter mir, ein neuer Eintrag für mein Sammelbuch. Ich setze die Maske wieder auf, die ich bei den letzten Worten abgenommen habe, weil auch der Monitor zeigt dass die Sauerstoffsättigung fällt, was ich auch spüre, es wird knapper. Meine Lunge baut eindeutig ab, hat durch den Rauch und die Flammen was abbekommen. Nach einigen Atemzügen ziehe ich sie wieder beiseite. „Du wolltest mir noch etwas sagen? Deswegen quälst du dich so, mein Schatz?" Sie beugt sich zu mir hinunter und nur ganz vorsichtig haucht sie mir einen Kuss auf den Mundwinkel. Es ist nur eine kurze Berührung, die nicht einmal weh tut, im Gegenteil, es tut so gut! Zu gut, weil ich dadurch auch meine Kontrolle leicht abgebe und die Werte wieder etwas absinken, ich das Flimmern merke. Nur zaghaft kommt es über meine Lippen, als ich sie wieder ansehen kann: „Möchtest du jetzt und hier meine Frau werden?" Ich habe keine Ahnung was sie antwortet, denn es ist alles an sich schon eine schwierige Situation und dann überrenne ich sie noch damit! Im ersten Moment sieht sie mich deswegen wohl auch erstaunt an, ehe sie strahlend lächelt und mir alleine damit schon zeigt, dass sie an meine Rückkehr glaubt! „Ja, für jetzt und für ewig, solange wir zusammen sein dürfen", nickt sie, drückt den Klingelknopf um die Schwester zu rufen, damit diese einen Geistlichen herbei holen kann! Bei der momentanen Situation dauert es auch nicht lange, bis Dr. Walker als Trauzeugin dabei ist und wir in einer kurzen kleinen Zeremonie getraut werden. „Mein letzter Wunsch hat sich noch erfüllt", kommt es matt von mir und ich versuche mir die Schmerzen nicht anmerken zu lassen. Dr. Walker wirft mir einen vielsagenden Blick zu: „Das war ein edler Zug Leutnant Nilsen. Was passiert, wenn ich jetzt meiner eigentlichen Pflicht nachkommen und ihre Schmerzmittel erhöhen würde, denn augenscheinlich sind sie eindeutig viel zu niedrig dosiert, auch wenn ich weiss, dass sie es nicht anders haben möchten." Ich schaue zu Sheryl, die mich nur tapfer ansieht und dann zu ihr zurück: „Dann brauche ich jemanden der sich um meine junge Witwe kümmert, für die nächste Zeit... und der sie auf mein Begräbnis begleitet." Nur zaghaft spreche ich die Worte aus. Ja, Dr. Walker hat mir in einem wachen Moment erzählt, dass Commander Hornthorp mich vollkommen rehabilitiert hat, mein Besuch in Beirut das entsprechende Gespräch war. Die Familienehre ist wieder hergestellt! „Das werde ich, ich werde für sie sorgen, keine Angst." nickt die Ärztin und ich schlucke hart, ziehe die Maske wieder komplett vom Gesicht. „Machen sie es bitte, und passen sie auf Sheryl auf...", ich verzieh leicht das Gesicht, mein Körper fühlt sich an als ob er durch den Fleischwolf gedreht worden wäre und wieder zurück und ein Normalsterblicher hätte es tatsächlich nicht so lange geschafft. Wohl deswegen hat sie mich auch gleich unter ihre eigene Aufsicht auf ein Privatzimmer legen lassen, damit es nicht so auffällt. „In Ordnung, wir sehen uns im Kloster", nickt sie, sieht zu Sheryl, um ihr noch einen Moment mit mir zu geben. Meine Kleine versucht tapfer die Tränen zurück zu halten, beugt sich dann hinunter, um mir behutsam einen Kuss zu geben. „Ich warte auf dich, egal wie lange es dauert, wir sehen uns auch im Kloster, mein Schatz", flüstert sie, nickt der Ärztin zu. Mein Blick geht zu ihr und ich nicke ebenfalls, so dass sie langsam den Schieber an der Infusion immer mehr öffnet und ich die leichte Kälte spüre, die in mich hinein kriecht. „Maggi...", nuschle ich leise, weil ich auch die warme Hundezunge noch auf meinem Gesicht merke, ehe ich langsam abtreibe! Die Schmerzen verschwinden, die Kälte wird durch die bekannte wohlige Wärme ersetzt, die das Watte weiche Nichts mit sich bringt, dass mich jetzt einhüllt!!!

Militärische Ehren, aufgrund meines Dienstgrades und auch der Tatsache dass ich den Commander gerettet habe. Ich bin dabei, liege in einem hoffentlich bequemen Sarg, der langsam in das Grab eingelassen wird. Salutschüsse, die Trompete spielt Taps, Verabschiedung...

Verletzte Seele

Ich hatte es noch bis zur letzten Sekunde gehofft, ehe ich das Bewusstsein in der Klinik verlor, wenig später der Monitor die Nulllinie präsentierte und auch die standardmässigen Reanimationsmassnahmen nichts mehr brachten, die bei mir im übrigen nie was nutzten, wenn dann ist da tatsächlich Ende im Gelände! Ich hatte gehofft, dass ich wieder aufwachte! Die grosse Frage war eher: Wann? Nun, es war genau zwei Monate nach dem Anschlag auf die Botschaft in Beirut und ich hätte mir keinen besseren Tag aussuchen können, es war schweinekalt in Washington D.C.! Nachts bis -5° und tags ca +2°C. Ein netter Zeitpunkt fürs Dornröschen um aufzuwachen! Glücklicherweise gab es keinen Schnee und bei den Temperaturen auch kaum Besucher auf dem Gräberfeld. Sonst hätte es sicherlich ein Massenaufkommen an Herzinfarkten gegeben! Es dauerte eine gefühlte Ewigkeit. Von dem Moment wo ich zum ersten Mal nach fast zwei Monaten die Augen öffnete, noch nicht bewusst darüber wie viel Zeit vergangen war. Bis zu dem Moment wo ich es schaffte den Sargdeckel zu heben, die harte Erde zu lockern und langsam heraus zu kriechen, nur ganz grob umrissen was sich in wohl mehreren Stunden abspielte. Im Zeitraffer hätte es kein Schauspieler in einem Gruselfilm besser hinbekommen. Es war dunkel, nur rechts stand auf einem der Gräber eine wetterfeste Solarlaterne. Fahrig griff ich danach, kniete in dieses Laken gehüllt neben meinem offenen Grab, stellte sie neben mich, um die aufgewühlte Erde zu richten, damit es nicht auffällt. Dann stellte ich die Laterne wieder auf das andere Grab zurück und nur mühsam gelang es mir von dort zu verschwinden. Ich verbrachte die Nacht in einer alten Kirche, deren Seitenpforte nicht verschlossen war.

Es ist wärmer geworden, mittlerweile Ende November und tagsüber fast 16°C. Mehrere Tage verstecke ich mich in der alten Kirche, es ist eisig kalt und ich habe nur dieses Laken, das mit im Sarg lag. Meine Uniform war hinten aufgeschnitten, so dass sie mir die Teile besser anziehen konnten, und fiel förmlich von mir ab, als ich mich bewegte. Ich halte mich dort über Wasser, indem ich die Schale mit dem Weihwasser nachts leere, ohne daran zu denken, dass es auch auffallen könnte. Der Mensch kommt im Notfall schon auf verrückte Ideen. Wenn ich an mir herunter sehe erschreckt es mich, auch wenn es nicht weh tut. Mein Körper sieht an den Verbrennungsstellen stark verkrustet aus! Schwarze, schuppige Flächen, die bei Berührung nicht unangenehm reagieren. Ich kann damit noch nichts anfangen, hatte diese Situation noch nicht. Ich frage mich, wie ich aus dem Sarg kam und nur langsam kehrt die Erinnerung wieder. Ich hatte mit den Fäusten gegen den Deckel gedroschen, die Schmerzen in meinen Händen ignoriert, bis das Holz einriss! Noch einige kräftige Schläge und es splitterte! So konnte ich hinaus greifen, mühsam einige der Riegel öffnen und dann den kleineren Deckelteil am Oberkörper hoch drücken. Dabei hörte ich es nicht nur in meinen Händen knuspern und knirschen, meine Haut spannte an manchen Stellen nicht mehr, dafür lag ich dort für einen Moment mit zwei gebrochenen Händen. Scheisse! Wieso konnte es nicht mal einfach nur funktionieren? Ich habe mich dann heraus gewühlt, gar nicht so einfach bei meiner Grösse da wie ein Schlangenmensch hervor kriechen zu müssen, denn an den grossen Deckelteil kam ich ja nicht dran. Endlich draussen konnte ich mich dann inklusive Laken bis zu der Kirche schleppen, in eine der sehr abgelegenen Ecken und gab dort wohl nochmal eines meiner unzähligen Leben ab, weil ich langsam erfror, aber das kannte ich ja schon. Immerhin waren nach dem Aufwachen meine Hände verheilt und zeigten sich in einer noch zart rosa frisch gewachsenen Babyhaut! An anderen Stellen wie Nacken oder Rücken oder auch die Beine entlang, ist diese harte Kruste zu ertasten, die ich nicht einsortieren kann. Bleibt sie, oder verschwindet sie irgendwann? Sollte ich den Rest meines ewigen Lebens so gekennzeichnet bleiben? Ich versuchte das Beste drauss zu machen, fand wegen den Kerzen auch Streichhölzer und konnte so das teils gefrorene Weihwasser über einer Kerze erwärmen, gleichzeitig wärmte ich auch noch meine Hände an dem Metallbehälter auf, auch wenn ich ihn natürlich mit Stoff dazwischen festhielt, sonst würde ich mich ja gleich wieder verschmoren, nein danke! Dass es nicht unbeobachtet blieb, bekam ich erst nicht mit. An einem Tag, ich habe nicht mehr mitgezählt, jedoch passierte etwas ungewöhnliches...

Als ich abends im Schutz der Dunkelheit wieder aus meinem Versteck komme, ist die Weihwasserschale wider erwartend leer! Stattdessen steht darunter ein kleiner Korb! Ich finde eine Thermoskanne, eine Wasserflasche, mehrere belegte Brote und Kleidung! Unsicher sehe ich mich um, kann niemanden hören oder sehen, deswegen packe ich alles ein und verschwinde damit in mein Versteckt! Raschelnd wechsle ich das Laken gegen die gespendete Kleidung aus, immerhin wusste jemand dass ich männlich bin und es sind grosse Grössen, es passt fast perfekt! Auch dabei spüre ich wieder dieses entspannende Gefühl auf der Haut, höre leises Knispern, doch in der Dunkelheit kann ich nichts erkennen. Erst als ich eine Kerze hole, bemerke ich auf dem Boden viele verschieden grosse Krustenschuppen! Anscheinend lösen sie sich wieder, was für ein Glück! Ich lerne erneut etwas dazu wie es mir scheint, nämlich dass ich mich bei schweren Verbrennungen an den Stellen wohl komplett einmal häute, fast wie eine Schlange, nur nicht in einem Stück. Hört sich eklig an, ist aber vollkommen schmerzfrei. Ich schiebe die Schuppen etwas zusammen und mache mich dann über die Brote her, in der Thermoskanne finde ich Kräutertee. Immer mal schaue ich, ob jemand da sein könnte. Momentan fühle ich mich so schreckhaft wie ein Kaninchen, vollkommen anders wie ich doch sonst bin. Ich habe zu dem Zeitpunkt allerdings auch noch keine Ahnung, dass ich fast zwei Monate komplett weg war. Denn dann würde ich es wohl so erklären, dass meine Sinne momentan noch viel zu sehr in Alarmstellung sind, was sich aber hoffentlich wieder gibt. Einfach wie eine Überreizung nach der Stille. Eine Schnitte und zwei Becher Tee schaffe ich, spüre die wohlige Wärme in mir aufsteigen und leise seufze ich durch, es tut so gut! Wer wohl die Sachen hingestellt hat? Ich tippe auf einen der Priester hier. Für mich ist dann jetzt der Zeitpunkt gekommen mich zu zeigen, denn was habe ich zu verbergen oder zu befürchten? Immerhin befinde ich mich in einer Kirche und laut der Schrift soll ich dann sicher sein. Ich döse durch den ungewohnt gut gefüllten Magen aber erst einmal weg! Es müssen einige Stunden vergangen sein, als ich hoch schrecke, weil ich mir beobachtet vorkomme! Es ist schon heller und vor mir kniet ein kleiner Junge! Ich schätze ihn auf sechs oder sieben und werde mit grossen Augen gemustert! „Hey, wer bist denn du?" frage ich ihn und meine Stimme klingt etwas rauer. Vermutlich bin ich das Reden nicht mehr gewöhnt. Er lächelt mich an, schiebt mir eine kleine spitze Plastiktüte herüber, die mit bunten Marshmallows gefüllt ist! „Oh, ist die für mich? Danke." Doch etwas verlegen errötet öffne ich sie und halte ihm die Öffnung hin, so dass er sich welche nehmen kann, was er auch macht und mich anstrahlt ehe er sie langsam isst. Auch ich nehme mir zwei und meine Gedanken schweifen kurz umher, zu Crystal und der Zuckerwatte, zu Rene, der anfangs auch sehr schweigsam war. Zuckerwatte, Zucker, ja, mir dämmert es leicht, dass ich da ein gewisses Problem habe. Ich sollte es bei den zwei Marshmallows belassen, nicht dass ich hier gleich wieder einschlafe wie in der Kirche bei der Gospelprobe. „Wie heisst du denn?" frage ich meinen Gegenüber, der freche dunkelblonde Wuschelkopf passt gut zu seinen grünen Augen. Er schaut mich sehr direkt an, dann malen seine Finger langsam Buchstaben auf den Boden, die ich auf dem Kopf lesen muss. „A-D-A-M. Adam? Ein schöner und sehr alter Name", lächle ich ihn an, „du magst nicht mit mir reden, hm?" Er schaut mich nur traurig an. „Du kannst es gerade nicht?" hake ich leise nach und er nickt zögerlich. „Das macht nichts, mach dir keine Sorgen", lächle ich ihn wieder an. Er legt den Kopf schief, sieht mich fragend an, zeigt auf mich und auf den Boden, ehe er die Schultern und Hände hebt. „Was ich hier mache?" Auf meine Worte folgt ein Nicken. „Ich musste mich verstecken. Ich war krank und brauchte einen Ort wo ich bleiben konnte. Aber jetzt geht es mir wieder besser." Er nickt leicht auf meine Worte und zeigt auf meinen Arm, wo der Pulli etwas hoch gerutscht und damit auch die Krustenlandschaft zu sehen ist. Ich tippe sie nur leicht an, dass er sieht dass es nicht weh tut: „Das geht wieder weg, ist nicht schlimm." Das zuerst irritierte Gesicht entspannt sich wieder. „Adam? Wo bist du mein Junge?" höre ich eine warme freundliche Männerstimme. Ich weiche zuerst etwas zurück, doch schon spüre ich die kleine zarte Jungenhand auf meiner, die sie leicht drückt. Er klopft einige Male an eine der Holzbänke. „Ah, soll ich dich wieder suchen? Na, dann klopf mal weiter", klingt es herüber und ich kann die sich nähernden Schritte hören, bis ein Mann von ungefähr dreissig Jahren um die Ecke kommt und zuerst etwas erstaunt schaut, sich dann zu uns kniet und mich anlächelt: „Oh ich sehe sie haben den Korb gefunden. Das ist sehr gut. Der Inhalt ist bestimmt nahrhafter als das Weihwasser." Ich erröte noch mehr und senke den Blick. Seiner wandert über meinen Körper und mitfühlend schaut er mich an: „Wenn sie das Bedürfnis haben darüber zu reden, dürfen sie sich gerne an mich wenden. Wie wäre es für den Anfang mit einem richtigen Bett und mehreren vernünftigen Mahlzeiten? Sie machen den Eindruck, als könnten sie das vertragen." Wieder schaue ich hinunter, nicke nur zaghaft und auch Adam nickt. Er zeigt auf den Geistlichen und verschränkt die Arme etwas vor der Brust, die geballten Fäustchen dabei schräg nach oben gerichtet. „Oh, danke Adam, du bist auch ein ganz Lieber. Na, dann sollten wir erst einmal hinüber in meine Wohnung gehen", er erhebt sich, ich sammle die Sachen zusammen und stocke dann. „Hätten sie einen Handfeger für mich, da ist etwas, was ich gerne noch weg machen möchte." Adam flitzt schon los und kommt bald mit gewünschtem zurück. „Danke dir", lächle ich ihn an und fege dann das Häufchen Schuppen zusammen. „Oh, es heilt schon sehr gut", kommentiert der Pfarrer es, als wäre es die normalste Sache der Welt. Wir verlassen die alte Kirche, er führt mich hinüber in die kleine Wohnung, wobei ich mich da frage, wo er das zweite Bett versteckt hält. „Schlafen sie ein paar Nächte in meinem Schlafzimmer", scheint er meine Gedanken zu erraten, doch ich hebe nur beschwichtigend die Hände. „Bitte, nein, mir reicht der Boden oder die Couch, ich bin da schon Schlimmeres gewöhnt." Jetzt ist es wohl eher ein fragender Blick, doch spricht er mich nicht darauf an. Erst nachdem wir drei zusammen mit seiner Haushälterin zu Abend gegessen haben und er Adam zu Bett gebracht hat, kommt er mit zwei Bechern Tee zu mir. Ich weiss

nicht wie spät oder früh es ist, als unser Gespräch beendet wird, ich ihm alles erzählt habe. Er kennt die
Mönche und glaubt mir meinen Bericht. Deswegen ist
er auch einverstanden, dass ich bald wieder gehen
würde, aber wenigstens drei Tage möchte er noch dass
ich bleibe. Ich stimme zu und wir gehen schlafen.

Liebe und Pfoten

Am dritten Tag kommt Adam zu mir, ich soll mitkom-
men, es scheint sehr wichtig zu sein. Ich habe gerade
die grossen schweren Kerzen ausgetauscht und bin
mit dem Ergebnis zufrieden. Doch jetzt folge ich erst
einmal dem Jungen hinaus, auf dem Kopf eine
Schirmmütze, die Kapuze des Sweaters ziehe ich
ebenfalls über, so dass niemand mein Gesicht erkennen kann. Der Kleine bringt mich zum Reverend, ich
nenne ihn so, und dieser steht draussen, hält mich kurz
auf als ich noch ein Stück mit ihm gehen möchte und
zeigt in eine bestimmte Richtung! Dort sitzt eine Frau,
mit einem Hund, an meinem Grab! Ich schlucke hart,
denn ich erkenne sie sofort wieder! „Sie ist seit deiner
Beerdigung fast jeden Tag hier, ich habe es an den
Blumen gesehen, aber heute haben wir sie nicht verpasst! Geh zu ihr, geh zu deiner Frau, Nathanael." Er
lächelt mich aufmunternd an, hat in der Zwischenzeit
auch mit den Mönchen telefoniert und weiss dass es
der Wahrheit entspricht. Nur zögerlich gehe ich los,
spüre die kleine Hand in meiner, wie er mit mir
kommt, nur ein Stück, dann streicheln seine Finger
meine und er huscht davon. Nur ganz leise gehe ich zu
ihr, knie mich nebenan an das Grab eines fremden
Soldaten, spreche ein kurzes Gebet für ihn, während

ich die Aufregung in mir spüre und Maggi plötzlich in meine Richtung wittert und zu jaulen beginnt. „Scccchhhh, Maggi, was hast du nur, Kleines, ich weiss, ich vermisse ihn auch", erklingt Sheryls leise Stimme und sie möchte sich bestimmt nur umsehen ob jemand davon gestört wird, als ihr Blick auf mir hängen bleibt, „Es tut mir leid, so ist sie sonst nicht." Ich drehe leicht den Kopf zu ihr, so dass sie mein Gesicht teils sehen kann und auch das leicht unsichere Lächeln: „Ich weiss, sie ist eine ganz liebe Seele, die jemanden nicht mehr vermissen muss, so wie ihre Besitzerin auch nicht." Ich habe kaum die letzten Worte ausgesprochen, als Sheryl die Kleine los lässt, die sofort zu mir hinüber stürmt und sich vor Freude bald nicht mehr ein bekommt! Auch Sheryl möchte mir am liebsten um den Hals fallen, doch ein letzter Funken Verstand warnt sie davor, dass es zu auffällig wäre. Ich lächle sie an, gebe ihr Maggi auf den Arm: „Ich möchte gerne eine Kerze anzünde, du gleich auch?" Und dann gehe ich in die Kirche, wo ich in der Ecke bei den Lichtern eines nehme, danke dass ich sie heute hier wieder finden durfte und es dann anzünde, ehe es vorsichtig abgestellt wird. Es dauert etwa zehn Minuten, ehe das Tor der Kirche sich öffnet, schnelle Hundetapsen und flinke Frauenschritte näher kommen! Ich warte noch einen Moment ab, auch wenn es mir schwer fällt. Dann zeige ich mich den Beiden, immer noch die Kapuze und die Schirmmütze auf dem Kopf: „Nate", flüstert Sheryl nur leise, als sie mich sieht und lässt Maggis Leine los, läuft auf mich zu und wenig später schliesse ich sie in meine Arme! „Mein Schatz", ich atme förmlich durch als ihr Körper sich an meinen schmiegt, spüre meine heftig weichen Knie und lasse mich einfach auf selbige fallen. Neben mir fängt Maggi an mich zu bekuscheln und bepfoten und ich lege einen Arm um sie, während ich in einem so bitter süss schmerzenden Kuss versinke. Denn ich bin mir darüber bewusst, dass mein Schatz und ich offiziell keine Zukunft haben. Nur zögerlich löse ich mich von ihr, werde mir erst jetzt darüber klar, wie meine Gefühle mich gerade überrannt haben und ich schlucke hart. „Geht es? Ist alle in Ordnung? Geht es dir gut? Ich habe ich so vermisst, Nathan. Und doch war ich mir sicher, dass wir uns wiedersehen würden. Jeden Tag war ich hier und hoffte auf ein Zeichen von dir. Wie geht es dir, mein Schatz?" Ihre Hand streift zärtlich über meine Wange, ehe sie langsam das Zugband der Kapuze öffnet, diese nach hinten schiebt, auch wenn sie dabei mein Zittern spüren kann. „Ich habe gerade nur heftig weiche Knie, tut mir leid, konnte mich nicht halten. Mir geht es soweit gut. Ich bin noch ziemlich unruhig, nervös, das kenne ich so nicht von mir. Und, ich habe noch Überbleibsel von den Verletzungen, doch verschwinden sie, das habe ich schon gemerkt. Sheryl, es tut mir leid, weil ich dich im Krankenhaus mit dem Antrag so überrumpelt habe. Ich wollte, dass du soweit gut versorgt bist. Vermutlich war das meine letzte Dienstzeit bei der Army", murmle ich leise vor mich hin. „Hey, auch dich darf es mal von den Füssen hauen, Nathan Nilsen. Ja, du bist anders als vorher, aber hattest du jemals schon so eine Verletzung? Auch deine Seele muss es erst verarbeiten. Doch bin ich mir sicher dass du es schaffst. Maggi und ich helfen dir dabei, so gut wie wir es können. Und mach dir bitte keine Gedanken, du hast dort im Krankenhaus nur das gemacht, woran ich schon gedacht habe. Doch von meiner Seite her wäre es so herüber gekommen, als würde ich es

170

nur auf die Witwenrente absehen. Ich bin gut versorgt, danke mein grosser Schatz!" Ihre letzten Worte lassen mich erneut leicht zittern, denn so hat Rebecca mich auch genannt. Doch vermutlich liegt das nahe, weil ich die Frauen mit meinen über zwei Metern Körperlänge immer um einiges überrage. „Hast du? Das stimmt, das hätte falsch aufgefasst werden können, dann habe ich ja alles richtig gemacht. Nein, ich glaube ich hatte schon diverse Schuss-, Stich-, und Sturzverletzungen. Aber niemals so starke Brandwunden."
- „Dr. Walker meinte bei deiner Beerdigung in einer stillen Minute zu mir, dass du wohl wirklich nur durch die Schmerzen so lange weiter gelebt hast, die einen normalen Menschen längst umgebracht hätten. Vielleicht ein guter Hinweis für die Zukunft?" Ihre Hand streichelt nach hinten in den Nacken, doch zuckt sie zurück: „Was ist das, Nate?" Ich taste und schmunzle leicht: „Das ist wie bei einer Schlange. Es ist wohl noch die alte Haut, als schützende Kruste, aber sie fällt bereits nach und nach ab. Bitte, lass dich davon nicht abschrecken, es tut nicht weh." Mein Blick liegt bittend in ihrem und sie nickt leicht: „Ist in Ordnung. Und es tut wirklich nicht weh wenn es abgeht?" Auf ihre erneute Frage hin schüttle ich nur den Kopf: „Nein, im Gegenteil, es fühlt sich gut an, spannt nicht mehr so. Ich habe keine Ahnung wie viel davon noch an mit klebt, aber es wird verschwinden." Für einen Augenblick sieht sie mich unsicher an, ehe leise Worte folgen: „Wenn du es möchtest, dann finden wir es gemeinsam heraus und befreien dich davon." Vermutlich schaue ich sie gerade an wie die Kuh beim Donner. „Das musst du nicht machen, das hört sich eklig an für dich, mich da förmlich zu häuten." - „Nathan, es sind abgestorbene Hautzellen, es tut nicht weh. Und

sie taugen nicht einmal als Schildkrötenpanzer für deine Seele", lächelt sie, „sie sind jetzt völlig nutzlos. Und glaube mir, für mich ist es bestimmt ein sehr angenehmer Anblick, dich da nach und nach in deiner männlichen Pracht zu Vorschein zu bringen." Sie meint es ernst, das kann ich sehen. Maggi hat ihr Gesicht wieder wie früher in meiner Armbeuge versteckt und schlummert vor sich hin. „Wir müssen aber vorsichtig sein", ich schmiege mein Gesicht an Sheryls Haare, seufze leise auf. „Wir sind vorsichtig. Komm, wir gehen den kleinen Weg entlang, ich habe immer auf einer abgelegenen Stelle geparkt, um dich mitnehmen zu können", nickt sie. „Und dir ist nie jemand gefolgt?" hake ich nach, doch sie schüttelt den Kopf. Ich stehe langsam auf, die Hundedame mit einem Arm haltend, den anderen lege ich um die Taille meiner wunderschönen Ehefrau. Zuerst gehen wir uns verabschieden, dass ist wohl das Mindeste. Adam schaut mich traurig an, ehe die Tränen kullern und nur ganz leise und piepsig höre ich ein „Bleib bitte" über seine Lippen kommen! „Adam, ich komme dich besuchen, versprochen. Schau, Sheryl und Maggi haben mich die ganze Zeit vermisst." Ich lächle ihn aufmunternd an, streiche die Tränen aus seinem Gesicht und er schaut zu dem schlafenden Hund, lächelt dann doch leicht und nickt: „Versprochen." Der Reverend begleitet uns noch ein Stück: „Es ist unglaublich, der Junge hat seit zwei Jahren nicht mehr gesprochen, nachdem seine Eltern bei einem Autounfall ums Leben kamen. Sie bedeuten ihm sehr viel, Nathan." Ich nicke darauf nur sehr nachdenklich. Zusammen gehen wir noch zu dem abgelegenen Parkplatz, ehe sich dort die Wege trennen.

Happy Halloween

Fünf Jahre führen wir nun schon unsere geheime zweite Ehe und ich bin froh, dass es noch niemand entdeckt hat, wenigstens bin ich davon ausgegangen. Sheryls Haus hat einen Kellerzugang und am Ende des absichtlich etwas von Büschen bewachsenen Garten ist gleich ein Wald. Für mich die beste Möglichkeit ungesehen ins oder aus dem Haus raus zu kommen. Manchmal narren wir die Nachbarschaft auch, denn ich habe mir ein schwarzes Haarteil zugelegt, dazu noch ein dezenter Dreitagebart und ja, dieser alte Trick funktioniert immer noch, also bekommt meine allein lebende Witwe sogar einige Male im Monat Herrenbesuch! Natürlich fragen die Damen der Nachbarschaft nach, was sie denn wohl anstellen würde, immerhin sieht der Mann sportlich aus, und bleibt einige Zeit bei ihr, ohne dass beide das Haus verlassen würden, um gemeinsam etwas zu unternehmen. Und was haut Sheryl raus, als sie mit einer Nachbarin auf der Veranda vor der Haustüre steht, während ich dann meist flink Richtung Keller verschwunden bin? „Oh, du meinst Angelo? Das ist mein Personaltrainer! Manchmal fahre ich zu ihm und manchmal kommt er zu mir heim. Das kommt auch darauf an, womit er mich quälen möchte." Ich hätte mich bei ihren Worten unten beinahe weggeschmissen vor lachen. Und vermutlich geht bei der Nachbarin da gerade das Kopfkino in alle Richtungen an, manche sicherlich auch nicht gerade stubenrein. Wobei wir nicht ahnen können, dass uns das Lachen bald vergehen dürfte. Denn auch wenn Angelo bestimmt schon drei Jahre zu ihr heim kommt, hat sich wohl niemand daran gestört. Glücklicherweise kennt mich niemand aus meiner 'lebendigen Zeit', denn die Hochzeit war ja sehr spontan und vorher waren wir auch eine Weile nicht mehr zusammen, also keine grosse bleibende Erinnerung oder Vergleichsmöglichkeit zu Angelo. Tja, manchmal steckt der Teufel im Detail!

Deswegen bin ich umso erstaunter, als plötzlich um sechs Uhr morgens mein Handy klingelt und mich echt brutal aus den schönsten Träumen reisst! Ja, neben Sheryl im Bett habe ich kaum noch Albträume. Meist reicht es wenn sie mir ihre Hand auf den Arm legt, damit ich wieder ruhiger werde. Ich nehme das Gespräch also an und höre eine ersten Stimme von Dr. Walker: „Nathan, ich habe keine Ahnung warum ausgerechnet jetzt, aber hier geht das Gerücht herum jemand würde wissen wer hinter Angelo steckt, auch wenn es sich total verrückt anhören würde! Sie möchten sogar so weit gehen den Sarg zu öffnen!" Mir läuft es kalt über den Rücken und ich stehe leise auf, weil mein Schatz gerade wieder eingeschlafen ist. Ein Glück, wenn auch ungewohnt, weil sie weiss um die Zeit ruft kaum jemand an, schon gar nicht mich. Vermutlich ist sie einfach noch zu sehr geschafft von gestern, wo sie das Haus aussen für Halloween geschmückt hat. Innen habe ich ihr dann tatkräftig mithelfen können. „Aber wie kommt da jemand drauf? Es wusste doch niemand ausser ihnen und mir, und Sheryl, aber sie würde nichts sagen, dass weiss ich." - „Es heisst sie wären mit Sheryl durch den Park gejoggt, über den sie eine neue Drohne fliegen gelassen hatten, mit dem Prototypen eines neuen Gesichtserkennungsprogramms. Seit wann entwickeln die Drohnen, das ist mir vollkommen neu... Auf jeden Fall hat das Teil eine Fehlermeldung raus geschossen, die sie beim

Auswerten der Daten dann entdeckt haben, ein Match mit ihrer Army-Akte! Die Drohne konnte damit nichts anfangen, da sie ja verstorben sind und hat daraus einen Fehler modifiziert", versucht Dr. Walker es mir zu erklären, „vermutlich beginnen sie bald damit Sheryls Haus zu überwachen, sie sollten also besser von dort verschwinden. Wissen sie was für ein Tag heute ist?" Ich überlege kurz laut: „Der 31. Oktober 1989, in Deutschland wird der Reformationstag gefeiert, hier auch Halloween. Das ist es! Ich brauche möglichst ein Ganzkörperkostüm, was weit weg vom Thema Army ist. Ich habe keine Ahnung was, aber ich denke dass dann heute noch ein Paket für Sheryl ankommen dürfte, oder?" - „Ich habe schon eine Idee, es ist zwar sehr massig, aber es passt auf jeden Fall zu ihrer Körpergrösse. Ich regle dass und ja ich lasse es Sheryl per Eilsendung zukommen, Stichwort Clownkostüm", gibt sie mir auch gleich ein Stichwort, so dass ich weiss dass alles in Ordnung ist wenn es genannt wird, denn natürlich ist es ein Mitarbeiter von ihr und kein regulärer Paketbote, selbstredend oder? „Danke, ich bereite mich vor", dann lege ich auf und nur ganz sanft wecke ich Sheryl auf. „Schatz, bitte, werd wach, ich muss dir etwas sagen, es ist wichtig", raune ich ihr ins Ohr und streichle über ihre Wange. Blinzelnd wird meine Schlafmütze wach, sieht meinen Blick und sie schluckt: „Sie haben es bemerkt. Du musst fort." Ich nicke nur leicht und Tränen steigen in ihre Augen. „Es tut mir leid. Sie haben es durch Zufall mit einer neuen Drohne gemerkt. Das Ding hat Angelo und dich beim Joggen aufgespürt und dann Alarm gegeben weil das Gesichtserkennungsprogramm Nathan Nilsen ausgespuckt hat, der nicht mehr lebt. Vermutlich ist doch jemand immer noch hellhöriger durch die Sache in

Teheran. Dr. Walker schickt mir ein Paket durch einen Eilboten. Ein Halloweenkostüm, mit dem ich hoffentlich unbemerkt verschwinden kann." Es tut mir weh ihr das sagen zu müssen, auch wenn wir beide immer wussten, dass es passieren kann. „Ich werde dir ein Handy schicken, mit dem du mich erreichen kannst und erst einmal wieder im Kloster untertauchen. Ich rufe gleich dort an um zu erfahren ob hier einer der Brüder in der Gegend ist." - „Schatz bitte, ich weiss, das hört sich jetzt total verrückt an, aber lass uns bitte noch ein letztes Mal gemeinsam duschen gehen...", haspelt sie hervor und ich weiss genau was sie meint. „Komm, komm mit", raune ich ihr zu, stehe mit ihr auf und wir verschwinden im Badezimmer. Ich sehe die Verzweiflung in ihrem Blick, nehme sie in meine Arme und beginne sie sanft zu streicheln: „Nicht nachdenken, nur spüren, mein Schatz." Maggi schaut kurz um die Ecke, kennt das schon und findet es langweilig, weil sie weiss dass sie nicht mitspielen darf. „Das ist einfacher gesagt als getan, aber ich versuche es, nur einmal noch dich bei mir spüren, bis du mir den Verstand raubst", raunt Sheryl und während meine Handflächen sie streicheln, beuge ich mich halb zu ihr hinunter, hauche kleine Küsse auf ihren Hals, ehe ich leicht dort auch ihre Haut beknabber! Leise seufzt sie wohlig auf: „Du weisst genau was ich liebe..." - „Hmmmmm", nicke ich, knabbere an ihrem Ohr und entlocke ihr damit ein sachtes Stöhnen, was mir selbst einen wohligen Schauer über den Körper rinnen lässt. Meine Fingerspitzen schieben sich unter ihr Schlafshirt, heben es hoch, so dass es auf dem Weg kopfaufwärts ihren Körper umschmeichelt. Sheryl schmiegt sich enger an mich, nachdem sie Arme und Kopf aus dem Shirt gezogen hat, kann meinen kräftigen Herzschlag in der immer noch gut muskulösen Brust hören, während ich das Shirt zu Boden fallen lasse. Langsam wandern ihre Hände über meine Seiten, schieben sich am Rand der Bermudas entlang, ehe sie diese fast schon quälend langsam über meine Oberschenkel pirschen, oh ja, jetzt bin ich es, der leise aufseufzt, denn kaum dass ich die Füsse aus dem Kleidungsstück gezogen habe und gerade stehe, legt sich ihre Hand zielstrebig an meine Mitte und bringt alleine schon dadurch meinen Kopf langsam zum schwirren, und nein, sie kann sicherlich nicht übersehen wie ich darauf reagiere, sehr zielstrebig aufstrebend! „Dusche?" fragt sie leise, klingt dabei schon deutlich erregt. Ich antworte in dem ich sie an der Taille hochhebe, sie ihre Beine um diese schlingen kann und ich dann dafür sorge dass wir zuerst einmal warmes Wasser haben. Die Zeit nutzt Sheryl ihrerseits, um sanft an meinem Ohr zu knabbern, was mir leichte Stromstösse durch den Körper jagt und ich meine Mitte zucken spüre. Noch einmal alle sieben Sinne zusammen raufen und einen Fuss nach dem anderen in die ebenerdige Dusche setzen, um dann die Tür zu schliessen. Doch dann gibt es auch kein Halten mehr! Das Wasser plätschert auf uns hinab, erstickt damit unsere Lustlaute etwas und während mein einer Arm sie festhält, schiebt sich die andere Hand in ihre Mitte, die nun leicht Raum lässt, in Erwartung dessen was sich da zeigt. Ich weiss, dass uns heute nicht viel Zeit bleibt und dennoch schenken wir uns einen letzten Flug! Ich übernehme den Frontalangriff auf ihre kleine Perle und es ist deutlich zu merken dass Sheryl sich da schon kaum unter Kontrolle halten kann. Ihre Arme schlingen sich um meinen Nacken, den Kopf an meinen geschmiegt, keucht sie immer schneller in mein Ohr und ich stöhne selbst wohlig auf! Ihre Mitte zeigt die leidenschaftliche Hitze und es dauert nicht lange, bis ich das Pulsieren spüre, während sich mein Schatz an mir räkelt und aufstöhnend zum ersten Mal an diesem frühen Morgen kommt! Lasse ich ihr viel Zeit sich zu sammeln, nicht unbedingt. Langsam schiebe ich mich in sie hinein, Sheryl quittiert es mit einem lüsternen Stöhnen und beginnt sich noch während ihres Höhepunktes auf mir zu bewegen. Ich stütze mich mit einer Hand ab, denn schon bald merke ich die weichen Knie, aber es ist noch nicht soweit. Wie in Ekstase bewegen wir uns, treiben uns gegenseitig voran. Das Wasser stimuliert zusätzlich die gerade so empfindsame Haut und ich verstecke mein Gesicht an ihrem Hals, ersticke damit zum grössten Teil meine eigenen Lustlaute. Mein Körper erzittert, ich spüre förmlich die Explosion in meinem Kopf und wie ich mich in ihr entleere. Fast mühsam halte ich mich auf den Beinen und sie noch weiter dort auf meinem Schoss, möchte mich noch nicht aus ihr entfernen und für einen Augenblick treiben wir beide dahin, ist sie merklich noch in dem zweiten intensiveren Höhepunkt gefangen. Ich stelle nach ein paar Minuten das Wasser ab, verlasse die Dusche mit zwei grossen Handtüchern und dem Kuschelbündel auf meinem Arm, um hinüber ins Schlafzimmer zu wanken, oh ja, ich habe immer noch weiche Knie! Vorsichtig lege ich mich mit ihr hinunter auf das Bett und erst hier lassen ihre Beine los. Noch einen letzten innigen Moment, ehe sie spüren kann wie es in ihr zu schrumpfen beginnt und ich mich ihr dort langsam entziehe. „Es war unglaublich intensiv, mein Schatz", ihre Augen strahlen mich gerade einfach nur an, noch ist sie nicht fähig klar zu denken, das merke ich. Bei mir selbst setzt die alte Spirale wieder ein und ich gebe ihr einen langen sanften Kuss, ehe sie sich etwas einkuschelt und noch ein wenig weiter träumt.

Grosser Grüner on Tour

Ich stehe leise auf, trockne mich ab und beginne dann meinen Rucksack im Keller zu packen, wo ich meine Sachen habe, damit es im Haus nicht auffällt. Unten hinein kommen Notrationen für sieben Tage, darüber Shirts, Unterhosen, Socken, nachdem ich auch Hosen hinein gepackt habe. Schreibzeug, Handykabel, Solarpanel, wie oft habe ich es schon gemacht, ist es wie ein Automatismus und bald bin ich fertig. In einer Schultertasche wird mein weniges Technikzeugs verpackt. Alles was ich noch übrig habe an Kleidung oder Büchern oder ähnliches, was für den Moment zu viel wäre, verräume ich in einen Karton, klebe ihn zu und einen Aufkleber drauf 'Kloster Kleiderkammer'. Sheryl würde ihn mitnehmen können, immerhin besucht sie die Mönche regelmässig. Sie würden wissen, dass der Karton in meine Kammer gehört. Als ich fertig bin und mich auch in der Zwischenzeit noch angezogen habe, klingelt es an der Haustüre! Ich höre schnelle Schritte, Sheryl eilt aus dem Schlafzimmer hinunter, die Haare noch nass, in einem Bademantel: „Tut mir leid, ich war gerade unter der Dusche. Ist das die Badezimmer-Garnitur?" Sie schaut den Boten und das Paket an, als ob ein Paketbote wüsste was in der Lieferung wäre, klar doch! Er lächelt kopfschüttelnd: „Die Adresse ist von einem Kostümverleih, vielleicht das Clownskostüm für heute Abend?" - „Ach verflixt, stimmt, das hatte ich total schon vergessen, ich dachte das kommt nicht mehr rechtzeitig. Danke schön, dann probiere ich das gleich mal an ob es passt." Schnell unterschreibt sie, schnappt sich das Paket und schliesst die Tür hinter sich, um es mit klopfenden Herzen hinauf zu bringen, wohin ich ihr nach einer kurzen Wartezeit ebenfalls folge, als der Wagen abgefahren ist. Zusammen öffnen wir es und finden eine grosse schwarze Hose, ein ausgefranstes braunes Oberteil in Übergrösse mit absichtlich aufgebrachten Flicken und einige extra verpackte Päckchen. Als ich das Erste öffne finde ich grünes Plastik und nachdem ich es aufgepustet habe, stellt es sich als eine muskelbepackte Männerbrust heraus! Sheryl bekommt sich vor lachen kaum ein: „Ich ahne was das sein könnte..." Ja, so langsam ahne ich das auch, denn das Zweite entpuppt sich nach kräftiger Lungenarbeit als mindestens genauso bepackter Männerrücken, wobei ich in der Innenseite noch einige Polster mehr aufpusten könnte, die ich aber so lasse, denn da passt mein Rucksack hinein! „Mach mir den Hulk, auf die Idee muss man auch erstmal kommen, Dr. Walker ist echt erfinderisch. Ich hatte schon mit Frankenstein gerechnet, weil sie meinte es wäre massig", schmunzel ich vor mich hin, „Ausgerechnet Hulk, der von der Armee gejagt wird und immer auf der Flucht ist. Wenn das mal gut geht." Seufzend nehme ich mir das dritte Päckchen vor, ein flaches, aus dem ich eine Vollmaske für den Kopf hole, mit Wuschelfrisur! Als ich sie überstreife passt es fast perfekt und mir fällt ein, dass wir da mal in weiser Voraussicht einen Scan von meinem Kopf machten, nur für den Notfall, nun, der hatte sich jetzt schon ausgezahlt! „Dann wird Hulk heute die Strassen unsicher machen", nicke ich, sehe auf die Uhr und Sheryl schaut nebenher aus dem Schlafzimmerfenster, wobei sie merklich erzittert, sich aber nur ganz langsam umdreht und auch so langsam in den Raum rein kommt: „Da steht ein schwarzer Jeep direkt auf der gegenüber liegenden Strassenseite und ich bin mir sicher dass da jemand unser Haus beobachtet." Nur ganz nahe an der Wand entlang nähere ich mich dem Fenster, nehme dabei einen ihrer kleinen Spiegel vom Nachttisch und halte ihn vorsichtig so dass ich hinaus schauen kann, ohne direkt gesehen zu werden: „Ja, das ist einer von unseren. Aber sie möchten dich nur nervös machen, einschüchtern, sie wissen nicht dass ich hier bin. Wenn sie sicher wären dass ich hier bin, würden sie sich mit mehreren Wagen einige Häuser entfernt postieren, aber nicht so direkt, denn so würde ich doch niemals freiwillig hervor kommen. Wird wohl trotz allem Zeit sich in Schale zu schmeissen..." Ich hole Rucksack und Tasche, setzte den Backpack auf und darüber die Rückenseite des grünen Riesen, alles gut vorne vor der Brust mit Riemen verzurrt und dann noch die Vorderseite daran befestigt, die noch zusätzlich um die Arme mit einigen Klettbändern fixiert wird. Die Hose angezogen, das Oberteil in XXXXL übergestreift und sogar meine Schultertasche passt noch über Kreuz bei mir, nachdem ich den Riemen auf maximale Länge eingestellt habe! „Hulk reisefertig." Sheryl schaut mich traurig an und schüttelt den Kopf: „Hulk hat noch sein Gesicht vergessen..." Ich taste kurz, oh, Mist, stimmt. „Gleich, zuerst möchte ich mir noch einen Kuss stehlen", und damit schmiegt sie sich auch schon an ihren grossen Hulk, der sich zu ihr neigt und ich geniesse den letzten innigen Moment. Zögerlich löse ich mich von ihr, ziehe die Maske über und seufze: „Jetzt brauche ich nur eine grössere Gruppe erwachsener Begleitpersonen, mit denen ich ein Stück mit schwim-

men kann." - „Da bleibt dir wohl nichts übrig als noch abzuwarten, bis es hier rummeliger wird, jetzt ist es noch zu auffällig", und Sheryl zieht sich auch um, schlüpft in ein hautenges schwarzes bodenlanges Kleid. Daran befestigt sie hinten noch einen Spinnenkragen und schminkt sich die Augen tief schwarz, während die Lippen lüstern rot erstrahlen: „Fertig ist die Schwarze Witwe." Die Worte könnten mehrdeutiger nicht sein. „Sexy, da könnte Hulk nicht widerstehen", raune ich leise, lasse meine Fingerspitzen sanft über ihre Haare gleiten, „Ich gehe besser hinunter in den Keller. Notfalls verschwinde ich hinten raus."
Leise husche ich die Treppen hinunter und dann heisst es warten. Nicht dass ich das aus diversen Einsätzen nicht schon kennen würde, allerdings ist es etwas anderes, als wenn ich hier bei meinem Schatz sitze und befürchten muss dass man mich erwischt. Mittags bringt sie mir noch etwas zu essen, auch abends, aber da bekomme ich es nicht mehr hinunter, zu sehr nagt das Wissen, dass ich bald los muss. Mein Magen fühlt sich an wie ein grosser Knoten.
Also sitze ich dort die Stunden in voller Montur auf einem Hocker, vertrete mir ab und an unten die Füsse, versuche nicht aus der Ruhe zu kommen, während Sheryl oben versucht so ruhig wie nur möglich zu bleiben, was beides ein ziemliches Unterfangen ist.
Die ersten Kinder klingeln bei Anbruch der Dunkelheit, sie sind noch die Jüngsten, müssen auch eher ins Bett und tapfer verteilt mein Schatz den Süsskram, glücklicherweise sieht man es ihr bei der Maske nicht so direkt an. Als die Gruppen grösser werden, klopft sie leise an die obere Kellertür, mein Zeichen, ich komme hinauf. Als die Tür sich gerade wieder hinter ihr geschlossen hat, dreht sie sich um und schaut mich

nervös an, versucht es mir trotz allem so einfach wie möglich zu machen, während Maggi bestimmt spürt dass etwas nicht stimmt, aber durch den Trubel abgelenkt ist. Wieder schellt es und sie öffnet, eine Gruppe Vampire und Zombies, die Miniaturwerwölfe und Teufelchen begleiten. Taschen werden gefüllt und als sie sich umdrehen fängt die Hulk-Flurdeko an sich zu bewegen und ich husche ebenfalls mit hinaus, schliesse mich ihnen an! Auf der anderen Seite kann ich immer noch den schwarzen Jeep sehen, doch unserer Gruppe wird nur ein kurzer Blick zugeworfen, um ihn dann wieder auf Sheryls Haus zu richten.

Ich gelange so ungesehen aus unserer Strasse, hier und da biege ich im Gewusel ab, schliesse mich anderen Gruppen an und es geht weiter. Rein in die U-Bahn, denn durch einen Motorschaden ist der Wagen der Mönche nicht fahrtüchtig. Zu Halloween tummeln sich hier in der U-Bahn eine wilde Mischung an Kostümierten und ich bleibe auch hier soweit unentdeckt. Als letztes noch ein gutes Stück zu Fuss. Vielleicht sind es mittlerweile gut zwei Stunden die ich unterwegs bin, nachdem ich wohl zehn bis zwölf Stunden schon in diesem Kostüm stecke und merke wie ich immer mehr erhitze und mir der Schweiss aus allen Poren schiesst. 'Durchhalten, Marine! Durchhalten!' geht es mir durch den Kopf! Endlich, ich kann das Kloster sehen, allerdings sollte ich in dem Aufzug nicht durch den Haupteingang gehen. Ich verschwinde in einer kleinen Seitenstrasse, entledige mich meines grünen halben Körperkondoms und stopfe Hulk in eine der grossen Mülltonnen, ehe ich sie anzünde, ihr einen kräftigen Stoss gebe und sie so wie ein Flammenwerfer durch die Strasse brettert! Der Wind facht die Flammen an, die das Plastik zerschmelzen lassen, ein böser Halloweenstreich aber auch! Ich selbst bewege mich weiter durch die düsteren Hinterhöfe, bis ich an eine kleine unscheinbare Tür komme, an die ich klopfe. Drinnen sind bald Schritte zu hören und eine Stimme: „Wer ist da?" Ich räuspere mich kurz, ehe ich antworte: „Ein müder, alter Reisender, der Zuflucht braucht." Leise und langsam wird die Tür geöffnet, schaut ein Mönch heraus: „Nathan, Gott sei gedankt, du bist hier." Er öffnet die Tür, lässt mich hinein und schliesst sie schnell wieder, „Du musstest heute eilig aufbrechen, was ist geschehen? Komm erst einmal rein, du sieht völlig durchgeschwitzt aus." Ich erzähle ihm kurz die Vorkommnisse und er schüttelt nur den Kopf: „Eine unglaubliche Sache. Aber hier bist du in Sicherheit. Deine Kammer ist wie immer bereit, nichts wurde verändert. Mach dich doch etwas frisch, ich bringe dir gleich noch etwas hinüber." Er reicht mir den Schlüssel und ich gehe durch die spärlich beleuchteten Gänge, bis ich den Raum erreiche, der schon oft meine Zuflucht war und ab heute wieder ist.

Grüne Augen...

Weitere fünf Jahre sind ins Land gezogen, die ich hier im Kloster verbracht habe, in der Hoffnung Sheryl wieder zu sehen und auch einfach nur Ruhe zu bekommen, denn ausserhalb der Klostermauern würde ich recht schnell der Army in die Fänge fallen, keine guten Aussichten. Ja, ich fühle mich echt wie Hulk, nur dass in mir kein zerstreuter Professor steckt, sondern eine eher uralte zerstreute Seele.

Sheryl, am Anfang kam sie noch ein bis zweimal im Monat vorbei, auch die Kiste brachte sie mit, so dass ich meine Sachen erhielt. Wir gingen meist bei guten Wetter durch den Klostergarten, bei Regen sassen wir in der alten Bibliothek, wenn es niemanden störte, oder in meiner Kammer. Ich merkte deutlich wie die Situation sie belastete und stellte ihr frei, ob sie mich hier weiterhin wiedersehen möchte. Zuerst schien sie davon geschockt zu sein, es nahm sie deutlich mit, doch dann war es wohl ihre Vernunft die sagte, dass es besser wäre sich zurück zu ziehen. Ich wollte keine Trennung, wenn sie es nicht wollte, ich wollte ihr nur ihre Freiheit zurück geben. Das war das letzte Mal vor fast fünf Jahren, dass sie mich hier direkt besuchte.

Mittlerweile ist es wieder Oktober, ich stehe oben auf einem der Dächer, sorge mit Planen, Dachschindeln und Nägeln dafür dass es dicht ist, als ich jemanden in den Klosterhof kommen sehe, eine junge Frau mit einem Jungen an der einen und einem Hund an der anderen Hand bzw Leine, ein gemütlich daher schlendernder King Charles! Sheryl? Ich suche kurz nach Halt, gehe zur Leiter und diese hinunter, was nicht unbemerkt bleibt. Ein erfreutes Bellen ist zu hören und der bunte Hund watschelt auf mich zu! „Maggi, hey!" Eindeutig, es ist Sheryl mit Maggi. Ich gehe langsam auf die Drei zu, knie mich runter und beim rüber kommen kann ich es sehen, dass aus der so flinken ungestümen Hündin mittlerweile ein schon etwas älteres Mädchen geworden ist, die sich nahe in meinen Schoss kuschelt und ich sehe die Hundetränen! „Mein Mädchen, nicht weinen..." Meine Hände streicheln über das Fell und kurz spüre ich die Schwäche in mir.

„Ist alles in Ordnung, Nate? Du bist plötzlich so blass?" ist das Erste, was ich von Sheryl dann höre, die sich neben mich kniet, ihre Hand an meinen Nacken legt. „Mom, wer ist das? Was ist mit dem Mann los?" fragt der Junge, den ich so auf vielleicht vier bis fünf Jahre schätze, welcher sich jetzt zu Maggi kniet und mich aus tiefgrünen Seen anschaut! „Ich weiss nicht, mir ist gerade ziemlich flau geworden", gebe ich leise zu und sehe in ihr Gesicht. Die letzten Jahre haben ihre Spuren hinterlassen, auch die Haare zeigen erste graue Strähnchen. Mir zieht es förmlich das Herz zusammen! „Das ist ein ganz lieber Freund, er hilft den Mönchen hier bei der Arbeit", beantwortet sie die Frage des Jungen und Maggi seufzt leise, schiebt sich an meiner Hand entlang, bis diese an ihren Hinterläufen liegt. Ich versuche mich zusammen zu nehmen, habe heute wohl zu viel Herbstsonne oben auf dem Dach mitbekommen. Dann streife ich mit den Fingern über ihre wohlgeformten Hundehüften, stocke kurz und hebe den Blick zu Sheryl: „Was hat sie da?" Auch sie tastet die Hündin ab und schreckt merklich zusammen: „Das ist auf jeden Fall kein Knochen oder Muskel." - „Sie hat ihnen das genau gezeigt", schaut der Junge mich mit grossen Augen an, doch ich winke nur ab. „Das war nur zufällig, weil sie sich so bewegt hat, da konnte ich es finden." Insgeheim glaube ich zwar nicht an Zufälle, und ja, die Hündin kennt mich genau, weiss dass ich da ein gutes Gespür habe, vermutlich weiss sie mehr über mich als ich selbst. „Ich glaube es ist besser, wenn wir mit Maggi heute noch zur Tierklinik fahren", Sheryl ist sichtlich nervös und ich nicke. „Ja, wenigstens einmal drauf schauen lassen. Du kannst dich ja danach noch melden, was dabei rum gekommen ist." Sie nimmt mich kurz und fast schon schüchtern in den Arm, ehe das Trio viel zu schnell dem Ausgang zustrebt. Ich selbst gehe nachdenklich ins Gebäude, halte mir kurz doch den Rücken, verdammt, mein Untermieter macht wieder Theater, und das wo ich kaum Probleme mit dem Splitter habe. War heute eindeutig zu viel Arbeit.

Einen Monat später bekomme ich einen Brief, geschrieben von Sheryl:

Mein grosser Schatz,
es tut mir leid, alles was passiert ist. Vermutlich habe ich dich damit ziemlich verwirrt. Zu aller erst muss ich mich unbedingt bei dir bedanken, du hast da etwas sehr wichtiges bei Maggi entdeckt. Sie hatte eine Geschwulst am Hinterlauf, ziemlich schnell wachsend und glücklicherweise noch rechtzeitig entdeckt. Die Kleine verdankt dir ihr Leben! Es geht ihr mittlerweile auch wieder richtig gut, so dass wir dich bald wieder besuchen kommen könnten.
Ich habe gemerkt, dass du mir schrecklich gefehlt hast, war den Tag einfach nur von allem verunsichert. Ich hoffe du verzeihst es mir, weil ich so distanziert war. Ich wusste nicht mehr, ob du meine Nähe überhaupt noch möchtest. Ich weiss, manchmal bin ich immer noch echt kompliziert.

Ich denke an dich, Sheryl

Ich sitze auf dem Bett in meiner Kammer und ja, sie hat Recht, sie hatte mich ziemlich verwirrt. Und auch jetzt bin ich mir nicht sicher, ob sie von sich aus den Kontakt sucht, oder ob sie eher möchte dass ich ihn ihr verwehre? Aber wieso sollte ich das machen? Ich verlasse meine Kammer, gehe durch den Klostergarten, versuche in der Novemberluft den Kopf frei zu bekommen. Einerseits vermisst sie mich, traut sich aber nicht, weil sie nicht wusste ob ich ihre Nähe noch möchte. Ich hatte sie doch nie weg gedrängt, ihr nur die Möglichkeit zur Wahl gelassen. Hat sie das anders gesehen? Oh ja, sie kann echt kompliziert sein und ich habe das Gefühl es wäre noch schlimmer geworden. Und ich gebe zu, ich muss immer wieder an den Jungen denken, dieses Grün seiner Augen... Aber ich weiss doch, dass es gar nicht sein kann, nicht möglich ist. Ausserdem hätte sie mir das doch gesagt. Sie hätte keinen Grund es vor mir zu verheimlichen...

Nachdem ich in meine Kammer zurück gekehrt bin, nehme ich das Schreibzeug aus der Schublade hervor, sitze stundenlang mit dem Stift in der Hand davor am Schreibtisch, und weiss nicht was ich schreiben soll! In meinem Kopf schwirrt viel zu viel herum, was ich nicht in Worte fassen kann, was ich nicht einfach so aufs Papier bringe! Herr im Himmel, bitte hilf mir! Wieso ist es nur so schwer??

Ich sehe den Jungen vor mir, wie er über die Wiese im Klosterhof rennt, direkt au mich zu, und in meinen Armen landet!

Da klopft es laut, noch ein zweites Mal, was mich hoch fahren lässt! Ich bin am Schreibtisch eingeschlafen, es war nur ein Traum, und doch hat er so viel gesagt! „Nathanael, ist alles in Ordnung?" höre ich die Stimme eines besorgten Mönchs. Ich stehe auf, gehe zur Tür und öffne sie, sehe immer noch recht zerknautscht aus. „Oh, bist du eingeschlafen? Wir haben uns schon gewundert, weil du nicht zum Mittagessen kommst. Ist alles in Ordnung?" Ich nicke nur leicht: „Ja, gerade am Schreibtisch, nachdem ich den Brief gelesen habe. Ich habe sogar etwas geträumt.

Kennst du dass, wenn in Träumen Antworten erscheinen?" Er sieht mich zuerst fragend an und dann erhellt sich sein Gesicht: „Er hat wieder zu dir gesprochen, in der Sprache die du scheinbar am besten verstehst." Ich bleibe nachdenklich am Fenster stehen: „Wenn ich wüsste, was ich nun am Besten mit seiner Antwort anfangen könnte." Und ich erzähle ihm von dem Brief, von meiner Ahnung, von dem Traum. „Wenn ich mir den Brief so durch lese, hört es sich an wie ein Hilferuf, deinerseits die von ihr ungewollt aufgebaute Distanz zu überwinden, ohne dem Jungen zu sagen dass du sein Vater bist", kommen die Worte leise über die Lippen des Mönchs und ich schaue ihn irritiert an. „Also ist es nicht nur mir aufgefallen?" frage ich deswegen auch nach. „Sheryl sagte, sein Vater wäre Angelo, ihr Fitnesstrainer", spricht er weiter und ich schlucke hart, so dass er nickt, „genau, zuerst haben wir es nicht verstanden was sie meinte, bis sich der Bruder daran erinnerte was du bei deiner letzten Ankunft hier erzählt hast. Und der Junge hat deine grünen Augen." Ich habe mich nicht geirrt! „Aber, wie ist das möglich? Ich dachte ich könnte keine Kinder zeugen. All die Jahre mit Rebecca hat es nie funktionieren wollen. Und bei Sheryl passierte es ausgerechnet an unserem letzten gemeinsamen Tag?" Ich schüttle ziemlich verwirrt den Kopf. „Du musst wissen, es geschieht nichts ohne Grund. Du hast erzählt, dass Rebecca sehr krank wurde, wo wäre das Kind dann geblieben? Bei Sheryl ist dafür gesorgt, und dank eurer Hochzeit ist auch für sie besser gesorgt. Ich kann nicht sagen, warum es dieses Mal so kam, doch ich bin mir sicher, dass er sich dabei etwas gedacht hat." - „Aber, warum hat Sheryl nichts erzählt? Wenn es mein Sohn sein sollte", hake ich nach, bin noch weiter durcheinander, was bei mir schon was heissen soll. „Um dir nicht auch noch die Verantwortung für ihn aufzubürden? Ich kann es nur vermuten, dass sie deswegen nichts gesagt hat. Vielleicht wollte sie auch vermeiden, dass er ebenfalls bei irgendwelchen Tests das Gleiche durchmachen müsste wie es bei dir war, wenn in der Klinik irgendwelche Ergebnisse auffällig wären", versucht er es über die Logik zu erklären, „Doch du kannst dir sicher sein, dass er dein Blut trägt, sie hatte nach dir keinen Partner mehr..." - „Das kann sein, sie hat ja von mir gehört, was sie angestellt haben, und wie soll ein kleines Kind so etwas ertragen? Hat sie nicht?" Ich schlucke hart, spüre kurz auch wieder den Druck am Oberarm und fahre mit der Handfläche darüber, was den Mönch schauen lässt und seine Hand legt sich auf meine: „Es ist alles gut, nur eine alte Erinnerung, Nathanael. Eine von tausenden die du in dir trägst." Ich lasse sie langsam wieder sinken, während ich leicht nicke. „Möchtest du mit mir kommen und noch etwas essen? Es wäre nicht gut zu hungern." Aufmunternd schaut er mich an und ich nicke erneut. Zusammen verlassen wir meine Kammer, gehe in das Speisezimmer... an diesem Tag wird der Brief an Sheryl nicht mehr geschrieben.

Hörnchen...

Und auch an vielen weiteren Tagen nicht. Die Monate ziehen dahin und ich bleibe in den sicheren Klostermauern, auch wenn es ein sehr einfaches Leben bedeutet. Doch vielleicht ist es genau das, was ich gerade brauche, dieses einfache Dasein? Ich bin mir dessen bewusst, dass ich nicht mehr zur Navy – zu

den Marines – zurück kann. Und wenn, dann müssten wohl erst noch gut 25 Jahre ins Land ziehen, demnach nicht vor 2019, im nächsten Jahrtausend. Vermutlich wird es Zeit mir wieder ein neues Leben aufzubauen? Glücklicherweise habe ich über die Jahrhunderte finanziell vorgesorgt und mein Vermögen immer in Etappen von einigen Jahrzehnten auf einen anderen Namen überschrieben. Ich gebe zu, ich musste da immer mal tricksen, aber es funktionierte ansonsten recht gut. Durch Einzahlungen, spätere Vererbungen an mich selbst und dann wieder Anlegung in anderen Sparbüchern gelang es mir so mein Vermögen gut über die Zeit zu retten, dabei noch Zinsen zu bekommen, ohne im offensichtlichen Luxus zu leben, den ich mir ermöglichen könnte. Und mittlerweile habe ich den Dreh raus, in längerfristigen Börsengeschäften zu investieren, wo ich dann auch problemlos mein Geld bekomme sobald es auszahlungskräftig ist.
Ist es Zeit weiter zu ziehen? Innerlich widerstrebt es mir, zu gerne möchte ich wissen wie sich der Junge entwickelt. Und gerade ist auch nicht die beste Zeit, um an einen Aufbruch zu denken, meiner Meinung nach.

Denn nach und nach werden die Nächte länger, die Tage kürzer, die Temperaturen niedriger und die Kleidungsschichten dicker. Die Vorbereitungen im Kloster beginnen, die Mönche sorgen dafür dass die Vorräte ausreichen, ich meinerseits für einen reich gefüllten Kaminholzspeicher. Sie probieren verschiedene Rezepte, ich sitze am Feuer und schnitze. Jeder packt da an, wo er es am besten kann und die Ergebnisse können sich sehen lassen. Und während es immer wieder köstlich durch die Flure duftet, entstehen

kleine Holztiere, Krippen, Pyramiden, Spiele, Knoten-
werk, Buchhüllen aus Leder und manch anderes. Für
mich ist es eine gute Beschäftigung, ohne grosse Verwendung neuester Technik. Ein paar Vorlagen und
Anleitungen habe ich mir ausgedruckt, alles andere ist
einfach nur Handarbeit.

„Nathan, hättest du heute Nachmittag Zeit?" Der Abt
kommt in den kleinen Kellerraum, wo ich mir eine
kleine Werkstatt eingerichtet habe und gerade einen
hölzernen Buchdeckel fertig stelle. „Nathanael, das ist
ein Meisterstück!" Er hebt die Hände an den Kopf,
kann sich kaum beruhigen. „Es ist doch nur der Proto-
typ, nach langer Zeit wollte ich schauen, ob ich es
noch kann", ich schaue fast schon verlegen zu Boden,
„möchten sie es im Basar verkaufen?" Bei meinem
Vorschlag wirft er mir einen entgeisterten Blick zu:
„Einfach so?" Ich nicke und hebe das hölzerne Buch
an, um es ihm zu geben: „Nehmen sie dafür was sie
möchten." Ich würde versuchen noch ein Zweites zu
erstellen. „Sie fragten ob ich heute nachmittag Zeit
hätte. Ja, das habe ich." - „Wir möchten den grossen
Baum für den Hof schlagen und könnten dabei deine
Hilfe gebrauchen. Nur fällen, nicht zerkleinern, er
wird ja aufgestellt und geschmückt." Ich lächle still:
„Die Weihnachtszeit ist wieder da, das Fest rückt immer näher. Und wieder geht ein Jahr zu Ende." - „Ja,
so ist es, dass sechste seit du wieder bei uns bist und
wir sind sehr dankbar für alles." Der Abt klemmt sich
das Buch unter den Arm. „Ich bin dankbar, dass ich
hier sein kann, auch wenn ich in letzter Zeit überlege
ob es Zeit für einen Neuanfang wäre", gebe ich leise
zu. „Nun, die Antwort kannst nur du alleine dir
geben", antwortet er mir mit milder Stimme. „Sagen
sie mir morgen einfach Bescheid, wenn es in den

Wald geht, ich bin dabei", beantworte ich endlich die ungestellte Hilfsanfrage und ernte dafür ein weiteres Lächeln, ehe der Abt wieder geht.

Am nächsten Nachmittag geht es dann los, ausgerüstet mit Axt und Säge und gut angezogen stapfen wir durch den kniehohen Schnee! Tja, Mitte Dezember ist damit wohl zu rechnen und was passt besser zum Baumschlagen? „Dann wollen wir doch mal schauen, welchen wir nehmen", der Abt schaut sich die Bäume an und zeigt auf einen gross und gerade gewachsenen und verschneiten Baum. „Was meinst du, würde der sich gut im Klosterhof machen?" Ich folge seinem Wink und nicke: „Da bin ich mir sicher." Und schon steuere ich darauf zu. Ich versuche ihn etwas vom Schnee zu befreien, doch bleibt er standhaft. „Wunderbar, dann auf in die Schneedusche", und mit kräftigen Axthieben mache ich mich am Stamm zu schaffen, ehe die Ladung Schnee durch die Erschütterung erwartungsgemäss ins Rutschen gerät und ich sie prustend mitbekomme. Leise lachend schüttel ich mir das eisige Zeug aus Nacken und Klamotten, um weiter zu machen. Die Mönche bleiben auf Abstand, um zu schauen in welche Richtung der Baum fallen wird. Es dauert etwas, ehe ein passender Keil heraus getrennt ist und er sich langsam zur Seite neigt, krachend und knirschend fällt! Gerade habe ich mir die Säge genommen, um den Stamm unten etwas zu begradigen, da sehe ich eine Bewegung und aus den Zweigen krabbelt etwas hervor! Im ersten Moment ist es im Schnee kaum zu erkennen, ehe es noch etwas längeres hinter sich her schleift und es sich als Eichhörnchen heraus stellt! Oh verflixt, anscheinend habe ich dem Tier gerade den Schlafbaum unterm Hintern weg geklaut! Es bleibt matt im Schnee liegen und ich knie mich hinunter, nähere mich behutsam dem nassen Ding. Es versucht weder zu flüchten noch zu beissen! „Ist es verletzt?" fragt der Abt, der es auch gesehen hat. Ich nicke: „Ich befürchte es, oder es hat einen Schock, ich weiss es nicht." - „Dann solltest du dich darum kümmern, als Wiedergutmachung. Vielleicht möchte es in den Baum zurück kehren, wenn er aufgestellt ist", antwortet er. Ganz vorsichtig hebe ich es hoch, selbst der nasse Puschel hängt kraftlos hinunter! „Das sieht nicht gut aus", murmle ich und lege es mir auf den Jackenärmel, um es mit dem anderen Arm abzustützen. „Wir kümmern uns zusammen um den Baum und du dich um deinen Schützling, Nathan", beschliesst der Abt kurzerhand und wir machen uns auf den Rückweg, mit Baum und Hörnchen. Im Kloster suche ich mir eine kleine Holzkiste, polstere sie mit Holzspänen und etwas Watte aus und möchte das possierliche Tierchen hinein legen, als es seinen Puschel ganz sachte um mein Hendgelenk schmiegt! „Oh Kleines, das ist keine gute Idee, ich kann dich doch nicht immer bei mir tragen", schmunzel ich, gehe davon aus dass es einfach nur ein Reflex ist und löse den Puschel behutsam. Nächster Versuch, es zuckt und schnattert leise, dreht sich auf den Bauch und versteckt den Kopf etwas am Ärmel meines Pullis! „Du scheinst es ernst zu meinen, hm? Tut mir leid, aber in dem Bett bist du besser aufgehoben." Und damit schiebe ich es vorsichtig in die Holzkiste. Es schnuppert, versucht sich einzukuscheln und fiepst leise vor sich hin. Ist jetzt nicht wahr, oder? Es kann doch nicht sein, dass ein wildes Eichhörnchen Kuscheleinheiten sucht. Erst einmal schaue ich mir den braun-roten Körper an, es scheint noch jung zu sein, schlank und auch der Puschel ist noch etwas schmaler. Als ich auf den Rücken taste, qiekt es auf und erzittert! „Okay, das tat definitiv weh. Ob da was gebrochen ist?" murmle ich wohl eher zu mir selbst, schnappe mir dann das Hörnchenbett inklusive Bewohner und verlasse meine kleine Werkstatt, um bald darauf in der Küche aufzutauchen. „Oh, Nathanael, stellst du uns unseren Gast vor?" lächelt der Mönch, der heute Küchendienst hat und im Wald nicht dabei war. „Das ist der kleine Bruchpilot aus dem Baum. Ich habe die Befürchtung dass der Rücken verletzt ist. Zumindest quiekt es erbärmlich auf, wenn ich darüber streiche", stelle ich das Fellbündel vor, das leicht schnuppert und mit den Ohren zuckt. „Kann es denn die Hinterbeine bewegen?" fragt er nach und schaut sich kurz um, ehe in eine Dose gegriffen wird. „Gute Frage, ich weiss es nicht. Der Puschel kann aber bewegt werden, der hat gerade versucht bei mir Armband zu spielen", grinse ich und schaue zu wie der Mönch eine Rosine Richtung Mäulchen hält. Schnuff, schnupper, der Kopf reckt sich vor, die Vorderpfötchen folgen, ehe auch zaghaft erst die eine und dann die andere Hinterpfote umgesetzt wird. Ein leises Jammern und es lässt davon ab. „Das sieht nicht gut aus, es scheint weh zu tun", besorgt schaut er das Hörnchen an und ich lege meine grosse Handfläche auf den kleinen Rücken, seufze leise. „Na wunderbar, jetzt haben wir unseren Baum und ein verletztes Eichkätzchen. Am besten wäre es, es zu einem Tierarzt zu bringen", überlege ich laut. „Wir sind mitten in den Vorbereitungen, noch zwei Tage bis zum Basar, da kann kaum jemand hier weg und du selbst wohl besser auch nicht, oder?" wirft er nachdenklich ein, während ich leicht gähne, das Baum fällen war doch etwas anstrengend und dazu das warme Fellchen an meiner Hand. „Magst du dich ein paar Tage in deiner Kammer darum kümmern? Schau, ich kann dir etwas warme Milch, Haferflocken und Rosinen geben, vielleicht braucht es nur etwas Erholung und kommt alleine auf die Beine?" Ich kann nicht ahnen, dass er da eine gewisse Vermutung hat, die er aber nicht aussprechen darf. Deswegen nicke ich nur leicht: „Ein Versuch ist es wert." Dann macht er mir eine kleine Flasche Milch und eine Schale mit Haferflocken und Rosinen fertig, die ich vorsichtig zum Puscheltier ins Bett stelle, die Viertelliter-Flasche in der anderen Hand und zurück in die Kammer gehe. Dort drehe ich die Heizung etwas mehr auf, stelle das Holzkistchen auf den Schreibtisch und setze mich auf den Stuhl. Die Schale wird nicht angerührt, die Milch an meinen Fingern auch nicht, die ich anbiete, das sieht wahrlich nicht gut aus. „Wieso bestrafst du ein Eichhörnchen dafür, dass ich den Baum gefällt habe?" Habe ich diese Frage echt laut gestellt? Ja, aber eine Antwort bekomme ich nicht. Ich beobachte das Tierchen, das halb auf der Seite liegt, mich anblinzelt und wieder legt sich meine Hand an den schmalen Körper, während ich meinen Kopf auf die andere Hand neben die Holzkiste lege, wir uns gegenseitig anschauen! Ein wissender Blick ist alles was ich sehe, ehe ich ohne es zu merken einschlummere.

Leise brummelnd wische ich mir über das Gesicht, weil meine Nase juckt. Als es an meiner Wange kitzelt zwinge ich meine Augen auf, liege immer noch ziemlich unbequem neben der Holzkiste, die leer ist! Dafür sitzt ein putzmunteres Hörnchen vor meinem Hals, die Schale vor sich und mampft genüsslich die Haferflocken und Rosinen! Ich richte mich langsam auf, was es kurz zur Seite huschen lässt, während ich mich etwas strecke, mein Rücken sich durch die unbequeme Schlafhaltung etwas verspannt anfühlt. Braune Kulleraugen sehen mir dabei zu, ehe sich eine Rosine geschnappt und frech auf meinen Schoss gesprungen wird, sie nach und nach im Mäulchen verschwindet. „Zutraulich und vorwitzig, unglaublich", murmle ich, freue mich aber darüber dass es dem Eichhörnchen wieder besser geht. Ich öffne die Milchflasche, stippe den Finger ein und halte ihn hin, und schon schluppert die kleine rote Zunge los, das schmeckt! Noch dreimal wiederholt es sich, ehe der Zwerg sich auf meinem Schoss ausgiebig putzt und mich anblinzelt. „Und nun?" fragend schaue ich es an, dass gerade einen etwas müden Eindruck mach; futtern und putzen ist wohl Anstrengung genug für den Moment. Etwas zögerlich kuschelt sich das Pelztier auf meinem Schoss zusammen, was mir einen irritierten bis hilflosen Blick entlockt! Na toll! Babysitter für ein schlummerndes Hörnchen? Ich lege es vorsichtig ins Holzbett, nehme die reichlich geleerte Schale und die Milchflasche, um meine Kammer zu verlassen.

Tja, die nächsten Tage habe ich meist einen kleinen Begleiter, entweder auf dem Arm oder auf der Schulter, wo es sich alles genau anschaut, an mir herum turnt und nur ab und an mal alleine über den Boden flitzt, wobei wohl jeder etwas mit schaut wo es sicher herum treibt, es stellt ja nichts grosses an. Als ich während des Weihnachtsbasars um den mit Strohsternen und elektrischen Kerzen geschmückten Baum draussen unterwegs bin, merke ich es in meiner Jacke! Eingerollt in der Innentasche! Der Trubel ist wohl etwas zu viel und da drinnen hat es Ruhe, nur wenn es drum herum etwas lauter wird, spüre ich das leichte Herzklopfen oder ein kurzes Erzittern. Ich selbst streife über das Gelände, schaue mir die Besucher an, die strahlenden Kinderaugen, als sie sich von dem Baum einen Strohstern abnehmen oder ein Holzspielzeug aussuchen dürfen! Das Holzbuch ist als erster Platz in der Tombola gelandet, deren Erlös dem Kloster zufliesst, um davon wieder etwas in Stand setzen, oder auch in der Gemeindearbeit anwenden zu können. Die Lose werden gut verkauft und als um 17 Uhr die Ziehung beginnen soll, liegen noch zwei Lose in dem kleinen Eimer. Ich überlege nicht lange, werfe einen Schein hinein und nehme die Lose heraus, als sie mir angeboten werden. 28 und 52 sind meine Zahlen, mal schauen was es wird. Mit einem Becher Glühwein bewaffnet stelle ich mich zu den Anderen und es geht los! Auf einem langen Tisch sind die Preise aufgebaut, allerdings ohne Nummern. Es wird einfach ein Teil genommen, eine Nummer gezogen und schon wechselt es seinen Besitzer. Auch die Nummern folgen entsprechend durcheinander, was die Spannung hält! So verschwinden ein paar weitere Holzarbeiten, Knotenbänder, Minikrippen, Buchhüllen, Pyramiden, aus meiner Herstellung vom Tisch, zur Freude ihrer neuen Besitzer. Auch Gläser mit Konfitüren, anderen Aufstrichen, verschiedene Plätzchentüten und andere Leckereien aus der Klosterküche werden verteilt, ehe ich es höre: „28!" Ich schaue noch einmal auf mein Los, dann nach vorne und hebe leicht die Hand, was den Mönch nicken lässt, der wenig später mit einem ca vier Zentimeter dicken flachen Päckchen zu mir kommt und es mir gibt. Ich bin in dem Moment zwar neugierig, packe es aber später erst aus und finde darin wunderschönes Büttenschreibpapier und Umschläge. Weitere Preise finden ihren Weg, nun stehen noch ein paar kleine Papiertüten auf dem Tisch und mein Buch, was gerade zur Hand genommen wird! „52!" Ungläubig sehe ich auf das Los in meiner Hand und dann nach vorne. „Wer hat die 52?" fragt der Mönch nach, ehe sein Blick fragend auf meinem Gesicht hängen bleibt und ich nur nicke, was ihn leise lachen lässt, „Nicht so schüchtern." Und er bringt mir ein Buch... Anscheinend ist es nicht dazu bestimmt, das Kloster ohne mich zu verlassen.

Last Farewell??

Die Zeit zieht vorüber, wieder liegt Schnee, früh morgens ruft die Glocke, es ist der 24. Dezember 1994. Ein weiteres Jahr ist vergangen, der Weihnachtsbasar für dieses Jahr auch schon vorbei und ja, hin und wieder hoppelte übers Jahr ein Eichhörnchen hier durch den Klosterhof, huschte auch innen die Gänge entlang, bis es irgendwann zu zweit auftauchte! Das war der letzte Besuch, ehe Familie Hörnchen sich verabschiedete, in ein neues Leben, mit hoffentlich viel Nachwuchs.

Wir beginnen den Tag wie immer mit einem gemeinsamen Gebet, Frühstück, um dann die übliche Arbeit aufzunehmen. Ich schippe mich durch den Schnee, damit niemand auf den Wegen darauf ins Rutschen kommen könnte. Danach gehe ich wieder in meine kleine Werkstatt, nehme mir ein grosses Stück Holz und überlege was ich daraus machen könnte. Noch habe ich keine Idee, sitze etwas träumend dort, als es an der Tür klopft! Ein Mönch steckt den Kopf herein und lächelt: „Was wird es heute? Du hast Besuch." Fragend schaue ich zu ihm hinüber, stehe auf und lege dabei Holz und Werkzeug beiseite: „Ich weiss es noch nicht. Besuch?" Jetzt bin ich eindeutig neugierig, das habe ich mir über die Jahrhunderte erhalten und zusammen gehen wir durch die Kellergänge, ehe ich oben eine dunkelhaarige Frau entdecke, zusammen mit einer Brünetten und einem bunten Hund! Letzerer schaut auch gleich in meine Richtung und bellt leise freudig auf, so dass Sheryl die Leine einfach los lässt und Maggi flink zu mir gewuselt kommt! „Mein Mädchen, dir geht es wieder richtig gut!" begrüsse ich sie, hebe die Cavalier-Hündin auf den Arm und werde stürmisch von ihr beschnuppert und bepfotet. Mein Blick fällt auf die Narbe, die noch von der OP zeugt, die sie hatte, aber ich merke auch dass es ihr gut geht, sie ist viel agiler als bei unserem letzten Zusammentreffen, wo sie mir eher entgegen watschelte! Jetzt is sie wieder so flink, wie sie es ihrem Alter entsprechend sein kann und lebenslustig bis in die kleinste Locke! Oh ja, ich werde sie vermissen, wenn sich unsere Wege trennen. Den Gedanken trage ich ja schon seit einem Jahr mit mir herum, doch noch habe ich keine Vorkehrungen getroffen. Möchte ich tatsächlich den Rest meines Lebens in diesem Kloster verbringen, um Sheryl, dem Jungen und auch Maggi nahe bleiben zu können? Würde ich dieses Opfer bringen, in dem Wissen, dass sie irgendwann nicht mehr leben würden und ich dann weiter ziehen könnte? Oder würde es sich noch anders entwickeln? Dr. Walker und Sheryl kommen ebenfalls zu mir, die Ärztin hält ein kleines Geschenkpaket in der Hand. „Hallo Nathan", Sheryl schaut mich schüchtern an und ich frage mich ob sie meinen Brief gar nicht bekommen hat. Ja, nachdem ich beim Weihnachtsbasar im letzten

Jahr das Briefpapier in der Tombola gewann, hatte ich mich zu Silvester endlich hingesetzt und ihr einen Brief geschrieben. Vermutlich war da auch zu viel von dem guten Rotwein der Mönche Schuld dran und als ich ihn mir im nüchternen Zustand am nächsten Tag durchlas, wollte ich ihn am liebsten zerreissen, doch dann setzte ich noch ein entsprechendes P.S. drunter, schob ihn in den Umschlag und klebte ihn zu, um ihn dann in die Hauspost zu legen, die einmal am Tag hier abgeholt wurde. Ja, ich dachte mir in dem Punkt, Besoffene und kleine Kinder sagten immer die Wahrheit, also entsprachen auch meine Worte selbiger und es wäre falsch ihn nicht abzuschicken.

Dr. Walker geht ein Stück beiseite, unterhält sich mit dem Mönch, der mich hinauf geholt hat, während Sheryl und ich den Flur entlang gehen, sie sich immer noch nicht aus ihrer Haut traut, weswegen ich die Initiative ergreife, stehen bleibe und sie fragend anschaue, um dann nur leise nach zu fragen: „Hast du Anfang des Jahres meinen Brief bekommen?" Zuerst schaut sie unsicher, ehe ein schnelles Nicken folgt, sie sich räuspert und endlich zu reden beginnt: „Ja, er ist in der ersten Januarwoche angekommen und ich wusste nicht was ich denken sollte. Der Brief war so wirr, durcheinander, schmerzvoll, und doch auch wieder so liebevoll und sehnsüchtig. Und du hast Recht, es war nicht richtig es dir nicht zu sagen. Ich war in der Zeit vollkommen überfordert. Denn ausser dir kam ich keinem anderen Mann so nahe, deswegen wusste ich dass nur du der Vater sein kannst. Aber du hattest immer gesagt es könne nichts passieren und es war auch vorher nie was geschehen. Ich hatte nie verhütet und dann ausgerechnet an unserem letzten gemeinsamen Tag, bei einem Halloween-Quickie unter der Dusche? Ich konnte es nicht glauben, habe die ersten Monate gedacht meine Hormone würden durch die ganzen Umstände verrückt spielen. Vermutlich habe ich auch deswegen widerwillig zugestimmt, als du mich hier von den Besuchen quasi entbunden hast. Ich dachte, wenn ich wieder mehr Ruhe bekomme, dann pendelt es sich alles wieder ein. Naja, dem war dann nicht so, meine Waage und Kleidung sprachen Bände und so konnte ich auch nicht mehr zu dir, es hätte nur Fragen aufgeworfen", sie schluckt hart und senkt den Blick, so dass ich meine Hand unter ihr Kinn lege, damit sie mich wieder anschaut. „Du weisst jetzt aber auch, dass ich dir da nie Probleme machen werde. Ich werde mich unserem Sohn nicht offenbahren, um ihn nicht zu verwirren. Ich wünsche mir nur zu erfahren wie es ihm geht und ob sich bei ihm auch Besonderheiten zeigen. Ich werde dich und ihn weiter finanziell unterstützen, damit es euch gut geht", schaue ich ihr tief in die Augen, diese braunen Rehaugen, die ich oft so vermisse. „Ich weiss, ich finde ja jeden Monat eine Überweisung von Bruder Franziskus auf dem Kontoauszug und weiss von wem das Geld ist und dafür danke ich dir. Bis jetzt konnte ich noch keine Besonderheiten bei ihm sehen, nur dass er keinerlei Erkältung oder ähnliches anschleppt, vielleicht hat er auch eine gute Regeneration. Aber nicht sonderlich auffällig, kleine Kratzer oder aufgerubbelte Knie heilen nicht schneller", sie lächelt endlich etwas, streift Maggi durch das Fell, die noch immer auf meinem Arm kuschelt. Nachdenklich gehe ich weiter, atme merklich durch: „Sheryl, ich spiele seit einem Jahr mit dem Gedanken weiter zu ziehen, doch sträubt es sich in mir, weil ich euch drei nicht alleine lassen möchte." Ehrliche Worte, die da über meine Lippen kommen und sie blinzeln lassen: „Das ist sehr selbstlos von dir und ich danke dir dafür. Ja, das hattest du in dem Brief schon erwähnt. Aber Nate, meinst du, dass es die richtige Entscheidung für dich ist, dich hier im Kloster zu verstecken um uns nahe zu bleiben, für die nächsten sechzig bis achtzig Jahre? Was ist wenn du immer nur der stille Beobachter bleiben musst, weil die Army nicht locker lässt? Möchtest du dir das wirklich antun?" Jetzt bin ich es der hart den Kloss im Hals hinunter schluckt: „Ich weiss es nicht, ich weiss es wirklich nicht..." - „Wohin würde es dich ziehen?" Sie legt mir ihre schmale Hand an die Wange und schaut zu mir hoch. „Nach Alaska, einfach nur in die Ferne, wo kaum einer hin möchte, Schlittenhunde züchten, das einfache Leben dort geniessen, und irgendwann weiter ziehen", antworte ich ihr leise. „Dann mach es bitte, Nathan. Such dir einen Ort wo du nicht immer auf der Hut sein musst, geniesse dein Leben wie es dort möglich ist, mit dem ruhigen Gewissen, dass ich hinter deiner Entscheidung stehe, denn ich weiss, dass du immer ein ungewöhnliches Leben führen wirst und bin froh, dass ich es eine Weile mit dir teilen durfte. Und mach dir bitte keine Sorgen um uns, du hast schon so viel für uns getan dass wir zurecht kommen." Ich sehe ihr an, dass ihr die Worte schwer fallen, sie mich aber auch nicht hier festhalten möchte. Deswegen nehme ich sie einfach nur in den Arm, soweit es die Kuschelmaus darauf zulässt: „Ich danke dir, Schatz. Du wirst über das Kloster hier immer Kontakt zu mir bekommen, ohne dass du befürchten musst dass die Army mich findet. Und es bedeutet mir sehr viel, dass du diese schwierige Entscheidung unterstützt. Denn ich -naja- es ist bei dir anders, wie es sonst war. Sonst habe ich einfach Briefkontakt gehalten, bis es zu auffällig wurde, musste ihn dann einstellen, aber du kennst mein Geheimnis. Ich denke es ist kein Problem hier über das Kloster auch in Briefkontakt zu bleiben, ohne dass es jemand nachverfolgen kann. Ich möchte dich noch nicht aus meinem Leben verlieren, es wäre doch viel zu früh." Sie würde es merken, mein viel zu schnell schlagendes Herz, dass die Aufregung in mir verrät. Es ist etwas anderes, wenn das Alter mir die Personen entreisst. Aber hier ist es der Umstand, dass ich mich verstecken muss, denn sonst würden sie mich aufspüren und was das bedeutet, dass brauche ich wohl nicht zu erläutern, oder? Wobei mir manchmal schon der verrückte Gedanke kam, dass sie sich doch einfach an mir austoben sollten, bis sie ihren Wissensdurst gestillt hätten, damit ich danach einfach nur mein Leben weiter leben könnte. Ja, ich weiss, ein ziemlich verrückter Gedanke, denn wer könnte mir zusagen, dass sie sich auch an diese Abmachung hielten? Ansonsten könnte ich dann immer noch nach Alaska auswandern. Okay, ja, scary, aber ein Versuch wäre es wert, zu einem hohen Preis, ich weiss. „Nate, was geht dir gerade durch den Kopf, dein Blick gefällt mir nicht", klingt Sheryls Stimme an meine Ohren und ich zucke kurz zusammen, merke erst jetzt dass sie sich von mir gelöst hat und mich forschend anschaut. Ich brauche einen Moment um mich zu sammeln, wische mir leicht mit dem Handballen über die Schläfe und atme durch: „Was ziemlich verrücktes, aber es wäre ein Versuch wert. Ich muss mit Dr. Walker reden, tut mir leid, Sheryl. Vielleicht solltest du vorerst nicht mehr davon erfahren." Ich habe ungerne ein Geheimnis vor ihr, aber ich weiss, dass sie sich unnötig sorgen würde. „Nathan, nein! Alles, aber nicht das!" höre ich ihre fast schon panische Stimme! „Sheryl, bitte, wenn sie ihr Wissen gestillt haben, dann können wir zusammen leben. Dann muss ich nicht mehr flüchten und mich verstecken wie Hulk. Dann können wir eine Familie sein", ich sehe sie flehend an, doch sie schüttelt nur vehement den Kopf. „Wie kannst du nur so naiv sein, Nathan Nilsen, nach allem was du gelernt und erlebt hast, dass du glaubst sie würden dich einfach wieder gehen lassen! Nein, das muss ich nicht miterleben, nicht absichtlich, nicht wie die Maus der Schlange vorgeworfen, ohne Aussicht auf die Freiheit!" Sie dreht sich herum und rennt davon! Ich möchte ihr folgen, doch weiss ich, dass es jetzt nichts bringen würde. Kurz nachdem sie verschwunden ist, fällt ihr wohl noch ein dass Maggi immer noch auf meinem Arm schlummert und Dr. Walker biegt um die Ecke, wo ich mit der Hundedame stehe, sie sanft kraule und mein Blick sich durch eines der Fenster hinaus verliert. „Ich habe keine Ahnung was sie ihr gesagt haben, um sie so aus der Fassung zu bringen, aber es wäre vermutlich besser wenn ich es wüsste?" Die brünette Navy-Ärztin schaut mich forschend an und ja, ich erzähle ihr von meiner verrückten Idee. „Heillige Scheisse, Nathan! Da ist nicht ihr Ernst! Wer soll das denn machen, ohne dass sie wieder wie eine Laborratte in der Falle sitzen?" Die Ärztin sieht mich aufgebracht an und kann problemlos nachvollziehen, wieso Sheryl weinend davon gerannt ist, vorerst einfach nur hinein, ohne Maggi würde sie auch nicht gehen. „Sie werden die Tests machen, niemand sonst", nicke ich ihr zu. „Nathan, bitte, seien sie vernünftig, die werden sie nie wieder gehen lassen, wenn sie sie einmal in den Fingern haben!" versucht die mir ins Gewissen zu reden, aber ich schüttel nur den Kopf. „Die Army wird mich am 1.1.2000 abholen können, aus Alaska, ohne dass Sheryl es mitbekommt. Sie werden die Tests leiten, und darauf achten dass sie meinem Hals nicht zu nahe kommen, und dann werde ich wieder nach Alaska verschwinden. Sheryl wird nichts davon erfahren. Für sie ist es besser wenn ich die USA verlasse." - „Aber, wenn sie eh nicht mehr zu ihr zurück kehren möchten, wieso dann die Tests?" Dr. Walker schaut mich nun doch etwas verwirrt an. „Ich bin einfach müde, ich möchte nicht immer weg laufen..." kommt es leise von mir, „...und mein Aufenthalt hier im Kloster ist nichts anderes..." - „Okay, wir setzen ein Schriftstück auf, in dem sie wie in einer Verfügung eintragen was mit ihnen angestellt werden darf und ich werde die Einhaltung überwachen", die Ärztin hört sich immer noch nicht begeistert an, aber dass scheint ein noch vertretbarer Weg zu sein. Davon abbringen würde sie mich wohl nicht mehr. Ich nicke und schmiege mein Gesicht an Maggis warmes Fell: „Wir werden uns vermutlich nicht mehr wiedersehen, mein Schatz. Ich bin für jede Sekunde dankbar, die wir gemeinsam verbringen konnten." Maggi blinzelt, hebt das Gesicht an und ihre weichen Lefzen schmiegen sich an meine Wange, ehe sie leise winselt, sie spürt es zu genau, da bin ich mir sicher. „Wie gerne würde ich dich ewig bei mir haben, mein Mädchen", raune ich in ihr Ohr, während meine Hand sanft auf ihrem Rücken liegt. Dr. Walker hat schweigend daneben gestanden, schluckt merklich: „Es ist nicht immer einfach, oder? Mit dem Wissen zu leben dass alle gehen müssen die sie lieben und sie leben weiter?" Ich schüttel den Kopf: „Es kann grausam sein, auch wenn ich ein interessantes Leben führe, aber ich komme mit den Verlusten dabei nur schwer zurecht." - „Ich hole

Sheryl und sage ihr dass sie nach Alaska gehen, alles andere verschweige ich. Sie wird nichts von mir erfahren", Dr. Walker geht langsam davon und es dauert eine Weile, bis beide Frauen wieder zu mir kommen. Maggi geniesst die Zeit mit mir, schmiegt sich eng an meinen Hals. „Du wirst fliegen? Wirst du zurück kommen?" fragt Sheryl leise und ich belüge sie zum ersten Mal indem ich den Kopf schüttle. „Es ist besser so, glaube es mir. Es wird nicht anders funktionieren, nicht ohne dich in Schwierigkeiten zu bringen." Ich gebe ihr Maggi langsam hinüber, die leise winselt und hauche meinem Schatz einen letzten Kuss auf die Schläfe: „Es tut mir leid, Sheryl..." Langsam gehe ich.

Alaska 2000

„Okay Shane, ich weiss sie in guten Händen, dass ist mir viel wert. Schau dass Shiloh immer genug Bewegung und die Spitzenposition bekommt, dann sollte es keine Probleme geben", ich gebe noch die letzten Tipps weiter, der junge Mann vor mir nickt, dann macht er sich mit dem Hundehänger hinter dem Eismobil auf den Heimweg. Er weiss, dass ich die Eigenarten der Tiere am besten kenne, sie ihm im einzelnen notiert habe, so dass er sie entsprechend einsetzen kann, ohne dass es zu Zicken- oder Rivalitätsreaktionen kommen dürfte. Manchen der Huskies und Malamuts habe ich mit der Flasche aufgezogen, als die Mütter es nicht überlebten und es ist nicht einfach sie jetzt davon fahren zu sehen.
Minus 17 Grad, der eisige Wind pfeift um die Häuserecken und wer hier nicht entsprechend gekleidet ist, endet schnell als überdimensionales Tiefkühlprodukt.

Ich habe die kleine Hütte verkauft, in der ich die letzten Jahre am Randbezirk von Anchorage in Alaska wohnte. Die letzte Nacht werde ich in einem Hotel verbringen. Meine Sachen sind schon unterwegs, es ist nicht viel, das meiste trage ich wieder in einem stabilen Rucksack und einer grössen Tasche bei mir. Alles andere wird als Paket im Kloster ankommen, was ich auf dem Rückflug nicht gerade bei mir haben möchte. Zwei Stunden verbringe ich damit, noch ein paar Worte mit einigen Bekannten zu wechseln, dann ziehe ich mich ins Zimmer zurück. Heute ist der 31. Dezember 1999! Nachdem es kurz vor Weihnachten noch einmal kräftig Neuschnee gab, ist nun nur noch eine recht dürftige Schicht davon über, wenn auch nicht zu unterschätzen, immerhin sind die Temperaturen hier immer um einiges tiefer. Ich möchte die Zeit hier am Potter Heights Drive nicht missen, auch wenn es direkt im Ortskern von Anchorage sicher komfortabler wäre, doch ich habe ja die Ruhe und Abgeschiedenheit gesucht und am Potter Creek gefunden. Dort erblickten einige der schönsten Hundeseelen das Licht der Welt, treiben sich mit ihrem Gespannen in der Weite Alaskas herum. Ich selbst bin nun auch wieder unterwegs... Neunzehn Meilen mit einem Umweg über Spenard, um dort besagte Bekannte zu treffen, die mich schliesslich dann letztendlich im Hotel in der Nähe des Merrill Field Flughafens absetzen. Auch hier wird natürlich das neue Jahrtausend erwartet, mit einigem an Schnee weniger als noch dreissig Minuten entfernt in Potters, aber um ehrlich zu sein interessiert mich das nicht. Mein Flug geht um kurz vor Mitternacht, schlafen werde ich auf dem Weg, wenigstens etwas dösen soweit ich das hinbekomme, was wohl trotz allem nicht einfach werden dürfte, der Kopf ist

208

zu unruhig.

Ich trage die übliche Arbeitsuniform, als ich am Merrill Airport ankomme, doch dort mache ich nicht Halt. Mein Magen krampft sich leicht zusammen, ist es wirklich das Richtige? Oder wäre es besser einfach zu verschwinden? Die Träume der letzten Nächte waren nicht gerade aufschlussreich, auch wenn ich auf die Antwort darin gehofft hatte, nichts. Ich schaue auf die Uhr, es ist gerade 23 Uhr Ortszeit. Den Rucksack auf dem Rücken, die andere Tasche an der linken Hand, erreiche ich die hinter dem Merrill liegende Elmendorf Air Force Basis. Kontrolle am Gate, Sicherheitscheck, ein langer Blick des Guards auf das Display: „Leutnant, ihr Direktflug geht von Gate 1 aus, auf Anordnung von Commander Hornthrope." Ich nicke, gehe zu dem Detektor: „Nicht wundern wenn er anschlägt, ich trage eine kleine Erinnerung im Rücken mit mir herum." Zwei Schritte, ich bin durch, das Gerät bleibt stumm! Der Guard und ich sehen uns beide fragend an, eine Erklärung findet sich nicht. „Anscheinend nicht gross genug, um hier für Aufmerksamkeit zu sorgen", lächelt er mich knapp an, während ich die im Korb abgelegten Gegenstände wieder einstecke und dann weiter gehe. Gate 1, der Commander scheint sicher gehen zu wollen dass auch alles glatt läuft. Immer noch bleibt die Frage in meinem Kopf, wieso der Metalldetektor nichts gemeldet hat. Im Wartebereich nehme ich mir einen angebotenen Kaffee, setze mich und hänge meinen Gedanken nach. „Leutnant Nilsen?" Eine Stimme klingt zu mir durch, mein Blick hebt sich, vor mir steht ein noch ziemlich junger Mann in Uniform, laut Abzeichen am untersten Ende der Rangfolge, was für mich aber nicht ausschlaggebend ist, jeder fängt irgendwo klein an. „Ja", nicke ich und er bringt mich zu einer Tür, dahinter erwartet mich einer der kleinen Flieger, dessen Einstiegstür sich bald darauf hinter mir schliesst. Es ist soweit. Nun erwarten mich achteinhalb Stunden Flug, inklusive Tankstopp, glücklicherweise sind die Militärflüge nicht ganz so langsam wie die Linienverbindungen. Ausser mir gibt es noch vier weitere Passagiere, wobei ich da eher die Vermutung habe es könnte sich um getarntes Sicherheitspersonal handeln, um zu verhindern dass ich es mir noch anders überlegen würde. Paranoides Denken, oder nicht, dass sei dahin gestellt. Doch wenn der Commander mich schon von der Eins abholen lässt, wäre ihm diese zusätzliche Absicherung auch noch zuzutrauen. Ich sitze gelassen auf meinem Platz, auch wenn es innerlich anders aussieht, aber das würde keiner erkennen können. Wir Marines sind darauf trainiert unsere Kontrolle zu behalten, in jeglicher Situation, und da ist dieser Moment hier doch eine Kleinigkeit. Also geniessen wir doch einfach nur den Flug, schliessen die Augen nach einer Weile und lassen die Herren in dem Glauben ein tiefes Nickerchen zu halten. „Der Commander muss grosse Stücke auf den Leutnant halten, wenn er ihm die Maschine hier schickt", höre ich nach einer ganzen Weile leise die Stimme des einen der Vier, ehe ein Anderer antwortet, „Er soll ihm mal in Beirut den Arsch gerettet haben." - „Du meinst dass ist er? Aber hiess es nicht er wäre verstorben?" - „Ja, das soll er sein, vermutlich war es nur eine Tarn-Beerdigung, kennst das doch wenn sie jemanden für einen Weile aus der Schusslinie haben wollen. Verstorben, Zeugenschutz, aus die Maus." Innerlich muss ich darüber grinsen, über was die Herren sich da den Kopf zerbrechen, äusserlich ist nichts davon zu erkennen.

210

„Leutnant Nilsen, Sir", höre ich eine freundliche Stimme und zucke kurz zusammen, ich bin tatsächlich doch noch richtig eingeschlafen! „Ja", ich sehe mich um, meine Begleiter hatten in der Zwischenzeit wohl die gleiche Idee, sitzen etwas eingemummelt in den Sitzen und schlummern. „Möchten sie einen Imbiss?" fragt mich die hübsche Flugbegleiterin und ich schüttel lächelnd den Kopf, nachdem ich einen kurzen Blick auf die Uhr geworfen habe: „Danke, nein, wir sind ja fast schon da." Ich lasse mir die Überraschung nicht anmerken, dass ich den Flug inklusive der Landung und einem Start fast komplett verschlafen habe. Na, so würde ich wenigstens tagsüber kein Tief bekommen, wegen dem fehlenden Nachtschlaf. „Darf ich ihnen wenigstens etwas zu trinken bringen, Leutnant?", fragt sie doch etwas besorgt schauend nach, immerhin habe ich die ganze Zeit nichts zu mir genommen. „Gerne, ein Wasser, aber die Flasche bitte erst hier öffnen, danke." Ja, ich bin da ab und an etwas eigen, kann mich noch gut an den Whiskey vom Commander erinnern und an die Zeit danach. „Gerne", damit huscht sie auch schon davon, kommt wenig später mit einer kleinen Wasserflasche und einem Glas auf dem Tablett zurück, öffnet die Flasche frisch bei mir und giesst es auch erst bei mir am Platz ein: „Bitte sehr." Ein freundliches Lächeln folgt und sie geht wieder davon. Mein Magen könnte schon einen kleinen Snack gebrauchen, aber mit dem Wasser komme ich auch noch etwas über die Runden. Es verreibt nach und nach die Müdigkeit und das matte Gefühl im Körper, durch die recht bewegungslosen Stunden und als die Maschine landet fühle ich mich wieder erstaunlich frisch.

Im Hangar werde ich von Dr. Walker und Commander Hornthrope empfangen! „Leutnant, schön dass sie da sind. Ich hoffe sie hatten einen guten Flug. Sie sehen erholt aus, Alaska scheint ihnen gut zuzusagen"; begrüsst mich der Commander, nachdem ich kurz und knapp vor ihm salutiert habe. „Danke der Nachfrage, es war ein sehr ruhiger Flug und ja, ich kann mich nicht beklagen, Alaska ist eine sehr angenehme Ecke. Ich kann mir durchaus vorstellen wieder dorthin zurück zu kehren, wenn mein Besuch hier beendet ist." Womit ich wohl schon deutlich eine gewisse Grenze setze. „Ich bin mir sicher, dass sie das auch können, wir freuen uns über ihre Mithilfe an unserem Projekt", Commander Hornthrope wirft mir einen vielsagenden Blick zu, den ich zwar sehe aber augenscheinlich ignoriere, um mich der Navy-Ärztin zuzuwenden, die mich ebenfalls begrüsst: „Leutnant, schön sie wiederzusehen, auf eine gute Zusammenarbeit." Nein, es muss niemand wissen, dass wir uns durch meine Klosterzeit schon besser kennen. Auch nichts von dem Inhalt des kleinen Geschenks, dass sie mir doch 1996 dorthin mitgebracht hatte. So, die Förmlichkeiten waren erst einmal erledigt, wir gehen zusammen zu einem Humvee, der uns in die Basis bringen würde. Die Fahrt verläuft ruhig, niemand würde auch nur ahnen worum es hier tatsächlich geht.

Fitness und Fisch

„Dies ist ihr Zimmer, Leutnant", Dr. Walker behält die offizielle Form weiter bei, öffnet die Tür zu einem Raum, der einfach eingerichtet ist, Schreibtisch, Schrank, kleiner Esstisch, Bett, Fenster mit Vorhängen. Einzig die Leiste über dem Kopfende des Bettes, wo sich diverse medizinische Anschlüsse befinden, erscheinen etwas ungewöhnlich, zeigen dass es kein normales 'Hotelzimmer' ist, sondern der Bereich der Privatstation des Navy Hospitals. „Ich habe sämtliche Schriftstücke vorbereitet, es fehlen nur noch ihre Angaben und ihre Unterschriften", sie versucht so normal wie möglich zu klingen, doch mittlerweile kenne ich sie gut, erkenne die Nervosität in ihren Augen. „Ich werde sie mir jetzt durchlesen und mich dann melden", nicke ich und nehme ihr die Mappe ab, die sie mir reicht, ehe sie das Zimmer verlässt. Ich packe meine Sachen aus, als wäre es das Normalste auf der Welt, lege manches aber eher in den Nachttisch am Bett statt in den Schrank, dann setze ich mich an den Schreibtisch, lese mir die Schriftstücke durch. Als behandelnde Ärztin ist nur Dr. Walker eingesetzt. Sollte sie unpässlich oder verhindert sein, resultiert daraus eine Pausierung oder Beendigung und damit meine Entlassung aus dem Projekt. Der Zeitraum wurde von mir auf maximal einen Monat ausgelegt, wobei ich da natürlich nicht einschätzen kann was bei mir gemacht wird und welche Pausenzeiten benötigt werden. Vermutlich sollten sich da gewisse Leute genau überlegen was sie mit mir anstellen möchten, um die Pausenzeiten so gering wie nur möglich zu halten. Das Projekt ist ortsgebunden an diese Klinik, was mich beruhigt, auch wenn ein gewisses Misstrauen bleibt. Aber ich habe es mir schlussendlich selbst eingebrockt, oder? Als nächstes finde ich eine leere Seite, auf die ich eintragen soll welche Tests durchgeführt werden dürfen, wobei sich da Dr .Walker durchaus jemanden zur Hilfe holen darf, wenn sie selbst es nicht durchführen kann. Und ja, für einen Moment grübel ich doch etwas, was sie mit mir anstellen dürfen und beginne dann zu schreiben. Auf den nächsten Seiten geht es dann unter anderem um Medikamente, Hilfsmassnahmen und ich streiche jegliche Wiederbelebungsversuche und Medikationen durch, ersetze sie nur durch zwei Worte: *Glukose und Wasser*. Dann setze ich meine Unterschrift darunter und nehme mein Handy hervor. Keine Ahnung ob sie den Raum überwachen, es interessiert mich auch nicht. Ich rufe ein Scanprogramm auf, fotografiere die Seiten und schalte dann mein mobiles Internet an, um alles an eine geschützte Mailadresse zu schicken, ehe ich sie auf dem Handy wieder lösche, es mit einem Code versehe und wieder weg packe. Meine Hand drückt auf den Rufknopf in der Nähe des Schreibtisches, nachdem ich die Papiere ordentlich zusammen gelegt und in die Mappe gepackt habe und es dauert nicht lange, bis Dr. Walker wieder hinein kommt: „Sie sind sicher, dass sie es durchziehen möchten?" Nur eine leise Frage und ich nicke: „Der Commander hat mir die schriftliche Zusage gegeben mich danach zu rehabilitieren, endgültig, und mehr möchte ich gar nicht. Ich möchte nur mein Leben in Ruhe führen können, ohne ewig davon laufen zu müssen." - „Ich hoffe, dass er auch zu seinem Wort steht und habe da meine gewissen Zweifel, ob es nicht eine zu geblümte Sichtweise ihrerseits ist, ich bin da einfach gerade ehrlich", kommt es leise zurück und ich nicke nur noch einmal. „Wir beginnen in zwei Stunden mit einer Grunduntersuchung, die dürften sie ja schon kennen", versucht sie wieder so normal wie möglich zu klingen. Unsere Wege trennen sich, ich gehe schnell noch unter die Dusche, ziehe mir einen dieser sandfarbenen Freizeitanzüge an, und warte dann einfach nur ab, bis ich von ihr wieder abgeholt werde. Sie bringt mich in eines dieser typi-

schen Untersuchungszimmer und es folgt eine Blutab-
nahme, EKG in Ruhe und auf dem Fitnessrad, verschiedene Ultraschalluntersuchungen, wo sie an meiner Wirbelsäule schon genauer hinschaut, aber noch
nichts sagt, ebenso ein Ganzkörperscan und Röntgen-
aufnahmen, wo sie auch meinen Rücken genauer in
Augenschein nimmt, na, was hat sie denn dort entdeckt? Ist der Splitter verrutscht? Ich habe keine Ahnung wie lange es dauert, aber ich beantworte allein in
der Zeit schon ungezählte Fragen zu meinen physischen Besonderheiten. Es ist wohl schon Mittags, als
sie mir eine Pause gönnt, ich endlich etwas essen
kann, denn langsam aber sicher merke ich doch wie
mein Magen nach einer Mahlzeit verlangt. Nachdem
ich mich mit Hühnchen, Gemüse und Reis gestärkt
habe, kommt ein Fitnessteil. Sie möchten meine
physischen Grenzen austesten, also werde ich für das
Monitoring verkabelt, gehe dann aufs Laufband, wo
ich meine imaginären Hallenrunden drehe. Unterbro-
chen werden sie von Liegestütz- und Sit Up-Einhei-
ten, ehe ich weiter laufe. Auch da achte ich nicht gross
auf die Zeit, ziehe das Tempo an wenn sie es sagen,
oder drossel es auch, ehe auch das Intervallraining beendet wird. Ich sehe zwar verschwitzt aus, aber ansonsten geht es mir gut, nur meine Zunge klebt bild-
lich gesehen förmlich fest, ich habe Durst wie eine
Bergziege. Blutprobe, zwei Liter Wasser, später nochmal, um mir dann zu sagen dass ich es für heute geschafft hätte, morgen würde sie mit einem Punkt von
meiner Liste anfangen. Ich bin gespannt, ob sie gleich
in die Vollen gehen, oder mit kleineren Tests anfangen, wobei es fraglich ist, was davon wohl als kleiner
Test gesehen werden könnte. Ein leichtes Abendessen,
ehe ich zu Bett gehe, und wach liege. Nein, ich kann

nicht einschlafen, egal was ich auch versuche, gerade beginnt es in meinem Kopf gedanklich Achterbahn zu fahren. Sind es die ersten Zweifel? Ich kann es nicht genau sagen. Irgendwann gegen zwei Uhr klingel ich, eine Schwester kommt und ich frage sie ob sie wohl so vier oder fünf Täfelchen Traubenzucker hätte. Zuerst schaut sie zwar etwas fragend, bringt mir aber das Gewünschte, sie ist eindeutig noch nicht eingeweiht. Ich gehe wieder zu Bett, nach und nach lasse ich die Dextrose zergehen und ja, nach vier Tafeln kriecht die Müdigkeit erbarmungslos in mir hervor, so dass ich mich nur noch richtig hinlegen brauche und bald darauf tief und fest eingeschlafen bin.

Einer traumlosen Nacht folgt ein frischer Morgen, ich habe wirklich gut geschlafen und begrüsse meinen zweiten Tag hier. Es folgt ein gutes Frühstück auf dem Zimmer, ehe Dr. Walker mich erneut in den Untersuchungsraum holt, wo sie mir einige Ergebnisse zeigt: „Ich bin erstaunt, Leutnant Nilsen. Wir konnten weder bei der ersten, noch bei der zweiten oder dritten Blutprobe eine Anormalie feststellen, auch wenn ihre Messwerte am EKG und am Monitoring schon grosse Differenzen zu den ursprünglichen Normen zeigen. Aber anhand ihrer DNA ist nichts darüber zu erfahren", erklärt sie mir die Ausdrucke und fast schon kann ich da ein spitzbübisches Zwinkern in ihrem Augenwinkel sehen. Entspricht das der Wahrheit, oder hat sie etwas getürkt? Fragen kann ich gerade nicht, also nicke ich nur: „Das ist interessant." - „Das finde ich auch, denn erst einmal reagiert ihr Körper viel langsamer auf Belastungen und erholt sich erheblich schneller davon, erst Recht wenn sie Wasser zu sich nehmen. Wie geht es ihnen heute?" fragt sie nach, misst mir den Blutdruck und ich antworte deswegen auch etwas verzögert: „Mir geht es soweit gut. Nach vier Tafeln Traubenzucker habe ich dann ab zwei Uhr auch gut geschlafen." - „Das kann auch an der massiven Anstrengung liegen, die sie beim Intervalltest hatten", schaut sie mich an und ihre Hand weist nebenher auf eine der Behandlungsliegen, neben der ein komplettes Monitoring steht. „Legen sie sich bitte hin, damit wir sie zur Überwachung anschliessen können, Leutnant. Wie geht es eigentlich ihrem Rücken? Haben sie noch Probleme wegen dem Splitter?" Ich gehe hinüber, zwei Schwestern betreten den Raum und beginnen mich zu verkabeln. „Ich hatte vor ein paar Monaten noch einmal etwas Probleme, aber das lag wohl an der Arbeit auf dem Dach, war eventuell zu viel des Guten. Ansonsten merke ich ihn nicht. Wieso?" Dr. Walker zieht die Augenbrauen etwas hoch, hört interessiert zu und lächelt dann: „Vermutlich war das einfach nur ein Muskel, denn ich konnte gestern weder auf dem Röntgenbild, noch auf einem der Scans den Splitter entdecken, als ob er aus ihrem Körper verschwunden wäre. Hätten sie da eine Erklärung für?" Erstaunt schaue ich sie an, überlege und ja, eventuell fällt mir da was ein, aber in Anwesenheit der Schwestern werde ich es sicherlich nicht komplett sagen, deswegen kommt nur: „Ich denke das hat mit den Brandverletzungen zu tun." Vermutlich würde sie sich jetzt alles zusammen reimen können? Denn bei der Rückenverletzung habe ich überlebt, deswegen konnte der Splitter nicht heraus getrieben werden. Aber bei der Explosion bin ich ja an den Verletzungen verstorben, wenn auch später erst, und da sie so grossflächig waren, fiel es nicht auf, dass da irgendwo ein kleines Metallstück auftauchte, was eigentlich gar nicht ausserhalb sein durfte, weil es in meiner Wirbelsäule steckte und mich doch immer mal ziemlich gequält hatte. Und wenn ich es recht überlege, seitdem ich nach meiner Beerdigung aufwachte, hatte ich auch keine Lähmungserscheinungen mehr in den Beinen. Nur das eine Mal das Ziehen, als ich auf dem Dach war, Sheryl und Maggi und den Jungen traf.

„Möchten sie wissen was ich machen werden?" höre ich Dr. Walker, die schräg neben mir steht und etwas vorbereitet. „Nein, machen sie einfach, ich werde es sicherlich schon merken", antworte ich, atme kurz durch und sehe wie sie sich mit einer Injektion wieder zu mir dreht. „Schwester, sie tragen alles ein was ich ab jetzt diktieren werde", weist sie eine der Beiden an und diese nimmt ein Klemmbrett, nickt ihr zu, ehe meine Armbeuge desinfiziert und die Nadel darin versenkt wird. „9:18 – Gabe von einskommafünf Milligramm TTX intravenös", kommt es dann als erstes, während sie einen Tupfer aufdrückt und die Nadel heraus zieht. Ich spüre das schwammige Gefühl in mir, mein Blick wandert zu ihr hoch. „T-T-", versuche ich zu artikulieren, wobei es sich nur noch schwer lallend anhört, da meine Muskulatur mit ersten Lähmungserscheinungen reagiert! „9:20 – Sprachfähigkeit beinahe ausgeschaltet, vermehrte Lähmung zu beobachten." Ich höre ihre Worte, auch wenn sie mehr und mehr verschwimmt, mein Körper verliert sich und ich krampfe kurz heftig, vermutlich mein Glück dass ich vorhin nicht so übermässig gefrühstück habe, sonst hätte ich ihr jetzt ne ordentliche Schweinerei verpasst! Das Krampfen lässt nach, als meine Atemmuskulatur erschlafft ist, das Gehirn durch die Unterversorgung in Mitleidenschaft gezogen wird und ich kurz darauf mit sicht- und hörbarer Nulllinie dort liegen bleibe! Dr.

Walker schluckt merklich, zwingt ihren Blick zur Uhr: „9:22 – keine messbaren Werte mehr zu verzeichnen." Ich selbst treibe dahin, wohlig weich und geniesse es einfach, mit dem unbewussten Wissen wieder aufzuwachen. Eine Stunde später beginnt die glatte Linie auf dem Monitor plötzlich wieder zu zucken und das Piepsen setzt ein! Stolpernd und nur ganz vage Herzreaktionen, aber ich habe dadurch wieder die gesamte Aufmerksamkeit des anwesenden Personals. „10:22 – erste leichte vereinzelte Ausschläge der Herzfrequenz, Sauerstoffsättigung steigt auf Normalwert", Dr. Walker schaut mir ins Gesicht, wo auch meine Augenlider zucken und es dauert nicht lange, bis der Puls in die Höhe schiesst und ich ebenfalls hoch schrecke, wo sie mich ausbremst und festhält: „Ruhig Blut, Leutnant, alles ist gut." Ich sehe mich kurz unsicher um, erkenne das Zimmer und lasse mich auf die Liege sinken. „TTX... Fugo? Gemeines Zeug", kann sie mich leise murmeln hören, und langsam beruhigt sich mein Puls wieder, auch wenn der Herzrhythmus noch durcheinander ist. „Fugo, genau. Wie fühlte es sich an?" Die Frage erinnert mich fast an Rebecca, die auch immer fragte wie es sich anfühlte, wenn ich wach wurde und ich muss kurz überlegen, ehe ich antworte: „Kurz wie betrunken, weil ich die Kontrolle verlor, dann als ob sich ein Elefant auf meine Lunge setzen würde, ich bekam keine Luft mehr und dann wurde es ruhig um mich." Ich versuche es ihr so gut es geht zu erklären. „10:25 – Bewusstsein im vollem Umfang wieder erlangt, ansprechbar, Herzschläge noch unregelmässig. Wie wäre es mit Wasser?" Darauf lächel ich nur leicht: „Gute Idee." Den beiden Schwestern ist es anzusehen, dass sie mit der Situation gerade vollkommen überfordert sind, denn fast verschüttet die eine das Wasser, während der anderen beim schreiben so die Hand zittert, dass der Kuli zu Boden fällt und sie ihn hastig aufhebt. „Es ist alles in Ordnung. Soll ich die Tests besser alleine weiter führen?" fragt Dr. Walker beide und sie schauen betreten zu Boden, ehe ein Nicken zu sehen ist, auch wenn sie befürchten jetzt ihren Job zu verlieren. „Kein Problem. Hiermit entbinde ich sie beide von diesem Projekt. Denken sie allerdings auch an ihre Schweigepflichtserklärung. Sie brauchen keine beruflichen Konsequenzen erwarten, solange sie sich auch weiter daran halten." Die beiden Frauen verlassen den Raum und ich stelle das Glas beiseite, was ich in der Zeit der kurzen Konversation geleert habe. „Wie fühlen sie sich jetzt?" folgt die nächste Frage. „Es geht mir wieder besser", antworte ich und die Werte am Monitor bestätigen es ebenfalls. Sie kabelt mich ab und ich setze mich langsam hin, was keine Probleme macht. Erst als ich aufstehe beginnt die Welt heftig zu schwanken und ich gehe in die Knie, halte mich aber noch an der Liege fest und bald darauf hocke ich in einem Rollstuhl und werde von ihr zurück auf mein Zimmer gebracht: „Schlafen sie sich aus, Nathan. Noch sind wir nicht fertig." Ihr Blick hängt ein deutliches *leider* dahinter. Kaum dass ich wieder im Bett liege, fallen mir meine Augen langsam wieder zu. Noch einmal überprüft sie meine Werte und geht dann leise hinaus. Den Rest des Tages schlafe ich tief und fest meinen Fugo-Rausch aus.

Kopfschmerzen

Am nächsten Morgen fühle ich mich wieder gut erholt, werde alleine um sieben Uhr in der Früh wach, was bei meinem Schlafpensum seit gestern wohl auch kein Wunder ist, und auch das Spiegelbild im Bad zeigt nichts aussergewöhnliches. Schnell geduscht und angezogen und dann dauert es nicht mehr lange und die Schwester bringt das Frühstück, eine von den Beiden die vom Test abgezogen wurden. Ich lächle sie leicht an: „Guten Morgen, danke." - „Guten Morgen, Leutnant. Dr. Walker kommt um 9:00 Uhr." Und schon verlässt sie das Zimmer wieder. Ich schaue ihr noch einen Moment nach, ehe ich mich an den Tisch setze und zu essen beginne. Wer weiss was sie heute ausgewählt haben, also besser vorher stärken. Ja, ich weiss, es gibt bestimmt viele die mich wegen meinem Aufenthalte hier als total durchgeknallt bezeichnen würden. Aber es geschieht gerade alles nach meinen persönlichen Vorgaben.

Halb neun bin ich soweit fertig, klingel kurz damit das Tablett wieder abgeholt wird und nehme eines meiner Bücher, um noch etwas zu lesen. Ich brauche gar nicht auf die Uhr zu schauen, höre draussen schon schnelle Schritte, ehe es klopft und Dr. Walker hinein kommt: „Guten Morgen, Leutnant, wie fühlen sie sich? Ihre Werte von gestern sind wirklich eindrucksvoll, ihr Körper reagiert sofort auf das Wasser." - „Guten Morgen. Ja, es bringt mich ziemlich schnell wieder auf die Beine. Soll ich die Tests noch um einen Punkt erweitern, wie lange ich ohne überleben kann?" begrüsse ich sie, ihr Blick als Antwort spricht Bände. „Der Commander möchte heute dabei sein, er wartet im Behandlungszimmer auf uns", kommt es leise, nein, sie findet dieses ganze Testprogramm immer noch nicht gut. Zusammen mit ihr gehe ich die Flure entlang, bis wir das Behandlungszimmer erreichen. Als wir die Tür öffnen, sehe ich die Armbewegung des Commanders, während Dr. Walker zu mir schaut und hinein geht! Es ist nur ein Bruchteil einer Sekunde, in dem ich die Handfeuerwaffe entdecke, die Zielrichtung, mein Körper nach vorne drängt, die Ärztin beiseite schiebt, während ich den Schuss höre und kurz danach das Gefühl habe mein Kopf explodiert! Tatsächlich aber falle ich wie ein Stein zu Boden, auf Dr. Walker und rühre mich nicht mehr, während sie nach der Security schreit! „Wir hatten noch eine Rechnung offen, Audrey! Ich weiss genau wer ihm die Infos gegeben hat, die Ausrüstung, um mich in Beirut treffen zu können! Du warst es, und du wirst dafür gerade stehen!" wettert er los, als das Sicherheitsteam ihn festsetzen möchte, doch zeigt der alte Marine da, dass er mehr Biss hat als man es ihm noch zutrauen würde! Nur mit einem kleinen Problem! Denn als sie ihm die Waffe abnehmen möchten, er sich dagegen wehrt, auch einen der Männer ausknocken kann, löst sich ein Schuss und er bricht getroffen zusammen! Dr. Walker muss als Ärztin handeln, zerrt sich unter mir hervor, kennt auch momentan die Prioritäten, mir muss sie gerade eindeutig nicht helfen, ich würde es schon irgendwie schaffen, deswegen beginnt sie auch bei ihm sofort mit der Reanimation, denn nicht jeder Treffer ist ein tödlicher, doch bei ihm ist schnell erkennbar dass die Bauchaorta zerfetzt wurde, was zu einem massiven Blutverlust führt. Da hätte wohl auch eine sofortige OP die Chancen nicht mehr verbessern können.

Und wie sieht es bei mir aus? Ich liege auf dem Bauch. Am Kopf bildet sich zunehmend eine glänzende Blutlache, aber ich bin irgendwie noch da. Ja, da haben wir wieder die Sache mit den nicht immer tödlichen Treffern, was auch für Kopfverletzungen gilt.

Als sie mich vorsichtig umdreht, nachdem sie die Eintrittswunde am seitlichen Hinterkopf untersucht hat, erwartet sie kein angenehmer Anblick. Anscheinend ist die Kugel schräg nach unten gewandert, denn die Fluglinie war ja auf Dr. Walkers Grösse ausgerichtet und hat damit an Wangengegend, Jochbein und Ohr grosse Verletzungen hinterlassen. Als sie mich ans Monitoring anschliesst, sind Herzschlag und Atmung noch vorhanden, aber sehr schwach. „Das war so nicht geplant, Nathan, ich wusste nichts davon", sie deckt die Verletzungen ab, während sie mit mir spricht, einfach hofft dass ich es noch mitbekomme, legt Zugänge, ehe sie sich die Werte anschaut. Nein, ich scheine gerade nicht gehen zu wollen, allerdings ist das ungewollt, denn meine Wahrnehmung ist momentan so gut wie ausgeschaltet. Als sie mir in das Auge an der unverletzten Seite leuchtet fehlt jegliche Reaktion, auch wenn die Sensoren an meinem Kopf noch Aktivitäten im Frontallappen, Primär-motorische Rinde und Primär-Somatosensorischer Cortex zeigen. Soll heissen, meine Persönlichkeit würde nicht unter dem Vorfall leiden, und einige andere Bereiche auch nicht. Doch der Temporal-, Scheitel- und auch der Hinterhautlappen zeigen nur vage bis gar keine Reaktionen mehr. Hören, sehen, sprechen, mein Gedächtnis, dürften gerade unter anderem verloren sein. „Ich werde ihnen notfalls Glukose bis zum abwinken anhängen, wenn sich das nicht noch ändert. So kann ich sie hier nicht liegen lassen, nicht mit ihrem Vorleben..." vermutlich murmelt sie das eher zu sich selbst, vom mir erwartet sie bestimmt keine grosse Reaktion mehr, dennoch lebe ich irgendwie.
Tage vergehen, mein Kopf ist bandagiert, ein Tubus versorgt mich mit Sauerstoff, aber es gab keine kon-

kreten Anzeichen für einen totalen Atemstillstand, die Atmung ist nur sehr flach, die Werte sehen permanent so aus als ob sie augenblicklich aussetzen wollen. Ich selbst merke nicht wie die Tage dahin ziehen, Dr. Walker das Projekt längst schon für beendet erklärt hat. Nur weiss ich selbst da nichts von. Mittlerweile haben wir schon Tag Vier nach dem Schuss und es zeigt sich keine grosse Veränderung in irgendeine Richtung. „Nathan, so kann es nicht weiter gehen. Anscheinend funktioniert ihre Regeneration nicht vollständig wenn sie die Vorfälle überleben, so wie es auch mit dem Splitter war. Ich werde ihnen jetzt die Glukose anhängen, in der Hoffnung dass sie dann den Sprung hinüber schaffen", und während sie mit mir redet, hängst sie auch schon zwei grosse Infusionen an, die kurz darauf durch die Zugänge wandern. Es dauert fast eine Stunde, bis sie am Monitor sehen kann wie meine Werte langsam fallen. Nach zwei weiteren Stunden zeigt sich endlich die erlösende Nulllinie!Ich tauche aus dem Nichts auf und lande in meiner weichen Wattewelt! „Merkst du, Nathan, manchmal lässt die Erlösung auch auf sich warten. Ich hoffe, du hast gefunden was du gesucht hast, um diese Versuche beginnen zu wollen", höre ich eine liebevolle Männerstimme in meinem Kopf und lasse mich wie immer in das auftauchende Gefühl fallen, voller Vertrauen dass alles gut wird.

Blackout

„Guten Morgen, Leutnant, wir haben draussen wunderschönes Januarwetter, Zeit ihr Schläfchen zu beenden, finden sie nicht?" Dr. Walker kommt hinter der Schwester ins Zimmer, die mich mit diesen Worten angesprochen hat und dann einen Blick auf den Monitor wirft, der immer noch die bekannte gerade Linie zeigt. „Wenn ich es nicht besser wüsste, würde ich sagen er kommt nicht mehr zurück", die Ärztin stellt sich neben meinen Kopf und nur behutsam löst sie den Verband. „Oho oho, was sehe ich denn hier?" erstaunt schaut sie mich an, die Schwester kommt heran und zieht die Augenbrauen etwas zusammen. „Das sieht eigenartig aus, Dr. Walker, wie eine grosse Kruste", versucht sie es zu beschreiben, was meine eine Gesichtshälfte ziert. „Genau, das kenne ich schon. Und sehen sie sich die Ränder an, sie sind bereits gelöst", nur ganz vorsichtig berührt sie das Gebilde mit einer Pinzette, es knuspert und knirscht und bricht an vielen Stellen auseinander! Und noch vorsichtiger entfernt sie genau diese Stücke! Die Schwester bleibt mit ungläubigen Blick stehen: „Das ist doch nicht möglich! Darunter sieht er vollkommen normal aus!" So wird nach und nach dem Phantom der Marines die Maske abgenommen, auch hinten am Kopf die Stelle gesäubert und ein frisch erblühtes noch zart gerötetes Gesicht ist zu erkennen! „Es tut sich also doch etwas, auch wenn er anscheinend keine körperlichen Aktivitäten zeigt", lächelt die Krankenschwester und nur ganz vorsichtig berührt sie die frische Haut, was kurz den Punkt auf der Nulllinie zucken lässt! Dr. Walker sieht es sofort: „Machen sie das bitte noch einmal!" Zwar schaut sie die Ärztin fragend an, doch dann streifen wieder ihre Fingerspitzen sachte über meine Schläfe, was den Punkt stärker ausschlagen lässt! „Ich glaube es nicht, er reagiert!" Sie strahlt mich an und ja, ich verlasse wohl ganz langsam meine wohlig weiche Wattewelt! „Bleiben sie bei ihm, machen sie weiter, bis er zurück ist." Die Anweisungen der Ärztin sind klar und deutlich, die dann nach einem Blick auf ihren vibrierenden Piepser das Zimmer verlässt. Wieder wandert die Hand an meinen Kopf, streift langsam durch meine strubbeligen Haare und hörbar setzt der Herzschlag ein, zuerst noch vage und durcheinander, aber mit der Zeit fängt er sich wieder. „Leutnant Nilsen, wie wäre es, wenn sie mir endlich wieder ihre wunderschönen grünen Augen zeigen", spricht die Krankenschwester leise mit mir. Meine Hand zuckt kurz, nur leicht bewege ich den Kopf und ja, viel zu schwerfällig zucken meine Augenlider, öffnen sich nach einer Weile und mein Blick verliert sich an der Decke! „Leutnant?" Sie beugt sich näher zu mir, nur zaghaft legt sich eine Hand an meine Wange, doch mein Blick folgt der Stimme nicht nach! Ein schneller Griff an den Melder und Dr. Walker ist angefunkt! Es dauert eine Weile, ehe diese die Tür öffnet und hinein kommt: „Berichten sie!" Die Schwester sieht unsicher aus: „Er scheint seine Umgebung audio-visuell noch nicht wahrnehmen zu können. Auf die Berührungen reagiert er leicht, aber nicht auf Ansprache oder über ihn beugen, sein Blick folgt nicht." Wieder klingt es an mein Ohr, fast wie ein Summen, keine einzelnen Worte oder Stimmen, eher eine Mischung aus allem und grob verzerrt, während ich nicht merke, dass ich die Augen geöffnet habe. „Ich gehe von einer massiven Verletzung des Temporal- und des Scheitellappens aus, eventuell auch noch das Kleinhirn, dass wird sich noch zeigen", Dr. Walker macht sich entsprechende Notizen, zieht dann einen Stuhl heran und nickt der Schwester zu, „machen sie eine Pause. Ich bleibe für die nächste Stunde hier, dann lösen sie mich ab." Die Schwester nickt ebenfalls und verlässt dann das Zimmer. „Ich würde ihnen gerne aus ihrem Kokon raus helfen, aber ich weiss nicht wie", redet sie leise mit mir, greift nach meiner Hand und kann kurz darauf merken wie meine Finger leicht zudrücken. „Wenn sie mich verstehen können, dann drücken sie bitte noch einmal", doch es passiert nichts! Nur leicht streift ihre Hand über meine Schläfe und mein Puls reagiert sofort, auch meine Finger zucken wieder! So geht es eine ganze Zeit, bis mir langsam die Augen zufallen. „Schlafen sie, es wird alles wieder gut", damit möchte sie aufstehen, doch wieder drückt meine Hand leicht zu und Dr. Walker stockt, „hm, dann bleibe ich noch." Ihre andere Hand umschliesst meine auch und ein leichtes Lächeln huscht kurz über meine Lippen. Anscheinend ziehe ich es gerade vor nicht alleine sein zu wollen.

Wieder vergehen einige Stunden ohne grosse Reaktionen. Langsam wird es draussen dunkel, kehrt in die Klinik etwas Ruhe ein, als ich leicht blinzel. Ein zaghafter Lichtschein ist für mich zu erkennen, ehe ein Schatten sich über mich beugt. „Nathan, sehen sie mich?" Vermutlich würde ich ihr antworten, aber ihre Worte sind immer noch ein heilloses Durcheinander in meinem Kopf und ich stöhne nur leise auf. „Scht, ruhig", wischt sie mir leicht über die Schläfe, meine Augen fallen wieder zu! So geht es wohl noch zwei Tage, in denen ich immer etwas mehr reagiere, zumindest sieht sie mich lächeln, wenn sie sich über mich beugt, auch meine Hand hält sie weiter fest, aber ich bekomme kein Wort über die Lippen, geschweige dass ich sie verstehe, noch dass ich weiss was passiert ist. Erst nach einer weiteren Woche in der ich viel schlief, da sie mir immer neben den Flüssigkeitsinfusionen auch Glukose gab um mich zu entspannen, zucke ich morgens plötzlich zusammen, als die Tür geöffnet wird und die Schwester mit dem Frühstück herein kommt und ja, ich halte mir sogar die Ohren zu! „Leutnant, ruhig", raunt sie nur leise, stellt so vorsichtig wie möglich das Tablett ab und ihre Hände legen sich an meine, was ihre verkrampfte Haltung bald löst. „Laut", flüster ich nur zaghaft und sie nickt, flüstert zurück, „Das sind ihre neu verknüpften Nervenbahnen, die müssen erst lernen es zu selektieren." Ich lächel leicht und ja, ab da geht es dann aufwärts. Die Lautstärkenwahrnehmung in meinem Kopf reguliert sich, auch die Worte schaffen es wieder kontrolliert und klar über meine Lippen und auch meine Erinnerungslücken verschliessen sich nach und nach. Sogar dass der Commander Dr. Walker erschiessen wollte taucht wieder auf.

Nach ungefähr einem Monat kann ich endlich wieder meine Tasche packen. „Ich bin froh, dass dieses 'Projekt' ein für alle Male aus der Welt geschaffen ist", Dr. Walker kommt mit zwei Kaffeebechern ins Zimmer hinein und reicht einen an mich weiter. Ich muss doch etwas in mich hinein schmunzeln, anscheinend ist der netten und gutaussehenden Ärztin das wohl näher gegangen als sie es sich eingestehen würde? Dabei war ich mir zu jeder Zeit sicher, dass mir nichts passiert. Ja, selbst nach dem Kopfschuss hatte ich nicht das Gefühl, dass es jetzt für immer zu Ende wäre. „Danke. Nun, was werden sie mit den Ergebnissen anstellen?" hake ich neugierig nach, behalte die Gedanken von vorher für mich, ich möchte sie damit auch nicht in Verlegenheit bringen. „Welche Ergebnisse? Die Blutuntersuchungen haben tatsächlich nie Abweichungen von den Werten eines normalen Menschen gezeigt, und meine handschriftlichen Notizen in ihrer Akte, die sind im Schredder gelandet. Und mit dem Commander ist einer der grössten Aggressoren in ihrem Fall verschwunden, so makaber sich das jetzt auch anhört. Soll heissen, sie haben keinerlei Probleme mehr zu erwarten", zählt sie nach und nach alles auf und trinkt grinsend danach von ihrem Kaffee. „Und meine Beerdigung? Ich meine, offiziell gibt es mich nicht mehr", füge ich fragend hinzu. „Nun, dass war nur ein kleines Ablenkungsmanöver", zuckt Dr. Walker mit den Schultern, „sie sind ein freier Mann, Nathan Nilsen." Ich muss das erst einmal alles für mich sortieren, ehe ich von meinem Kaffee aufschaue: „Wie geht es mit Sheryl weiter? Sie weiss nicht was hier passiert ist, dass ich wieder hier bin." - „Nun, dass ist ihre Entscheidung, Leutnant", antwortet die Navy Ärztin mir, die in den Jahren so etwas wie eine Vertraute geworden ist. Ich schüttel nur leicht den Kopf: „Ich denke, es ist keine gute Idee zu ihr zurück zu kehren. Auch den Jungen würde ich damit nur verwirren." Die Worte kommen zögerlich über meine Lippen, ganz überzeugt bin ich da selbst nicht von und ich schlucke hart, räuspere mich kurz: „Ich brauche ein Flugticket, eine Person, nach Anchorage, inklusive ein wenig Gepäck, was ich noch aus dem Kloster holen werde." - „Sind sie sich sicher?" hakt sie mit forschendem Blick nach, hat als Frau vielleicht noch ein anderes Gespür für die gerade schwierige Situation, doch als Antwort bekommt sie ein Nicken. „Okay, ich kümmere mich darum. Jetzt gibt es aber erst einmal einen Wagen zum Kloster?" Wieder nur ein Nicken und zusammen verlassen wir das Zimmer, ehe sich unsere Wege vor dem Eingang trennen.

Mich bringt ein Wagen erst einmal zu dem Kloster,

wo ich zwei Wochen verbringen, um Abstand zu bekommen, von allem was vorher war, auch wenn ich
mir das 'Projekt' ja selbst aufgebürdet hatte, aber mit
so einem Verlauf konnte ja niemand rechnen. Zwei
Wochen in völliger Ruhe, was mich wieder ins
Gleichgewicht bringt. In der Zeit kommt Sheryl nicht
spontan dort zu Besuch, so dass ich mich auch nicht
irgendwo verstecken müsste. Eine verrückte Situation,
ich weiss. Zwei Wochen in denen ich noch einmal Re-
vue passieren lassen kann, ehe der Flieger mich wieder Richtung Alaska trägt. Ist es die richtige Entscheidung? Sicher kann ich mir da nie sein, aber eine andere Lösung fällt mir gerade auch nicht ein, also dürfte
es für den Moment die richtige sein...

Alaska Pack

Ganze sechs Jahre ist es her! Sechs Jahre seit ich
freiwillig diesen Test einberufen und mich dann wieder nach Alaska zurück gezogen habe. Die Welt feiert
Mozart, Freud, Rembrandt, Heine, Schumann und
Brecht, alle haben in irgendeiner Form einen runden
Geburts- oder Todestag in diesem Jahr. Immer noch
brodelt es im Irak und Parkistan und bringt Tod und
Verletzte. Ich selbst spiele in der Riege nicht mehr
mit. Ja, der Commander hat tatsächlich ein Schriftstück aufgesetzt, mit dem ich rehabilitiert wurde. Niemand konnte nachweisen, dass es gefälscht sein könnte. In fast 600 Jahren habe ich da wohl einiges gelernt,
was auf dem ersten Blick nicht ersichtlich ist. Wobei
sich mein Besitz immer noch auf die üblichen zwei
Taschen und einige kleine Bücherkisten beschränkt,
vom Inhalt meines Aktiendepots mal abgesehen. Nein,

arbeiten gehen brauche ich nicht. Immer noch gibt es gewisse monatliche Überweisungen, allerdings nicht mehr aus dem Kloster, sondern von mir persönlich. Sechzehn Jahre jung wird mein Junior bald. Und immer noch weiss er nicht mehr von mir wie Sheryl es über Angelo verraten könnte. Ob wohl mittlerweile seine Frage aufgetaucht ist, ob er seinen Vater jemals sehen würde? Wenn ja, dann hat Sheryl es mir verschwiegen.

Mein Schatz ist mittlerweile 54 Jahre und wenn sie mir ab und an ein Foto von sich schickt, zieht es mir schmerzlich das Herz zusammen. Ich sehe selbst keinen Tag älter aus wie 32 und ja, vermutlich würde ich mittlerweile als ihr Sohn durchgehen, 22 wäre ein durchaus legitimes Alter bei ihr. Seit ich wieder hier in Alaska angekommen war, hatten wir uns schon mal direkt geschrieben. Natürlich fragte sie, wieso die Zeit der Geheimnisse in dem Punkt plötzlich vorbei wäre und ich antwortete fast mit der Wahrheit. Durch den Tod des Commanders würde kein Grund mehr dazu bestehen. Natürlich gibt es noch eine weitere Hirarchiefolge, aber anscheinend hatte niemand sonst ein so explizites Interesse an mir wie er. Und durch das danach von mir getürkte Schriftstück war ich quasi in Rente gegangen. Niemals verlässt jemand die Marine komplett, egal ob er verletzungsbedingt oder durch das eigene Ableben ausscheiden muss, er gilt dann einfach als *Retired Marine,* also in den Rentenstand versetzt und gehört weiter mit entsprechendem Respekt dazu. Und meine offiziellen 20 Dienstjahre hatte ich 2002 schon zusammen, so dass ich ohne eine offizielle Feier meinen Abschied nehmen konnte. Wie Dr. Walker das mal wieder hinbekommen hat? Ich bewundere diese Frau. Mittlerweile ist sie auch im Innendienst, nicht mehr auf Auslandseinsätzen vertreten, nun, sie ist ungefähr in einem Alter mit Sheryl, verflixt, wie die Zeit vergeht!

Nach meiner Pension sind inzwischen schon wieder vier weitere Jahre vergangen. Wo habe ich sie verbracht? In Alaska, so wie ich es geplant hatte. Zwischendurch bei einem Gespräch mit Audrey Walker erfuhr ich auch, dass Maggi ihre Hundeflügel bekommen hatte, schon 1999, doch Sheryl hatte ihr verboten was zu sagen, warum auch immer. Nun, es war in dem Moment wohl ersichtlich warum, denn ich weinte um das kleine Herz, um mein Mädchen! Durch die OP konnte sie noch einige schöne Jahre verbringen, eben ihrem Alter angemessen, aber das lief bekanntlich weiter. Audrey hatte es mir vor der Testreihe nicht gesagt, um mich psychisch nicht zu beeinflussen. Und auch wenn es für viele sicher nur ein einfacher Hund war, so zählte Maggi bei mir als vollwertiges und bedeutsames Lebewesen dazu. Natürlich ist mir klar, dass das nicht jeder so sieht, doch ich lasse da jedem die persönliche Freiheit. Leben und leben lassen, schon mal gehört? Ich weiss, manchen Mitmenschen fällt genau das unheimlich schwer, der Grund wieso ich mich immer wieder verstecken musste. Vermutlich wird es so etwas in Zukunft auch geben, doch hier in Alaska lebe ich wieder vollkommen normal, wie es hier eben möglich ist. Ja, ich hatte mir erneut eine kleine Hütte am Potters Creek gesucht und auch wieder Schlittenhunde gezüchtet! Dieses Leben hat mir meine Sicherheit und Ruhe gegeben, und mittlerweile ist sie in die gewohnte Gelassenheit umgeschwenkt. Sechs Jahre bin ich wieder hier, den letzten Welpenwurf habe ich schon abgegeben und dann stellt sich dieses bekannte Gefühl ein... ist es Zeit weiter zu ziehen? Wobei ich gerade keinen Grund dafür sehen kann, ausser der Tatsache dass die Menschen mich hier seit 12 Jahren kennen und ich deswegen langsam vorsichtiger sein sollte? Ja, das wird wohl immer ein Teil meines Lebens bleiben, beizeiten weiter zu wandern, wobei mir das früher gar nicht so viel ausgemacht hat. Zum Problem wurde es erst, als ich anfing Beziehungen zu Frauen einzugehen. Die engen Bindungen, die Trauer, all das verkompliziert es ungemein, ein Grund es in Zukunft besser bleiben zu lassen, meiner Meinung nach. Ob ich mich da tatsächlich dran halte, das zeigt wohl nur die Zeit, wie so vieles andere auch, immerhin kann sie Wunden heilen, zumindest die Körperlichen, bei den Seelischen zweifel ich diese Aussage mittlerweile stark an, wenn ich ehrlich bin. Aber das ist auch eher meine eingestaubte Erfahrung, die ich in 593 Jahren gemacht habe. Vermutlich läuft das alles in einer normalen menschlichen Lebensspanne noch etwas anders ab.

Nachdem ich heute schon einige Termine hatte, sitze ich nun gemütlich daheim, vor mir einen Becher schwarzen Kaffee. Dazu noch ein Stück selbst gemachter fester Kuchen, ein einfaches und dennoch leckeres Rezept und Ergebnis. Wundert sich gerade jemand darüber dass ich backen kann? Naja, irgendwie muss ich doch meine Zeit sinnvoll nutzen, ohne dass mir die Decke auf den Kopf fällt, also suche ich mir immer einige Beschäftigungen, lerne gerne etwas neues dazu, was natürlich im Laufe der Jahrhunderte immer möglich ist. Früher war es das Bogenschiessen, mittlerweile gibt es schon sehr ausgefeilte Sportbögen und auch die habe ich ausprobiert. Gewehr, Pistole,

Messer kenne ich, der Bogen ist da noch spezieller. Es braucht noch mehr Ruhe und Konzentration, damit der Pfeil seine Bahn fliegt, hoffentlich mittig ins Ziel. Auch die erwachsenen Zugtiere meines Gespannes erfordern meine Aufmerksamkeit. Wobei die Malamuts da nicht so verrückt sind wie Huskies, die drehen ja förmlich durch wenn sie angespannt werden, weil sie laufen dürfen! Und doch fordere ich auch die Zughunde immer wieder, im Sommer vor dem Rollgespann, im Winter vor den Kufen, um sie in Bewegung zu bringen. Meine wenigen Huskies sind da echt kaum zu bremsen, die Malamuts sehen es gelassener, sie ziehen lieber, statt zu rasen bis die Zunge aus dem Halse hängt. Ich liebe beide Hunderassen, in ihren eigenen Variationen. Beide sind sehr gelehrig und treu. Doch so wie die Huskies den Drang haben zu rennen, so neigen die Malamuts zu einer gewissen Sturheit. Nennen wir es einfach nur so, sie sind sich ihrer Grösse und ihres Auftretens bewusst. Und damit können sie manchen Besitzer schon förmlich zur Verzweiflung bringen. Denn was ist machbar, wenn sich ein Koloss von Hund nicht bewegen möchte, nur mit einem stoischen Blick antwortet und das war es? Da ist es ein grosser Vorteil die Vorlieben der Tiere zu kennen, wenn die Züchter aufmerksam sind und sie auch weiter geben. Ich mache es aus Prinzip, denn auch für den Hund gibt es nichts schlimmeres als einen Besitzer der nicht mit ihm umgehen kann. Deswegen notiere ich mir schon von klein an einiges und gebe es dann mit. Manchmal ist es schon lustig zu lesen, wie sich die Kleinen entwickelt haben.
Gerade schiebt sich ein grosser Malamutkopf um die Ecke, schmiegt sich an den Türrahmen und ich lächel: „Hey Kira." Sie gibt durch ihre Grösse schon ein im-

234

posantes Bild ab. Immerhin schafft sie es auf eine Widerristhöhe von 61cm und wieg 38kg. Die Alaskan Malamute sind übrigens das offizielle Staatstier, früher von einem Stamm der Ureinwohner gezüchtet, um als Lastentiere und auch als Heizungen für die Kinder zu dienen. Die Sanftmütigkeit wurde ihnen auf sehr brutale Weise anerzogen, wenn die Geschichte stimmt. Früher waren sie nicht so, aber jeder Malamut der biss, wurde einfach verspeist. Vermutlich haben die anderen Tiere das mitbekommen und an ihre Generationen weiter gegeben. Denn heute würde man jegliche Aggressivität in ihnen vergeblich suchen. Hier in Alaska sind sie wohl überall anzutreffen. Wobei sie auch durch ihr Aussehen schon meiner Meinung nach etwas Besonderes sind. Das buschige Fell macht einiges an Grösse bei ihnen aus, ist aber weich und wasserabweisend, so dass ihnen die Temperaturen hier gefallen. Kira hat eine weisse Grundfarbe und sandfarbene Körperschattierung und Maskierung, dazu bernsteinfarbene Augen! Sie ist eine wahre Schönheit, auch von ihrem Wesen her und das hat sie ebenfalls an ihre Welpen weiter gegeben. „Na, mein Schatz, was hast du?" frage ich sie liebevoll, knubbel etwas mit ihrem kleinen dreieckigen Ohr, was die Hündin wohlig brummeln lässt! Die Hunde sind für gewöhnlich draussen, abgeteilt in ihrem Holzhaus, mit Freilauf, sie können es selbst wählen, doch habe ich ihnen einen Zugang zum Haus gemacht, wie eine grosse Katzenklappe, den aber nur wenige nutzen. Nicht weil sie nichts mit mir zu tun haben wollen, sondern weil ihnen die Aufmerksamkeit ausreicht, die ich ihnen zukommen lasse. Aber mittlerweile habe ich so drei Tiere, sie immer gerne vorbei schauen, mich auch freiwillig begleiten und Kira ist da die treueste

Seele. Momentan holt sie sich gerne ein paar Extrazu-
wendungen, nachdem ihr Wurf zu den zukünftigen
Besitzern umgesiedelt ist. Deswegen gönne ich es ihr
auch, immerhin fehlt ihr gerade die Beschäftigung und
die Kleinen. In ihren Papieren wird ihre Augenfarbe
mit braun-rot beschrieben. Denn im Gegensatz zu
Huskies gibt es bei Malamuts keine blauen Augen,
sondern nur braun oder schwarz. Blau gilt als Fehl-
züchtung, was ich selbst natürlich kompletten Unsinn
finde, deswegen gibt es auch einige Tiere, die ich gar
nicht verkaufen würde, denn sie haben dunkelblaue
Augen. Oh ja, ich habe auch einen Rüden mit tief
schwarzen Augen, seine Schattierungen sind ebenfalls
schwarz, mit ein wenig braunem Unterton und ansonsten einigen hellen Flächen. Ich weiss, eigentlich ist es
ein weiblicher Name, aber als ich ihn sah, kam mir
kein anderer in den Kopf und ich denke Dakota verzeiht es mir. Wenn ich mit ihm unterwegs bin, traut
sich abends kaum jemand auf unsere Seite. Malamuts
haben auch eindeutig den grössten Wolfsanteil, wobei
ich sie nicht als Wachhunde bezeichnen würde, dafür
sind sie zu verspielt und freundlich gegenüber Fremden. Was aber nicht heisst, dass sie ihr Pack nicht ver-
teidigen können, da sollte sich niemand täuschen.
Ich hatte einen Rüden, Devil, der da einmal seinem
Namen alle Ehre gemacht hat. Er war einer meiner ersten, ein bildhübsches Tier in weiss mit wolfsgrauer
Schattierung. Auch er kam ab und an ins Haus, bis es
ihm zu warm wurde, dann ging er wieder in die Hütte.
Devil war eines der seltenen Exemplare, der Angst
vor Unwetter und Gewitter überhaupt hatte, was hier
auch vorkommen kann. Wetterleuchten liebte er aber.
Eines Nachts war es draussen für ihn eindeutig zu unruhig und er kam durch die Zwischentür ins Haus, leg-

te sich mit seinem Kopf an mein Kopfkissen, um sich ein paar beruhigende Streicheleinheiten abzuholen und dann später entspannt vor meinem Bett zu schlafen. Die Unruhe der Nacht nutzten einige Subjekte um bei mir einsteigen zu wollen. Alles kein Problem, sie kamen durch ein Fenster im Wohnzimmer hinein und standen vor dem allgemein freundlichen Begrüssungskommitte auf vier Pfoten! Drei Mann glubschten dort wie die Ölgötzen, als ich um die Ecke kam, weil ich gehört hatte dass Devil aufstand und ziemlich flink hinüber rumpelte! Devil schaute sie in dem Moment quasi freundlich lächelnd an, was bei seiner Optik aber nicht immer gut zu erkennen war, erst Recht nachts. Einer flüchtete direkt aus dem Fenster! Der Zweite wurde von den fast vierzig Kilo Hund verspielt an die Wand des Wohnzimmers gedrückt und ich hörte einige Rippen verdächtig knirschen, weil Devil sich euphorisch auf ihn warf! Der Dritte packte die Gelegenheit beim Schopfe und wollte ihm ein Jagdmesser in die Rippen jagen, doch da gab es eindeutig ein Problem! Niemand vergriff sich an meinen Tieren! Und ehe er es registrierte steckte die Klinge statt dessen in seinem eigenen Körper! Da Devil Nr.2 in Schach hielt, folgte ich dem Ersten, was im Schnee leichter fiel, er zog eine Spur wie ein aufgescheuchtes Kaninchen! Ich fand ihn und setzte ihn ausser Gefecht, drapierte ihn neben Devil ins Wohnzimmer und meldete den Vorfall der Polizei. Ich muss nicht erwähnen, dass die Beamten meine Hunde kennen und sich bei der Aussage fast schlapp lachten, dass Devil die Beiden zerfleischen wollte! Durch das massige Fell hatte Nr.2 gar nicht richtig mitbekommen was passierte und ich bog die Sache mit dem Messer deswegen als Attacke auf mich selbst hin.

Zwar waren die Malamutes hier hoch angesehen, aber ich wollte auf Nummer Sicher gehen. Das Ende vom Lied war bitte einmal einen Krankenwagen, ebenso den Bestatter und eine grosse Knackwurst für den ach so bösen Teufel, der immer noch meinte es wäre alles nur ein Spiel gewesen!

Für immer dein

Der 4. November 2008, Amerika fiebert!!! Auch hier in Alaska, und ich bin mehr als zufrieden, als das Wahlergebnis fest steht! Die Welt Amerikas braucht ein neues Gesicht und bekommt es ab Januar mit Barack Hussein Obama II! Übers Jahr hatten wir uns von einigen Fernsehgrössen verabschieden müssen, z.B. Roy Scheider, Richard Widmark, Charlton Heston, Sydney Pollack, Paul Newman. Allerdings sei dies nur als Bruchteil davon gesehen, wer uns sonst noch weltweit verliess.

Und ja, ich spiele immer noch mit dem Gedanken wohin es mich treiben könnte, mittlerweile auch übers Internet. Für die Marines muss ich noch gut zehn Jahre warten und wer weiss wo ich mich dann schon herum treibe. Ich fand eine mysteriöse Anzeige, die von einer Stadt erzählt, wohl sehr besonders angelegt. Es machte mich neugierig. Denn welche Stadt wäre besser für mich geeignet, wo ich doch auch eine Besonderheit mit mir herum trage. Alles in allem interessierte es mich und ich forderte ein paar Unterlagen an, dann würde es sich zeigen.

Es dauerte lange und ja, ich hatte schon daran gedacht meine Email wäre gar nicht angekommen, denn mittlerweile war es schon Sommer 2010! Ich erhielt einen umfangreichen Umschlag, mit allen möglichen nur erdenklichen Informationen. Als ich sie durchlas kam ich mir vor wie in einem Science-Fiction-Film und dachte mir, dass diese ganze Sache bestimmt nur aus den Hirnen einiger Hollywoodtypen entstanden ist, die sich davon finanziell den grossen Durchbruch erwarten und die Anreisenden dann quasi eine nette Filmkulisse vorfinden würden. Denn irgendwie sah mir das alles zu künstlich aus, das konnten nur maskierte Schauspieler sein.

Und da ich dachte, dass es der Ursprungsort ist, sitze ich nun hier, in einer kleinen Bar auf dem Hollywood Boulevard, No6769, the Snow White Café, wenn es jemand ganz genau wissen möchte. Hier ist ein Dreh- und Angelpunkt der Filmbranche, denn nach Drehschluss finden sich hier viele Künstler ein, was bei den Öffnungszeiten täglich von neun Uhr morgens bis zwei Uhr morgens wohl verständlich ist, oder? Die sieben Stunden dazwischen am Vormittag wird vermutlich nach geräumt und alles erledigt was während der Öffnungszeiten nicht geht.
Ich schaue mich um, ein lang gezogener und rechteckiger Raum. Und wer sich an der schmalen Seite nach Betreten des Cafés umdreht, entdeckt oben vielleicht auch die Holzfigur im Schrägdach, Schneewittchen, die dort mit der Hexe wie auf einem Balkon steht und gerade den verhängnisvollen Apfel angeboten bekommt! Ich selbst sitze an einem der einfachen Vierertische, mein Apfel besteht allerdings aus einem gut aussehenden gefüllten Teller mit einem Steak. Dazu gegrillte dünne Kartoffelscheiben mit einer cremigen Sauce und dünn geschnittenes und nur kurz gebratenes Gemüse. Abgerundet wird alles von einem Glas

Cabernet Sauvignon, wobei für 8$ das Glas der Preis annehmlich ist, der Rotwein aber sicherlich nicht jedem Geniesser schmecken würde. Aber das Brot des Künstlers ist bekanntlich der Applaus und anfangs nicht das grosse Geld. Doch für umgerechnet 2,30€ gibt es hier sogar einen Kaffee, nein, gegen die Preise ist nichts einzuwenden. Und während ich meine Mahlzeit geniesse, wandert mein Blick ruhig umher. Die Wände sind unterhalb mit rotbraunen Backsteinen verklinkert, auf denen Holzrahmen aus vier zusammen gesetzten Brettern thronen kleinen Strahler, die jedes Bild gut in Szene setzen, so dass darauf der alleine präsentierte aufgezeichnete Zwerg gut erkennbar ist. Oberhalb zeigt sich eine einfache hell gestrichene Wand, mit grossen Zeichnungen von den Häusern und anderen Kulissen des Films, oder Szenen wo mehrere Figuren zu sehen sind. Alles in allem würde ich es als urgemütlich bezeichnen. Und wenn ich genauer hinschaue, kann ich auf den umliegenden Plätzen tatsächlich hier und da ein bekanntes Gesicht entdecken, doch gibt es eine Privatsphäre, die beachtet wird, deswegen sucht man hier kreischende Fans auch vergebens. Hier mischt sich berühmt mit noch nicht ganz so bekannt und ich kann mir durchaus vorstellen, dass hier auch schon ganz diskret ein Rollenangebot über oder unter dem Tisch ging, je nachdem um welchen Film es sich handeln würde.

Zwei Jahre wohne ich übrigens schon hier in Hollywood, in einem einfachen Zimmer und habe diese berühmt berüchtigte *Stadt der Lust* noch nicht gefunden. Der Name ist doch alleine schon Programm, oder etwa nicht? Dafür habe ich ab und an als Model gearbeitet, damit mein Geld verdient und somit meine sonstigen Ersparnisse nicht antasten müssen. Irgendwer sprach mich mal an, er hätte durch mein Aussehen und Auftreten die beste Rolle für mich, das sagt hier jeder, fallt da bloss nicht drauf rein! Und was wollte er mir anbieten? Einen korrupten Marine, der andererseits viel Glück bei den Frauen hat. Verständlich dass ich zuerst dachte er würde mich verarschen wollen, wie kam er darauf? Bis er mir erklärte, dass meine markante Optik perfekt dafür wäre, ich würde doch auch von meiner Grösse was her machen und solle es mir nicht zu lange überlegen. Ich überlegte gar nicht, sondern lehnte ab, und er meinte, mir würde dadurch die Rolle meines Lebens entgehen! Wenn er wüsste wie nahe er da der Wahrheit wäre! Nein, ich lehnte ab und sitze nun lieber hier in diesem Café. Gerade bin ich mit essen fertig, trinke den fruchtigen Rotwein, als ich das Vibrieren in meiner Hosentasche spüre. Mein Blick fällt auf die Uhr, es ist neun abends und auf dem Display wird eine Textnachricht gezeigt. Als ich sie öffne, sehe ich Sheryl als Absender! Es kommt nicht oft vor, dass sie mir um die Zeit schreibt, denn in Washington D.C. ist jetzt Mitternacht. Ich lese die wenigen Worte und schlucke hart. Meine Hand greift an meine Brieftasche, während ich schon aufstehe, zur Theke gehe und der Bedienung einen entsprechenden Betrag inklusive Trinkgeld rüber schiebe, um das Café zu verlassen, mir draussen eine ruhige Ecke zu suchen und Sheryl anzurufen! Ihre Stimme klingt müde, schwach, und doch reden wir fast zwei Stunden! Zeit in der ich zu Fuss durch die Strassen gehe, mein Zimmer erreiche, mich dort auf das Bett setze und weiter mit ihr rede. Als sie das Gespräch beendet, fühlt sich mein Kopf für den Moment total leer an, als ob er alles gesagte sofort wieder gelöscht hätte, was ich mir so aber nicht vorstellen kann. In meinem Magen rebelliert es, ich eile zur Toilette, schade um das Essen und den Wein. Und nur langsam dringen die Informationen in mein Bewusstsein zurück. Ich werde Sheryl verlieren!

Und wieder ist es so ein Biest in ihrem Kopf, so wie ich es auch bei Rebecca erlebt hatte! Wieso tut mir das Schicksal es erneut an? Wieso tut es das den Frauen an die ich liebe??!! Ich quäle mich aus dem Bad und beginne meine Sachen zu packen. Wie immer ist es nicht viel. Die Bücherkisten sind ebenso schnell gepackt, beschriftet und im Wagen verstaut. Mittlerweile habe ich mir einen grossen Jeep zugelegt, in schwarz, dieser typische eckige Kastenwagen, allerdings werde ich sicherlich nicht bis Washington fahren, dass sind ohne Pause locker vierzig Stunden! Ich halte an der Ecke an, wo ich eine kleine Kneipe kenne, drücke dem Besitzer meine Wohnungsschlüssel und die Adresse des Klosters inklusive meiner Mailadresse in die Hand. Er verspricht mir einen Nachmieter zu suchen, versteht meinen übereilten Aufbruch. Ebenso wird er sich auch um den Wagen kümmern, mit dem ich bald darauf auf dem Weg zum LAX bin, dem Los Angeles International Airport. Unterwegs gebe ich noch schnell die beiden Pakete auf. Nein, ich möchte sie jetzt nicht mitschleppen. Ich weiss, dass sie gut ankommen und die Mönche Bescheid wissen, auch nach all den Jahren noch. Am Flughafen angekommen parke ich den Wagen, zahle für zwei Wochen im Voraus und lasse den Schlüssel, die Papiere und die Quittung über das Parkgeld im Airport hinterlegen, mit einem entsprechendem Trinkgeld ist auch das kein Problem. Noch eben soweit das Gepäck aufgegeben und um 6:30 Uhr Ortszeit hebe ich ab, trägt die Boeing mich hoch in die Wolken Richtung Washington D.C. wo ich nach fast fünf Stunden Flug auf dem Dulle International Airport lande.

Den Flug habe ich fast wie in Trance verbracht, mein Umfeld ausgeblendet und nur ab und an schaffte eine fürsorgliche Flugbegleiterin es bis zu mir hindurch, so dass ich wenigstens Kaffee, Wasser und einen Sandwich in den Magen bekam, auch wenn dieser kurzfristig anderer Meinung war, er fügte sich schliesslich der Vernunft. Kaum hatte ich mein Gepäck, rief ich im WRAMC an, einem Army Krankenhaus, schaffte es einen Platz für Sheryl zu organisieren, so dass meine 'Mutter' dort noch am Nachmittag hin gebracht werden konnte. Offiziell konnte ich selbst nicht mehr als Army-Angehöriger auftauchen, aber sie als Witwe dessen schon. Manchmal muss es einfach eine kleine Notlüge sein. Sie schickten den Wagen, ich rief Sheryl noch vor dem Taxi an und brauchte gar nicht viel sagen. Sie selbst war vollkommen kopflos nach der Untersuchung in der anderen Klinik heim gegangen und hatte mich dann später angerufen, aber nicht damit gerechnet, dass ich mich sofort auf den Weg machen würde. Wunderte mich das? Nein, um ehrlich zu sein nicht. Für mich war es ein Schock sie zu sehen, aber ich versuche es mir nicht anmerken zu lassen. Seit dem letzten Bild was sie mir schickte, sind ihre Haare noch mehr ergraut, schlohweiss beinahe, und aus ihren rehbraunen Augen spricht der Tod! Sechzig Lebensjahre und ich sehe immer noch aus wie zweiunddreissig. Als ich das Zimmer betrete, zieht sich die Schwester diskret zurück und Sheryl lächelt tapfer! Ihr Blick zeigt die Erleichterung mich noch zu sehen. Wir verbringen den

Tag mit leisen Gesprächen, oder ich sitze einfach nur bei ihr, während sie vor Erschöpfung eingeschlafen ist.

Es folgen am nächsten und darauf folgenden Tag viele Untersuchungen, die sie alle über sich ergehen lässt, auch wenn sie danach nur noch matt in ihrem Kissen liegt, zu keiner Unterhaltung fähig ist, meine Hand hält, die ich in ihre schiebe und einfach nur bei ihr bleibe. Es folgt das Ergebnis der Untersuchungen, während sie mit Kopfschmerzen und zunehmend epileptischen Anfällen kämpft, die mit Medikamenten unterdrückt werden, die sie wiederum auch wieder schlafen lassen. Die Ärzte setzen einen OP-Termin an, Stunde um Stunde warte ich in der Klinik, während sie versuchen das Glioblastom aus ihrem Kopf zu entfernen. Ein Versuch, doch hat der Tumor schon zu sehr gestreut. Wertvolle Zeit vergeht, wieder wird beraten was zu tun ist, während ich bei ihr sitze, sie sich kaum mehr artikulieren kann, Lähmungserscheinungen und Sehstörungen hat. Letzte Möglichkeiten sind die Chemo und die Strahlentherapie. Ich habe keine Ahnung wie lange ich nun schon hier bei ihr bin, es ist auch vollkommen egal. Sie möchte weiter machen, das zeigt sie mir in den wachen Momenten immer wieder, auch wenn die immer kürzer und seltener werden. Es ist zu erkennen, dass ihr Körper es nicht mehr durchhält, zu sehr geschwächt ist. Finanziell wäre es kein Problem, doch körperlich ist sie irgendwann an eine Grenze gekommen. Weitere zehn Tage bleibe ich bei ihr, meist sehe ich nur noch an den Monitorwerten dass sie noch lebt. Sie zeigt sonst keinerlei Reaktionen mehr. Und doch habe ich das Gefühl dass sie versucht weiter zu kämpfen, so aussichtslos das auch ist. Vielleicht sollte ich gehen, damit sie mich nicht mehr spürt und los lassen kann? Immer wieder sage ich ihr dass sie sich nicht quälen soll, unser Sohn würde es mit seinen zweiundzwanzig Jahren schaffen. Doch weiss er gar nicht was ihm bei seiner Rückkehr nach Washington erwartet. Ich würde ihn kontaktieren, mich um ihn kümmern, das verspreche ich ihr. Doch auch das ändert nichts, sie kämpft weiter. Versuche ihn über ihr Handy zu erreichen scheitern, keine Ahnung wo er sich herum treibt, das hat sie mir auch nicht mehr sagen können.

Und dann sitzen wir da, sie in meinem Arm, schaden kann es nichts mehr. Ich erzähle ihr von unserem alten Haus und nur leicht kann ich sehen wie die Werte auf dem Monitor reagieren. Immer noch wohnt sie da, dass weiss ich. Ich rede über Maggi und nur ganz eben ist es zu erkennen, laufen Tränen über ihr Gesicht! Und während ich sie halte, da wird sie ruhiger! Ich selbst spüre die Anspannung der vergangenen Zeit und wie es mich langsam hinunter drückt. Und es dauert keine Stunde mehr, bis sie sich auf den Weg zu Maggi macht. Die Schwester findet uns beide eng aneinander gekuschelt dort zusammen gesunken vor! Sofort ruft sie einen der Ärzte, da ich in dem Moment auch nicht ansprechbar bin und ich muss wohl oder übel eine Untersuchung über mich ergehen lassen. Das Ergebnis schliesst auf Überlastung, deswegen der Blackout im Zimmer.

Wieder kümmere ich mich um die Beerdigung meiner geliebten Ehefrau, auch wenn wir schon sehr viele Jahre offiziell kein Paar mehr waren.

Jahre versuche ich den Jungen zu finden. Ich hatte ihm über den Emailaccount seiner Mutter geschrieben, weil ich ausser seiner Handynummer in ihrem

Handy keinen anderen Kontakt hatte. Aber da ging er nicht dran, reagiert auch nicht auf die Mails, denkt vermutlich jemand hätte ihren Account gehackt. Meine Ahnung zu der Zeit ist eher, dass er mit mir nichts zu tun haben möchte. Ob ich die Wahrheit je erfahren werde, wenn es sie gibt?

Rotwein und Gitarrenklang

Weitere Jahre sind seit Sheryls Tod vergangen, wir schreiben mittlerweile das Jahr 2015. Wenn ich mich umschaue, dann sehe ich eine sehr unruhige, chaotische und übervölkerte Welt. Die Schere zwischen arm und reich klafft extrem auseinander! Auf der einen Hälfte sehr viele Menschen, extrem viele, die wenig bis gar kein Geld besitzen und tagtäglich um ihr Überleben kämpfen müssen. Auf der anderen Seite nur vereinzelte Personen, die den Reichtum unter sich aufteilen und vermutlich schon kaum mehr wissen was sie damit anstellen sollen. Theoretisch gehöre ich auch zu letzteren, nur mit einem Unterschied, ich nutze meinen angesammelten Reichtum. Als im April in Nepal die Erde bebt, setze ich mich mit mehreren Hilfsorganisationen zusammen, arbeiten wir Pläne aus was gebraucht wird, sorge dafür dass sie Materialien bereit gestellt werden, so dass sich bald die Transportboxen auf den Weg machen können. Ebenso bekommen auch die Betroffenen der Hitzewelle in Pakistan, Indien und bei den Überschwemmungen in Nordkorea Hilfe, was nur einen Teil meiner Zuwendungen darstellt. Es nun alles im Einzelnen aufzuschlüsseln wäre zu mühselig. Und nein, zu keiner Zeit war irgendwo offensichtlich wer sich da kümmerte, nur dass es hochwertige Produkte gab. Natürlich konnte ich trotz allem Bemühen nicht überall und jegliches Problem aus der Welt schaffen, doch half es weiter und das war die Hauptsachen.

Und wie sieht es jetzt in meinem Leben aus? Nun, ich bereite mich vor. Tatsächlich bereite ich mich darauf vor weiter zu ziehen. Nachdem die Bemühungen unseren Sohn zu finden weiterhin fehl schlugen, sah ich es für mich als vom Schicksal bestimmt an, dass die Zeit noch nicht gekommen sei. Vielleicht würde es sich irgendwann ändern, doch gerade sieht es so aus, als ob sich unsere Wege einfach nicht kreuzen sollen. Manchmal stelle ich ihm abends vor dem Schlafengehen die Frage nach dem *Warum,* doch habe ich bis heute keine Antwort darauf bekommen, auf die ich in meinen Träumen hoffe. Denn laut der Mönche ist dies wohl die Sprache, die er für mich ausgewählt hat. Ob ich jemals darauf eine Antwort bekomme?

„Nun, Mr. Nilsen, ich freue mich, dass wir ins Geschäft kommen konnten", der Makler reicht mir die Hand, ich antworte mit einem kräftigen Händedruck, was hat er bitte von einem Kerl meiner Statur erwartet, ein warmes Patschehändchen? „Ich danke ihnen, dass sie so gute Nachbesitzer für das Haus gefunden haben, meine Mutter würde es freuen", nicke ich ihm zu. „Ich hole morgen noch den Rest ab der hier steht, dann ist es frei verfügbar", damit deute ich auf die gepackten Kisten. „Das ist kein Problem, ihnen bleiben ja noch die drei Tage", und damit verabschiedet er sich, nachdem er die unterschriebenen Verträge eingepackt hat, und bald darauf bin ich alleine in dem Haus wo Sheryl und ich einige Jahre durchaus glücklich waren.

Ich war hier geblieben, in der Hoffnung auf die Rückkehr unseres Sohnes, doch er scheint sich lieber in der
Weltgeschichte herum zu treiben. Mein Blick fällt auf
die Kisten, es sind ihre Anziehsachen. Ich selbst habe
verständlicherweise keine Verwendung dafür, deswegen werde ich sie morgen zur Kleiderspende der Kirche bringen, so haben Bedürftige auch noch etwas
davon. Ich weiss, dass es auch in ihrem Sinne wäre,
sonst würde ich es nicht machen. Im Wohnzimmer
stehen auch noch meine eigenen Kisten. Ich bin mir
noch nicht ganz sicher, wann ich meine komplette Abreise antrete, aber ich kenne zumindest schon das Ziel,
das zähle ich als grossen Fortschritt.
Am Abend mache ich mir noch etwas zu essen, ein
paar einfache kleine Steaks, dazu Reis und Gemüse,
mein letztes Abendessen in diesem Haus, habe ich gerade beschlossen, auch wenn ich noch ein paar Tage
hätte. Aber es fühlt sich trotz der übrig gebliebenen
Einrichtungen schrecklich leer an. Das habe ich schon
die letzten Jahre bemerkt, die ich hier wohnte. Aber
immer widerstrebte es mich das Haus zu verkaufen,
bis die Vernunft gesiegt hat. Nein, ich schlafe diese
Nacht nicht mehr in unserem gemeinsamen Schlafzimmer, denn das Bett ist schon abgezogen, mit einer
Plastikfolien abgedeckt, so wie die Polstermöbel auch,
um sie vor Staub zu schützen. Ich lege mich auf mein
Feldbett, was ich im Wohnzimmer aufgebaut habe,
doch kann ich nicht einschlafen, obwohl ich gerade
noch richtig müde war. Doch gerade jetzt rennen die
Gedanken wieder durch meinen Kopf und ich stehe etwas genervt auf, krame in einer der Küchenkistchen
und hole den Würfelzucker hervor, von dem ich mir
sechs Stücke nehme, um mich hinzulegen und ihn

dann nach und nach zu geniessen. Es dauert echt nicht lange und ich schlummere ein.

Am nächsten Morgen gibt es noch einige Eier, die verbraucht werden möchten, dazu Speck, Anschliessend noch eben das Geschirr der beiden Mahlzeiten gespült und verpackt. Ich bringe bald darauf die Kisten und meine restlichen Sachen in den Wagen, gebe auf dem Weg noch eben den Hausschlüssel beim Maklerbüro ab und er wünscht mir alles Gute. Nächster Halt ist die kleine Kirche im Ort, wo wir am Anfang unserer Beziehung oft im Gottesdienst waren. Nur langsam gehe ich den Weg entlang, trage eine der grossen Kisten schon mit mir, die anderen kann ich gleich noch holen. Die Tür der Kirche geht auf und ein junger Mann kommt heraus, umringt von einer Kinderschar, in seiner Hand eine Gitarre. „Kommst du morgen wieder, Adam? Es macht so einen Spass mit dir und den Anderen zu singen", ein vielleicht achtjähriges Mädchen mit blonden wippenden Zöpfen und einem gelben Sommerkleid schaut zu ihm hoch, erinnert mich an die Kleine von der Gospelsängerin, und er nickt. „Morgen um drei Uhr Nachmittags bin ich wieder da. Seid alle brav und passt gut auf dem Heimweg auf", er verabschiedet sich von ihnen und dann fällt sein Blick auf mich, wobei er stockt, die grünen Augen mich erstaunt anschauen. Ich selbst brauche einen Moment, um das alles zu sortieren, aus dem kleinen Jungen ist ein hübscher junger Mann geworden, dem sicherlich die Damenwelt zu Füssen liegt. „Nathan, ist das schön dich zu sehen!" Er kommt auf mich zu und nimmt mich in die Arme. Ich selbst beuge mich etwas zu ihm hinunter umarme ihn ebenfalls: „Meine Güte, Adam, ich hätte dich beinahe nicht mehr wieder erkannt. Gut siehst du aus!" - „Ich hatte glücklicherweise nicht das Problem, du hast dich äusserlich kaum verändert", lächelt er mich an, deutet auf die Kiste, die ich neben mir abgestellt habe, „hast du etwas mitgebracht? Was hältst du davon wenn ich uns einen Kaffee mache und du erzählst wie es dir so ergangen ist?" Darauf nicke ich leicht: „Das können wir machen. Vorher möchte ich allerdings doch erst die Kisten abgeben, dann brauche ich daran schon nicht mehr zu denken." Das ist natürlich ein Argument und zusammen bringen wir Sheryls Sachen zur Kleiderkammer, wo ich einen Augenblick sehr nachdenklich stehen bleibe, so dass Adam mir seine Hand auf den Arm legt, ich seine ruhigen und sanften Worte hören kann: „Sie lebt in deinem Herzen weiter, Nathanael. Die Kleidung ist nur eine leblose Hülle, mit der du jetzt vielen anderen eine grosse Freude machen kannst." Stumm nicke ich und wir gehen hinaus, bringen auch die Haushaltsartikel noch an die entsprechende Örtlichkeit, ehe er mich danach zu dem kleinen Pfarrhaus führt. Und kurz ist es wie ein Dejavué, auch wenn ich vor zwanzig Jahren nicht hier auf dem Friedhof beerdigt wurde, sondern in Arlington. „Ist alles in Ordnung?" höre ich seine Worte, die mich langsam wieder in die Realität zurück holen. Ich räuspere mich kurz: „Ja, ich habe gerade nur etwas von früher gesehen, als der Reverent mit uns von der kleinen Kirche zu seiner Wohnung ging. Wie geht es ihm? Hast du noch Kontakt zu ihm?" Adam nickt: „Natürlich. Er war eine grosse Hilfe für mich, nachdem meine Eltern starben und er mich aufnahm. Er hat mir vieles gezeigt und sich sehr gefreut, als ich ihm sagte dass ich auch in die Gemeindearbeit gehen werde. Er lebt immer noch dort in der kleinen Wohnung, vielleicht magst du ihn auch besuchen?" - „Das ist schön. Ja, ich denke dass werde ich machen. Und wie kommt es dass du ausgerechnet hier bist?" frage ich neugierig nach, während wir die Treppen hinauf gehen, wo er die Tür zu seiner kleinen Wohnung öffnet, die aber mit allem ausgestattet ist was benötigt wird. Adam stellt die Gitarre auf einen Ständer im Wohnzimmer und geht in die Küche: „Eigentlich ist Sheryl daran schuld. Sie hatte uns ja ab und an noch alleine mit Maggi besucht, als du ins Kloster flüchten musstest und auch von der Gemeinde hier erzählt. Hin und wieder ging ich mit ihr zu den Festen und als ich dann dem Reverent beizeiten sagte, dass ich in die Gemeindearbeit gehen möchte, schlug er vor es hier zu machen. Er meinte, jeder Lehrling sollte eine Weile ausserhalb seines alten Meisterbetriebes lernen und kann dann gerne wieder zurück kehren. Also fragte ich nach und durfte dann mit in die Jugendgruppe, jetzt habe ich mittlerweile schon meine eigene. Und im Herbst kann ich mein Studium beginnen." Es duftet herrlich nach Kaffee, während wir uns weiter unterhalten.

Später sitzen wir gemütlich im Wohnzimmer auf dem Boden, singen leise zu den ruhigen Klängen seiner Gitarre, während nebenher auch noch das eine oder andere Glas Rotwein geleert wird. Vermutlich ist es schon ziemlich spät, oder früh, als ich nur noch mühsam auf die Beine komme und leise lachen muss: „Huch, Knoten in den Beinen, war doch nicht so viel." Adam schaut mich mit erhitzten Wangen an, steht selbst auch etwas unsicher auf, hat aber ein weitaus besseres Gleichgewicht wie ich: „Hm, ich sehe zwei leere Flaschen und eine angefangene." Er geht neben mir her, bugsiert mich leicht Richtung WC, wo ich mich erst einmal vom verarbeiteten Wein erleichter und danach wieder Richtung Wohnzimmer tapse. „Du musst aber nicht irgendwie früh raus, oder?" bringe ich reichlich genuschelt hervor. „Keine Sorge, erst nachmittags", schüttelt er den Kopf leicht und ich lasse mich wieder auf meinen Teppichplatz sinken „Das ist gut. Ich möchte dich nicht wach halten." Meine Hand greift nach dem Rotweinglas und für einen Moment verliert sich mein Blick in der blutroten Flüssigkeit. „Wie ist es passiert?" Die Frage klingt leise an meine Ohren und ich schaue zu Adam hinüber, während meine Augen verräterisch glänzen. Und dann erzähle ich es ihm, von dem Tumor in ihrem hübschen Kopf, von der Klinik, den Behandlungen, ihrem Kampf, und wie sie sich schlussendlich auf den Weg zu Maggi gemacht hat. Tränen laufen dabei über mein Gesicht, ab und an füllt er noch nach, bis ich irgendwann leicht den Kopf schüttel, was den Raum leicht schwanken lässt: „Ich sollte aufhören..." Mein Blick fällt auf die dritte Flasche wo nur noch ein Rest drin ist. Vermutlich habe ich zwei alleine geschafft „Okay, is nur noch'n Rest, aber dann nischs mehr", bringe ich mit schwerer Zunge hervor, halte ihm das Glas hin und leere es dann auf einem Zug, als er nachgefüllt hat. „Leg dich aufs Bett, da kannst du besser schlafen", er hört sich meiner Meinung nach noch sehr klar und deutlich an, auch wenn seine Augen leicht glasig glänzen. „Bett?" Ich schaue mich um, drehe dabei dem Kopf etwas zu schnell und stöhne auf, weil das Zimmer sich heftig zu drehen beginnt, alles nur noch dumpf zu sein scheint. „Bett...", damit kippe ich langsam zur Seite und falle in die Schwerelosigkeit. Das Adam mich noch etwas bequemer hinlegt und zudeckt, bekomme ich nicht mehr mit, lasse mich vom süssen Rotweinrausch mitreissen! Ich muss wohl nicht erwähnen, dass ich erst am Mittag mit einem ziemlich penetranten Kater aufgewacht bin. So lange es auch dauert bis ich so richtig betrunken bin, so merke ich es dennoch am nächsten Tag, auch wenn er nach zwei Kopfschmerztabletten und Kaffee nach zwei Stunden wieder fast weg war. Ich hatte Adam am Nachmittag in die Kirche begleitet und mich erst abends von ihm verabschiedet, dieses Mal allerdings fahrtüchtig nüchtern. Dann mache ich mich auf den Weg, ein Zimmer in Arlington für die Nacht und am nächsten Tag noch einen spontanen Besuch beim Reverend. Auch dort kam ich erst spät abends los, viel zu viel wollte erzählt werden. Nach der zweiten Nacht im Hotel kehre ich Washington D.C. am nächste Tag endgültig den Rücken zu.

Das kleine Strassencafé

November 2016
Ganze 603 Jahre ist es nun her! Und heute sitze ich hier mit ihnen in der ruhigen Ecke des kleinen Stassencafés, draussen vor dem Fenster präsentiert sich eine verschneite Kleinstadtidylle. Vor mir steht schon die dritte Tasse Kaffee, während ich nicht mehr mitgezählt habe wie viele eng beschriebene Seiten auf ihrem Block mir gegenüber zu finden sind. Sie hatten mich vorhin auf der Strasse angesprochen, wie ich mir ein sehr ungewöhnliches Leben vorstellen würde. Was hatte ich darauf geantwortet, genau: „Wie viel Zeit haben sie? Dann erzähle ich ihnen von meinem ungewöhnlichen Leben." Vermutlich dachten sie anfangs ich würde scherzen, aber keine Viertelstunde

nachdem unser erster Kaffee ankam, war es ihnen bewusst dass ich nicht scherzte, dass es die Wahrheit war und sie klebten förmlich an meinen Lippen. Ich erzählte ihnen alles!

„Das ist schier unglaublich, aber trotz allem glaube ich ihnen jedes Wort", ihr Blick huscht schnell über die Seiten, die kurz nochmal überflogen werden.

„Nun, machen sie damit was sie wollen", entgegne ich lächelnd. „Und wo wird es sie hintreiben? Haben sie schon ein Ziel?" wird weiter gefragt.

Ich lege ein geheimnisvolles Lächeln auf meine Lippen, ehe ich leise antworte: „Es gibt eine Stadt, in der soll es von besonderen Menschen und anderen Wesen nur so wimmeln. Sie ist mein Ziel, das Ziel meiner langen Reise." Ich ziehe meine Brieftasche hervor, lege genug für unsere komplette Rechnung und ein gutes Trinkgeld auf den Tisch: „Passen sie gut auf sich auf." Dann stehe ich auf und verlasse das kleine Café, um den schwarzen Jeep zu erreichen. Es dauert nicht lange bis ich eingestiegen bin und in die Strasse entlang lenke.

Das Ziel meiner Reise, auf keiner Karte zu finden, wenn man nicht weiss wo gesucht werden muss. Eine Stadt so gross wie New York, mit Wolkenkratzern, eine Tower mit Flammenspitze, Inseln und vielen anderen verrückten Orten.

Unter den nächtlichen Sternen sind Wesen anzutreffen, die wir nur aus Hollywoodfilmen kennen: Dämonen, Werwölfe, Vampire. Tagsüber mischen sich unter die dort ebenfalls vertretenen normalen Menschen auch Wandler, Elfen, Drow, Zwerge, Dschin, Engel, Magier, Hexen und Nixen.

Und mittendrin werde ich sein, in einigen Tagen,
wenn ich ankomme, in

Sheratan

Eine Stadt wie es sie wohl selten ein zweites Mal gibt.

<u>Zum Schluss noch 'Auf ein Wort' oder so ähnlich...</u>

Ich hätte niemals damit gerechnet, wie sich diese Idee
entwickeln würde! Zuerst war da der diffuse Gedanke
während meiner Rollenspiele, in denen Nathan als
eigenständiger Charakter auf Sheratan auftaucht, was
wohl vor dieser Zeit passiert ist? Immer wieder wenn
er darüber nachdachte, kannte *ich* keine Antworten.
So ging es wohl seit 2016.

Dieses Jahr im Herbst packte es mich dann förmlich! Ich wollte es wissen! ICH wollte wissen, was
dieser grosse Kerl, dem ich im Spiel den Schauspieler
des *Colossus* aus *X-Men* als Gesicht verpasst habe, alles erlebt hat, was ihn geprägt hat, wem er schon alles
begegnete. Immerhin lebt er schon 600 Jahre auf dieser Erde!

Also folgte das, was anfangs immer ansteht, Recher-
che, und zwar quer durch die Jahrhunderte. Im Spiel
war er nämlich eigentlich nur 300 Jahre alt, als ich
dann aber vor dem Rechner sass dachte ich mir, hm,
setz einen drauf, verdoppel das Alter und schau was
draus wird. Also googlete ich mich durch 600 Jahre
Geschichte! Daraus wurde ein kurzer Abriss auf ungefähr zwei Din-A4-Seiten, um es nicht zu unübersicht-
lich zu machen. Und dann? Der Anfang wollte gewagt

werden, ich nahm eine ganz alltägliche Situation und liess es einfach nur fliessen. Ja, ich gebe zu, das war wohl die ersten 20 bis 50 Seiten gar nicht so einfach, immerhin kannte ich ihn nicht, ich wusste nicht genau wie er aufwuchs, ich kenne ja nur sein Ich ab 2016. Doch merkte ich bald, je älter er wurde, desto mehr entwickelte sich die Figur tatsächlich weiter! Für mich war es wie ein grosser Kinofilm! Ich sass dabei, der Bleistift flog über die Seiten meines Blankobuches, in dass ich alles erst einmal eintrug. Ich konnte förmlich mitfühlen wie es ihm ging, freute mich mit ihm, bedauerte ihn, zitterte mit ihm. Es gab Teile in diesem Buch, wie besagtes Kapitel "Zerbrochenes Glas", die ich eigentlich gar nicht schreiben wollte. Ich hatte nicht vor zu tief in die Geschichte einzudringen, um es nicht zu langweilig werden zu lassen. Aber das Kapitel sprang mir mit seinen Bildern morgens im Bett förmlich vor das innere Auge! Ich sah die junge Frau am Fenster, ich sah wie er in das Haus eilt, sie hinaus bringt, und irgendwas unter ihrer Jacke versteckt ist, mehr war da erst einmal nicht. Deswegen stellte ich die stumme Frage, in welches Jahr ich das bitte schreiben soll? Und fast so als würde Nathan antworten, tauchten weitere Bilder auf. Russ geschwärzte Häuser in der Nachbarschaft, also irgendein Krisengebiet. Dann eingeschlagene Scheiben, und dann waren sie da, die bekannten mehrarmigen Leuchter, die Zeichen der Zeit! Innerlich lehnte ich mich dagegen auf, nein, das kann ich nicht, das könnte mancher sehr kritisch aufnehmen, je nachdem wie es auf der anderen Seite ankommt. Wollte er mich damit besänftigen oder bestechen, ich habe keine Ahnung, aber in den nächsten Bildern sah ich die junge Frau an seinem Sofa, wie sie die Jacke lüpfte! Oh ja, innerlich fluchte ich und schimpfte ihn einen elenden Fiesling, mich so zu linken, denn wer könnte bitte so einem süssen Flauschohr widerstehen? Also setzte ich mich hin, flog der Bleistift über die Buchseiten, irgendwann setzte ich einen Endpunkt und dachte, oh, verflixt, es ist echt schon fertig? Das war gar nicht so schwer! Ausgedruckt, korrigiert und für erledigt befunden!

An vielen Stellen dachte ich beim abtippen echt, das habe ich doch nicht selbst geschrieben! Wie bitte komme ich auf derartige Handlungen? Ich bin ein sanfter Mensch, und was er da teils erlebt, das geht schon ziemlich nahe an die Grenze des Machbaren, aber es ist ja auch kein Krimi für Kinder oder Jugendliche und wenn es bei manch anderem Autor splattern und Blut spritzen kann, wieso dann bei mir nicht auch, in noch recht harmlosen Sinne! Also löste ich den Bremsschuh in meinem Kopf und gab dem Manuskript freien Lauf. Ich merkte auch, dass ich die ersten Jahrhunderte ziemlich schnell abgerissen hatte,wollte aber auch nicht noch im Nachhinein da etwas hinein stückeln, sondern dachte mir, das wird schon seinen Grund haben, mach einfach weiter, lass die Muse schreiben und schau was sie dir zeigt.
Diese zeigte mir natürlich einen Schwerpunkt auf seiner militärischen Laufbahn, auch wenn sie irgendwann enden musste, denn erstens brauchte er zwischendurch Sicherheitspausen, damit es nicht auffiel und der finale Zwischenfall würde dann Fragen aufwerfen, wieso bei seiner Beerdigung bitte kein Kind anwesend war. Wobei ich zugeben muss dass es ungewöhnlich war, diese ganze Situation um die eigentliche Rachetat an dem Commander, die Verbrennungen Nathans, die Beerdigung und das Wiederaufwa-

chen zu schreiben. Vermutlich trifft es nicht bei jedem auf gute Kritik, ich nenne es einfach nur künstlerische Freiheit. Immerhin hat auch Karl May über die Indianer und Amerika geschrieben, ohne einen Fuss bis dahin in dieses Land gesetzt zu haben. Ja, ich bin so dreist und sage, dass ich es einfach nur so heraus locken liess, was er erleben könnte, und er zeigte es mir! Wobei ich aus Rücksicht auf ein paar zarte Gemüter dann doch die Szene in der Dusche daheim weg liess, wo sie ihn förmlich häutet. Vermutlich ist das Thema eh schon ein wenig zu umfangreich gewesen. Dafür gab es dann ja ein weitaus angenehmeres Dusch-Thema, das sicherlich prickelnder war, ehe sich ein eigentlich erdachter Mr. Frankenstein dann als Hulk entpuppt, manchmal schafft es die erste Idee einfach nicht ins Manuskript, sondern es schiebt sich frech was anderes davor.

Genauso war es übrigens auch mit Hörnchen. Normal sollte es nur ein einfaches Baumfällen werden, ehe vor meinem geistigen Auge dort das Hörnchen hervor kugelte und schon war es im Manuskript verewigt und entsponn eine so heimelige Geschichte, die richtig gut tat. Ob es tatsächlich so passieren könnte, warum nicht, es gibt genug Geschichten davon.

Nach Beendigung des Forschungsprojekt-Handlungs-stranges, habe ich ehrlich gesagt erst einmal durchge-atmet. Es war massig viel an Informationen und an negativen Ereignissen, auch wenn er sie sich eigentlich selbst angehext hat. Im Prinzip schreibe ich nämlich nur das auf, was mir da in den Kopf kommt, was mein kleiner Film dort her gibt. Und wenn Nathan meint, das könnte interessant sein, dann hoffe ich das doch auch und schreibe es frech auf. Wobei es in der Handlung durch den Commander eindeutig einen Umschwung gab, den ich so anfangs gar nicht gedacht hätte. Das war dann wieder der Moment, wo ich vor meinem Manuskript sass und dachte, Nathan du machst mich fertig, was hast du jetzt schon wieder vor? Hoffentlich war es nicht zu schwere Kost, im Sinne von zu viel Brutalität. Dafür gab es dann spontan ein viel heiteres Thema. Ich selbst finde Wölfe faszinierend und Malamut eine so wunderschöne Rasse, dass ich nicht widerstehen konnte, sie musste einfach eingebaut werden. Allerdings war auch das wieder ein sehr spontaner Einfall. Eigentlich hatte ich nur begonnen wieder etwas nach Alaska abzuschwenken, wo er sich ja wieder aufhielt und dann sass er halt dort am Tisch und...in meinem Kopfkino tauchte plötzlich der grosse Malamutkopf auf! Oh ja, ich habe mich köstlich darüber amüsiert! Und es hat tierischen Spass gemacht dieses Kapitel zu schreiben. Und durch wildes herum suchen bin ich dann auf dem Hollywood Boulevard hängen geblieben, womit auch sein nächster Ort schon gefunden war, denn wo sollte bitte so eine phantastische Stadt sonst sein, als in Hollywood. Nun, da hatte er sich zwar geirrt, aber das machte nichts, dieses kleine Café zu beschreiben, was es dort wirklich gibt, was einfach nur witzig.

Auch wenn es danach erst einmal wieder in die traurige Ecke ging, vermutlich dürften nicht alle damit einverstanden gewesen sein. Doch muss ich auch dazu sagen, dass ich keinerlei Personen im Hinterkopf hatte. Die Handlung kam einfach so und wurde aufgeschrieben. Das beste Beispiel danach war das Wiedersehen mit Adam, das auch ungeplant auftauchte. Ja, der kleine Junge aus der Kirche am Friedhof. Nicht der Sohn von ihm. Den habe ich ausnahmsweise ein wenig aussen vor gelassen, weil ich versuchen möchte ihn auf dem Server auch ins Spiel zu bringen und deswegen ist er eher neutral gehalten.

Zum guten Schluss hoffe ich, dass ihnen das Lesen mindestens genauso viel Spass gemacht hat wie mir das Schreiben.

Manchmal war es schon ziemlich kritisch, zeitaufwändig, schlafraubend, aber ich persönlich bin mit dem Ergebnis doch durchaus zufrieden.

Und wie sieht es mit ihnen aus?

Teilen sie es mir doch einfach mit:

Facebook:
https://www.facebook.com/oldfashionwriting/

Lovelybooks:
https://www.lovelybooks.de/mitglied/Rouven_Larsson/

Email: rouven.larsson@gmx.net